M. S. GLASER

Spione, Soldaten und Verräter

Handlung:

November 1942. In einer stürmischen Nacht entdeckt der MI6-Agent Quint im Arlbergbahntunnel den Eingang einer streng geheimen, tief im Berginnern gelegenen Militäranlage der deutschen Wehrmacht. Die SOE entsendet daraufhin ein aus den besten Spezialisten für den Einsatz hinter den feindlichen Linien zusammengestelltes Kommando unter der Führung des erfahrenen Armeeoffiziers Captain Sam Burton. Der Auftrag lautet, in die Anlage einzudringen und die Infrastruktur nachhaltig zu zerstören. Doch schon kurz nach der Landung im Zielgebiet stellt sich heraus, dass der Feind von der Ankunft des Sabotagetrupps Kenntnis haben muss. Was zunächst als gewöhnliches, wenn auch brandgefährliches Kommandounternehmen beginnt, entwickelt sich immer mehr zu einem mörderischen Auftrag, bei dem bald niemand mehr weiss, wer auf wessen Seite steht.

Autor:

M. S. GLASER lebt in der Ostschweiz. Aufgewachsen in unmittelbarer Nähe einer bis fast zur Jahrtausendwende streng geheimen unterirdischen Militäranlage aus dem Zweiten Weltkrieg, wurde schon früh sein Interesse für Spionageabwehr und Geheimdienste geweckt. «Spione, Soldaten und Verräter» ist sein erster Roman mit Quint.

M. S. GLASER

Spione, Soldaten und Verräter

Roman

Bibliografische Information der Deutschen Nationalbibliothek: Die
Deutsche Nationalbibliothek verzeichnet diese Publikation in der Deut-
schen Nationalbibliografie; detaillierte bibliografische Daten sind im
Internet über dnb.dnb.de abrufbar.

Herstellung und Verlag:
BoD - Books on Demand, Norderstedt

ISBN: 9783748110880

1. Kapitel

Vollkommen reglos verharrte die dunkle Gestalt im Regen jener stürmischen Novembernacht des Jahres 1942 unter den windgepeitschten Tannen. Das Rauschen des schneidend kalten Windes, der erbarmungslos durch die Kleidung des heimlichen Beobachters drang, verschluckte jedes andere Geräusch.

Längst brannte in den wenigen Häusern des auf rund 1220 m ü. A. gelegenen Weilers auf der anderen Seite der Gleise der doppelspurigen Arlbergeisenbahn kein Licht mehr. Die Einwohner von Langen waren zeitig zu Bett gegangen.

Gespannt beobachtete der Mann in der schwarzen Kapuzenjacke, wie soeben eine Diesellok der deutschen Wehrmacht das Westportal des über zehn Kilometer langen Arlbergbahntunnels, der die beiden österreichischen Bundesländer Vorarlberg und Tirol miteinander verbindet, verliess, und sich langsam seinem Standort näherte.

Im Abstand von weniger als dreissig Metern rollte die von einem 360 PS starken Sechszylinder-Dieselmotor angetriebene Rangierlokomotive auf ihren drei gekuppelten Antriebsachsen im Schritttempo ohne Licht auf dem von seinem Versteck weiter entfernten Gleis an ihm vorbei. Er zählte die im spärlichen Licht des gelegentlich zwischen den Wolkenbanken auftauchenden, sichelförmigen Mondes nur schwer auszumachenden Umrisse von drei geschlossenen Güterwagen.

Auf der rund fünfzig Meter langen Steinbrücke, unter der siebzehn Meter tiefer die Alfenz dem Ill entgegenströmte, kam die Zugskomposition zum Stehen.

Nach knapp fünf Minuten näherte sich aus der entgegengesetzten Fahrtrichtung Scheinwerferlicht. Fast auf gleicher Höhe mit dem ersten Zug hielt nun ein zweiter auf dem parallel dazu verlaufenden Gleis.

Kaum eine Minute später setzte sich der neue Zug wieder in Bewegung, um im nächsten Augenblick erneut zum Stillstand zu kommen. Die Lokomotive, bei der es sich um ein elektrisch betriebenes Modell handelte, befand sich nun beinahe direkt vor dem aufmerksamen Zuschauer und verdeckte ihm dadurch die Sicht auf die weiteren Geschehnisse. Im Lichtkegel ihrer Scheinwerfer sah er, wie sich erste Schneeflocken unter den Regen mischten. Einmal vernahm er ein durch das Tosen des Sturms gedämpftes, metallisches Geräusch, das für ihn wie das Aufeinanderprallen von Puffern klang.

Nach weiteren fünf Minuten nahm der Zug mit der Elektrolok seine Fahrt langsam wieder auf und verschwand im schwarzen Schlund des Arlbergtunnels.

Nun, da er wieder freie Sicht hatte, stellte der Mann unter den Tannen erstaunt fest, dass sich die Diesellok jetzt auf demselben Gleis befand wie zuvor der andere Zug. Doch die drei ursprünglich angehängten Wagen waren verschwunden. Stattdessen waren jetzt mehrere Wagen an der Frontseite der Rangierlok angekoppelt, die sie nun in langsamer Rückwärtsfahrt in Richtung seines Standorts zog.

Fast an derselben Stelle wie schon der inzwischen verschwundene Zug, kam sie kurz zum Stehen, um gleich darauf die neuen Wagen, eine Überleitstelle passierend, wieder in der Gegenrichtung vor sich her auf die andere Spur zu schieben und erneut zu stoppen.

Von seinem leicht erhöht zwischen Tunnel und Brücke gelegenen Beobachtungsposten aus konnte der heimliche Zeuge erkennen, wie sich im schwachen Lichtschein einer halb abgedunkelten Sturmlaterne eine uniformierte Gestalt am Umstellhebel einer Weiche zu schaffen machte. Der Vorgang wiederholte sich auf der zweiten Fahrspur, bevor sich der Zug rückwärtsfahrend ebenfalls in Richtung Tunnel, von wo er ursprünglich gekommen war, in Bewegung setzte.

Wieder zählte er die Wagen. Drei! Die beiden Züge hatten auf offener Strecke im Schutze der Dunkelheit drei Wagen ausgetauscht! Ein Lächeln huschte über sein regennasses Gesicht. Er war auf der richtigen Spur!

Als der letzte Wagen vom Tunnel verschluckt worden war, lockerte Quint seine verkrampften Muskeln. Das Ausharren hatte sich gelohnt. Noch hatte er das Rätsel nicht ganz gelöst. Aber der Agent des britischen Auslandsgeheimdienstes MI6 war fest entschlossen, dies zu ändern; und zwar jetzt!

Er verliess seinen Beobachtungsposten und stemmte sich gegen den Wind, der ihm ein Gemisch aus Regen und Schnee ins Gesicht peitschte.

Vor dem Tunneleingang zögerte er einen Augenblick lang. Da er sich ihm von der Seite genähert hatte, war er vor allfälligen Blicken der Zugbegleiter geschützt gewesen. Aber in dem Moment, in dem er den Tunnel betrat, würde sich seine Gestalt möglicherweise vom Hintergrund abheben. Wenn er erwischt wurde, konnte er seine Erkenntnisse nicht an London weitergeben. Andererseits wollte er unbedingt wissen, ob er mit seiner abenteuerlichen Vermutung tatsächlich richtig lag. Und ausserdem liess Quint sich nicht so leicht erwischen!

Mit einer raschen Bewegung glitt er dicht an der rechten Tunnelwand in die pechschwarze Finsternis. Kein Schuss fiel, kein erstaunter Ausruf ertönte vor ihm, als er sich mit deutlich spürbarem Herzklopfen im Gestank der Dieselabgase vorwärtstastete. Mit jedem Schritt wurde er sicherer und schneller, mit jedem Meter, den er zurücklegte, wurde das Toben des Herbststurms hinter ihm leiser. Dafür waren die Geräusche des Zugs vor ihm nun deutlich zu hören.

Doch schon nach kurzer Zeit veränderte sich das kraftvolle Brummen des Motors, und die Rollgeräusche ebbten ab, um schliesslich ganz zu verstummen. Stimmen waren zu vernehmen. Offenbar hatte der Zug angehalten.

Plötzlich sah Quint einen schwachen Lichtschimmer vor sich. Erschrocken stellte er fest, dass er sich anscheinend bereits näher am Zug befand als angenommen.

Vorsichtig ging er auf dem Schotterbett zwischen den beiden Schienen des rechten Gleises weiter auf die Lichtquelle zu, den linken Arm vorgestreckt, die Finger der rechten Hand leicht an der Wand entlanggleitend.

Die Stimmen wurden lauter. Quint konnte nun einzelne Worte der zwischen zwei oder drei Männern geführten Unterhaltung verstehen. Die Umrisse des Zugs waren jetzt deutlich zu erkennen, so dass er sich nicht mehr ausschliesslich auf seinen Tastsinn verlassen musste.

Als er bis auf etwa ein halbes Dutzend Meter an das Zugende herangekommen war, blieb Quint stehen. Bereit, sich sofort auf den Boden zu werfen, tastete er mit der rechten Hand nach dem Griff seiner Pistole in der

Jackentasche.

«Bei dem Sauwetter würde ich auch lieber wie du hier im Trockenen herumhängen! Stattdessen muss ich im Dunkeln zwischen Güterwagen herumturnen und mir fast die Finger abfrieren lassen!», beschwerte sich gerade jemand.

«Ein bisschen Bewegung tut dir gut!», erwiderte eine andere Stimme lachend. «Sonst rostest du noch ganz ein!»

«Sag mal, hast du auch gehört, dass hier am nächsten Donnerstag angeblich irgend so ein Totenkopf-Heini aufkreuzen soll?», wollte ein dritter Mann wissen.

«Ja, ein Standartenführer vom SS-Führungshauptamt. Krüger, oder so ähnlich. Leutnant Bäcker hat es uns mitgeteilt. Ist anscheinend für Waffen und Munition zuständig. Soviel ich weiss, macht er vorher noch Halt in Lindau oder Bregenz und soll dann gegen Mittag hier eintreffen. Der Alte wird sich freuen, wenn er sich mit einem SS-Oberst herumschlagen muss! Man weiss ja, wie sehr er die Schwarzröcke mag!»

Meckerndes Gelächter ertönte.

«Kommt er allein? Oder bringt er wenigstens eine heisse Blondine mit? Ich würde sie dann schon beschäftigen!» Das war wieder der arme Kerl mit den kalten Patschhändchen, registrierte Quint, der angestrengt lauschte, um sich ja kein Wort entgehen zu lassen.

«Vielleicht ist ja sein Fahrer blond! Oder er setzt sich eine blonde Perücke auf! Du würdest den Unterschied ja sowieso nicht merken!»

Lautstarker Protest vermischte sich mit brüllendem Gelächter. Die Kerle schienen sich ja gut zu amüsieren.

«Nun macht schon vorwärts und bringt endlich den

Zug rein! Und lasst ja keine Zigarettenstummel im Tunnel liegen!», befahl eine neue Stimme scharf.

Augenblicklich verstummten die drei anderen Männer. Langsam setzte sich der Zug in Bewegung – und verschwand durch eine Öffnung in der linken Tunnelwand!

Quint wollte seinen Augen nicht trauen. Obwohl er etwas in der Art vermutet und sich sein Verdacht soeben bestätigt hatte, verblüffte ihn doch die konkrete Umsetzung. Die verrückten Hunde hatten doch tatsächlich den Arlbergtunnel angezapft und eine Abzweigung für militärische Zwecke eingebaut! Ausser dem Personal der Züge, die hier durchfuhren, würde niemand etwas davon mitbekommen, dass sich hier sozusagen der Lieferanteneingang einer der geheimsten militärischen Anlagen in diesem beschissenen Krieg befand.

Während der britische Geheimagent noch seine sensationelle Entdeckung verdaute, verschwand das Heck des letzten Wagens im Geheimstollen. Sofort stellte einer der Soldaten die Weiche auf Durchfahrtsstellung um. Nach einem prüfenden Blick wandte er sich ab und verschwand ebenfalls durch die Öffnung, die sich sogleich ohne grossen Lärm hinter ihm schloss. Augenblicklich herrschte vollkommene Dunkelheit im Bahntunnel. Kurz darauf drang aus dem Stollen ein Geräusch, welches auf das Schliessen eines schweren Tores hindeutete. Dann war Ruhe.

Quint wartete noch ungefähr eine Minute und horchte. Dann holte er aus den Tiefen seiner Jacke eine Taschenlampe hervor und schaltete sie ein. Den Lichtstrahl auf den Boden vor seinen Füssen gerichtet, bewegte er sich in gemächlichem Tempo auf die rund fünfzig Meter entfernte Stelle zu, wo sich der Eingang der Anlage befand.

Als er die Weiche erreicht hatte, liess er den Lichtkegel seiner Lampe langsam über die Tunnelwand wandern. Die Tarnung sah verblüffend echt aus. Lediglich eine schmale Fuge verriet dem geübten Auge, wo das Gestein durch eine geschickt bemalte Attrappe ersetzt worden war.

Es wurde Zeit, von hier zu verschwinden! Eilig trat er den Rückweg an. Die Vorstellung, sich noch im Tunnel zu befinden, wenn der nächste Zug angebraust kam, verursachte ein unangenehmes Kribbeln in seinem Nacken.

2. Kapitel

Langsam sah sich Sam Burton um und liess seinen Blick über die im Raum versammelten Männer schweifen. Drei der fünf Gesichter waren ihm vertraut: Peter Harrison, Harry Grey und natürlich Tom, der seinen Blick feindselig erwiderte. Die beiden anderen kannte er nicht persönlich.

Keiner der Anwesenden machte einen besonders glücklichen Eindruck, als Major John Williams und Lieutenant Frank Collins aus der offenen Tür des Nebenzimmers traten.

«Bleiben Sie sitzen, Gentlemen!» Major Williams, von imposanter Statur, mit einem mächtigen, neben den Mundwinkeln herabhängenden, grauen Seehundeschnauz, baute sich bedrohlich vor den sechs um einen grossen Tisch herum verteilten Zuhörern auf. Mit grimmigem Gesichtsausdruck, der durch die dichten, buschigen Brauen über den gefühlslos blickenden Augen noch verstärkt wurde, musterte er jeden Einzelnen eindringlich. «Wie ich sehe, sind wir vollzählig», stellte er zufrieden fest. «Also, lassen Sie uns keine Zeit verlieren!»

Mit leicht vornübergebeugtem Oberkörper stapfte er schwerfällig zu einer grossen, an der Wand aufgehängten Landkarte, die Teile Deutschlands, Österreichs und der Schweiz sowie das Fürstentum Liechtenstein zeigte.

Eigentlich kaum zu glauben, dass der Mistkerl noch immer einer der Besten bei den Fitnesstrainings war, fuhr es Sam Burton durch den Kopf.

«Ihr Einsatzgebiet liegt im Raum Vorarlberg!» Williams griff nach einem an der Wand lehnenden Zeigestock und kreise damit über dem Zentrum der Karte. «Dem MI6 liegen Informationen aus verlässlichen Quellen vor, wonach die Deutschen in einer unterirdischen Fabrik eine neue Geheimwaffe produzieren, deren Einsatz den Kriegsverlauf entscheidend beeinflussen könnte – zu unseren Ungunsten, versteht sich! Worum genau es sich dabei handelt, wissen wir nicht. Und da wir es lieber nicht auf die harte Tour herausfinden wollen, werden wir diese Produktionsanlage ausfindig machen und – zerstören!» Beim letzten Wort hieb er den unschuldigen Zeigestock derart hart auf eine Stuhllehne, dass er zerbrach. Drohend zeigte die in seiner Hand verbliebene Hälfte des Stocks auf die betroffen dreinblickenden sechs Männer, als der Major präzisierte: «*Sie* werden sie zerstören!»

Achtlos liess Williams das gepeinigte Stück Holz zu Boden fallen, als er mit ruhiger Stimme weitersprach. «Wie Sie bereits festgestellt haben, setzt sich Ihre Gruppe aus Angehörigen verschiedener Organisationen zusammen: Army, SAS und Geheimdienst. Die Koordination obliegt der SOE. Captain Burton wird Sie anführen. Seine fachliche Kompetenz für diese Mission dürfte Ihnen allen hinlänglich bekannt sein. Lieutenant Barnes vom Special Air Service Regiment und Sergeant Harrison sind erfahrene Nahkämpfer, Corporal Parker ist Spezialist im Umgang mit Sprengstoffen. Private Grey ist neben seinen Qualitäten als Scharfschütze auch in technischen Angelegenheiten sehr versiert, während Agent Landers vom MI6 über die in Geheimdienstkreisen üblichen Fähigkeiten verfügt. Lieutenant Collins und ich werden Sie nach der Rückkehr von Ihrem Einsatz hier im Hauptquartier erwarten.»

«*Falls* wir zurückkehren», dachte Ed Parker, und seine Bedenken waren dem erfahrenen Corporal deutlich anzusehen. Trotzdem zog er es vor, zu schweigen.

Stattdessen meldete sich Sergeant Harrison zu Wort. «Habe ich das richtig verstanden, Sir, Sie wissen noch gar nicht genau, wo sich das Zielobjekt befindet?»

Seine Worte sorgfältig abwägend, antwortete Major Williams: «Der MI6 ist sich ziemlich sicher, die Position der unterirdischen Anlage trotz höchster Geheimhaltungsmassnahmen der Deutschen ausfindig gemacht zu haben. Er hat einen Agenten vor Ort, der im Augenblick nach einer Möglichkeit sucht, unbemerkt in das Objekt hineinzugelangen. Der Mann wird Sie nach Ihrer Landung im Zielgebiet einweisen und unterstützen.»

«Warum lassen wir das Ganze nicht einfach von den Jungs der Royal Air Force erledigen, Sir?», fragte Harry Grey zögernd und sah den Major hoffnungsvoll an.

Williams schüttelte mitleidig den Kopf. «Sie mögen ein hervorragender Scharfschütze sein, Private Grey … Mit flächendeckenden Bombardierungen richten wir da gar nichts aus! Die Fabrik befindet sich tief im Berginnern! So, wie wir die Deutschen kennen, werden die Sicherheitsvorkehrungen beträchtlich sein! Ich fürchte, diese Nuss wird nur mit einer Mischung aus tollkühnem Mut, Geschicklichkeit und List zu knacken sein! Eigenschaften also, über die Sie, meine Herren, alle verfügen, wie Sie ja schon mehrfach bewiesen haben!»

Mit beinahe sanfter Stimme fuhr er wohlwollend fort: «Deswegen haben wir Sie ausgewählt; jeden Einzelnen von Ihnen! Sie alle sind mit den örtlichen Gegebenheiten und der Situation vertraut und beherrschen die deutsche Sprache perfekt. Mehr oder weniger», fügte er mit einem Seitenblick auf Corporal Parker hinzu.

«Verzeihung, Sir, weshalb wird ausgerechnet Captain Burton uns führen?», fragte Tom Barnes mit einem leicht aggressiven Unterton.

«Zweifeln Sie etwa an Captain Burtons Qualifikation?» Major Williams Stimme war scharf wie ein frisch geschliffenes Rasiermesser, der freundliche Gesichtsausdruck von vorhin wie weggewischt. Mit kaltem Blick fixierte er den kräftigen SAS-Lieutenant.

«Nein, Sir, das nicht, aber …»

«Dann meckern Sie hier gefälligst nicht herum! Es interessiert mich einen feuchten Dreck, wie Sie zu Captain Burton stehen!», dröhnte der Bass des SOE-Einsatzleiters durch den kleinen Besprechungsraum des Hauptquartiers der Special Operations Executive in der Londoner Baker Street. «Aber ich erwarte von Ihnen, dass Sie professionell genug sind, Ihre persönlichen Animositäten aussen vor zu lassen und Ihren Auftrag ordentlich auszuführen! Denken Sie, dass Sie das hinkriegen werden, Lieutenant?»

«Selbstverständlich, Sir!»

«Oder ist es beim Special Air Service Regiment üblich, über Entscheide der Einsatzleitung zu diskutieren?» Die Stimme des Majors troff vor Sarkasmus. Er machte keinen Hehl aus seiner Abneigung gegen die Spezialeinheit, die ihm seinerzeit die Aufnahme wegen einer Lappalie verweigert hatte. Er war von Anfang an dagegen gewesen, den SAS in die Operation miteinzubeziehen. Aber ausgerechnet Sam Burton hatte darauf bestanden, diesen Barnes dabeizuhaben. Mochte der Henker wissen warum!

«Natürlich nicht! Verzeihung, Sir!» Die Narbe auf Barnes' rechter Wange zuckte leicht.

«Sie werden mit Fallschirmen über dem Zielgebiet abspringen!», verkündete Major Williams, nun wieder an alle gewandt. «Ihre Ausrüstung wird entsprechend den Anforderungen nach Ihren Angaben zusammengestellt werden. Die Fluchtroute führt über die Schweiz. Captain Burton ist bereits über alle Einzelheiten informiert. Sollten Sie weitere Fragen haben, wenden Sie sich an ihn! Sobald wir Nachricht haben von Quint, dem Agenten vor Ort, und die Wetter- und Sichtverhältnisse es zulassen, wird das Unternehmen starten! Halten Sie sich also bereit!»

Sam Burton begegnete dem – wie es ihm schien – leicht irritierten Blick von Lieutenant Collins, der die ganze Zeit über im Hintergrund gestanden und den Ausführungen seines Vorgesetzten aufmerksam zugehört hatte. Das konnte ja heiter werden!

3. Kapitel

Die Stimmung war gut, um nicht zu sagen ausgelassen. Es war ein herrlicher Frühlingstag, und der Ausflug mit dem Pferdegespann bereitete den drei jungen Menschen riesigen Spass. Vergnügt sangen sie Billy Jones: «Yes! We have no Bananas». Jenny, die neben ihm auf dem Kutschbock sass und ihn anhimmelte, sah mit ihren blonden Zöpfen und der frechen Stupsnase bezaubernd aus.

Das entgegenkommende Auto fuhr viel zu schnell in die enge Kurve. Sein Lenker verlor die Kontrolle und geriet auf die Gegenfahrbahn.

«Pass auf!», schrie Tom, der hinten auf dem Pferdewagen sass und mit weit aufgerissenen Augen zwischen seiner jüngeren Schwester und seinem besten Freund nach vorn starrte.

Erschrocken riss Sam die Zügel nach rechts, um das Unglück noch im letzten Augenblick abzuwenden. Aber es war bereits zu spät. Der Aufprall, als das Auto den Buggy knapp hinter dem Pferd rammte, war heftig. Jenny wurde vom Bock geschleudert. Abrupt verstummte ihr schriller Schreckensschrei, als sie mit dem Kopf auf einem fussballgrossen Stein neben dem Weg aufschlug.

Mit einem Ruck fuhr Sam Burton aus dem Schlaf hoch. Kalter Schweiss bedeckte seine Stirn. Wieder dieser verdammte Albtraum!

Beinahe zwanzig Jahre waren seither vergangen. Der Unfall hatte ihm auf einen Schlag die beiden wichtigsten

Dinge in seinem Leben genommen: seine Geliebte, die ihren Verletzungen noch an der Unglücksstelle erlegen war, und die Freundschaft ihres Bruders, der ihn für Jennys Tod verantwortlich machte.

Und ihm selbst seinen Lebenssinn. Sam Burton wusste nicht, wie oft er sich in all den nutzlosen Jahren seit jenem verhängnisvollen Tag gewünscht hatte, er selbst wäre an Jennys Stelle gestorben. Auch die Flucht in übermässigen Alkoholkonsum hatte seinen Schmerz nicht gelindert. Sie hatte bloss dazu geführt, dass ihn sein Vater enterbt und seinen Vetter James, den er nicht leiden mochte, mit der Leitung des Gestüts betraut hatte.

Irgendwann hatte er sich wieder gefangen und mit der Sauferei aufgehört. Da er in seinem Innersten ein Kämpfer war, hatte er sich seinem Schicksal gestellt und sich mit ihm arrangiert. Er war in die Army eingetreten und hatte sich nach Kriegsausbruch für die gefährlichsten Einsätze freiwillig gemeldet. Dabei hatte er auch Tom wieder getroffen.

Mit einer schwungvollen Bewegung fegte er die Decke beiseite und stand auf. An Schlaf war jetzt ohnehin nicht mehr zu denken.

Exakt neunzehn Stunden später stand er frierend in einer Vickers Wellington der Royal Air Force, die sich über dem Schweizer Ufer des Bodensees befand und in wenigen Augenblicken in den Luftraum des Deutschen Reiches eindringen würde, und wartete auf das Signal zum Absprung. Barnes würde als Erster springen, gefolgt von Grey, Parker und Landers. Harrison, der ebenfalls ein sehr erfahrener Fallschirmspringer war, kam als Letzter nach ihm selbst an die Reihe, bevor dann die beiden Materialbehälter von den Besatzungsmitgliedern so schnell wie möglich aus dem Flugzeug geworfen werden mussten.

Die Maschine folgte nun ein kurzes Stück weit dem Rhein, der die Grenze zwischen der Schweiz und dem seit 1938 zum Deutschen Reich gehörenden Österreich markierte, um ihn schliesslich bei St. Margrethen zu überfliegen und nördlich von Lustenau und Dornbirn auf den Bregenzerwald zuzuhalten.

Das Dröhnen der beiden Bristol Hercules Motoren wurde noch lauter, als ein Sergeant der Bomberbesatzung die Tür öffnete, durch die Captain Burton und sein Team gleich in eine ungewisse Zukunft springen würden. Es war eine sternenklare, kalte Nacht. Im fahlen Licht des zunehmenden Mondes waren die schneebedeckten Berge und die dazwischen eingebetteten Täler gut zu erkennen.

Der Pilot legte die Vickers Wellington in eine leichte Rechtskurve und flog nun in südlicher Richtung genau über einem Tal, das zum Flexenpass hin anstieg.

«Los!» Der Sergeant an der offenen Tür klopfte Barnes leicht auf die Schulter, während seine laute Stimme den Lärm in der Maschine übertönte.

Mit leicht nach vorn gebeugtem Oberkörper stiess sich der SAS-Lieutenant von den beiden Haltegriffen ab und sprang mit ausgebreiteten Armen in die Nacht hinaus. Das an der Metallleine des Flugzeugs eingeklinkte Seil öffnete seinen Fallschirm, während er in waagrechter Haltung dem Ziel entgegenflog.

Sieben Sekunden später schwebten alle sechs Saboteure sowie die beiden Transportbehälter an ihren weissen Schirmen lautlos in der kalten Winterluft des Feindgebietes.

«So ein Mist!», dachte Quint, als der Bomber über ihn hinwegdröhnte. Die Scheisskerle veranstalteten einen Lärm, der Tote aufwecken konnte. Er ahnte nicht, dass keine fünfhundert Meter von ihm entfernt ein Mann in der Uniform eines SS-Offiziers das Geschehen durch ein Fernglas aufmerksam verfolgte.

Da es praktisch windstill war, trieb keiner der Fallschirme ab. Alle kamen im vorgesehenen Gebiet herunter, nahe der Strasse, die zum Flexenpass führte und ganzjährig befahrbar war. Der am Vortag frisch gefallene Schnee über der darunterliegenden festen Decke dämpfte die Landung, so dass sich keiner der sechs Agenten verletzte.

Quint wartete, bis alle ihre Fallschirme zusammengerollt und sich beim ersten Transportbehälter versammelt hatten. Dann setzte er sich in Bewegung. Um keine überflüssigen Spuren zu hinterlassen, legte er den grössten Teil der Distanz auf der Strasse zurück, wo er nicht so tief einsank wie im Tiefschnee daneben. Der Wetterbericht hatte für die zweite Nachthälfte erneuten Schneefall angekündigt, der die Abdrücke bis zum Hellwerden bedecken würde. Aber man musste ja nie.

Barnes bemerkte die sich nähernde Gestalt zuerst. Mit einer fliessenden Bewegung zog er eine Walther P.38 unter der Jacke seines Schnee-Tarnanzugs hervor und brachte sie auf den Fremden in Anschlag, der augenblicklich stehenblieb und vorsichtig die Arme auf Brusthöhe hob.

«Ich hoffe, Sie hatten einen angenehmen Flug!»

«Der Service an Bord liess etwas zu wünschen übrig», entgegnete Sam Burton, der sich wie alle anderen dem Neuankömmling zugewandt hatte. «Quint, nehme ich an.»

«In voller Lebensgrösse.»

«Captain Sam Burton.»

Die beiden Männer schüttelten sich die Hände.

«Na, dann willkommen in der Ostmark! Ich schlage vor, dass Ihre Männer den Krempel möglichst schnell zusammenpacken, damit wir hier wegkommen.»

Nachdem der zweite Behälter geborgen war und sich mit Ausnahme von Quint alle eine Maschinenpistole umgehängt und ihre Fallschirme in die Transportbox gestopft hatten, setzte sich die Gruppe in Bewegung. Quint und Burton übernahmen die Spitze. Hinter ihnen kamen Harrison und Grey mit einem Behälter, gefolgt von Landers und Parker, die sich mit dem zweiten Teil ihres Reisegepäcks abmühten. Barnes bildete mit seiner MP im Anschlag die Nachhut, wobei er von Zeit zu Zeit stehenblieb und sich wachsam umsah.

«Gleich da vorn ist die Passhöhe», erläuterte Quint dem Captain, der an seiner linken Seite auf der schneebedeckten Strasse dahinschritt. «Ein kurzes Stück weiter kreuzt der Flexenbach unseren Weg zweimal. Beim zweiten Mal werden wir die Strasse verlassen und den Abstieg ins Tal im Bachbett fortsetzen. Dort unten liegt ein kleiner Ort namens Stuben.»

«Klingt gemütlich», meinte Burton trocken.

Quint grinste ihn an. «Nun ja, es gibt dort ein paar sehr hübsche Damen. Aber ich fürchte, Sie werden kaum Gelegenheit haben, ihre Bekanntschaft zu machen.»

«Jammerschade!» Sam Burton grinste nun ebenfalls.

Der Abstieg gestaltete sich äusserst unangenehm und schwierig. Schon nach kurzer Zeit drang das kalte Wasser des Bergbachs durch das Leder ihrer Springerstiefel.

Besonders für Harrison, Grey, Landers und Parker mit ihren beiden unhandlichen Behältern war es eine grosse Herausforderung, nicht auf den glitschigen Steinen auszurutschen und das Gleichgewicht zu verlieren. Zwischendurch setzten sie ihre Last ein paarmal für einen Moment ab, um neue Kräfte zu sammeln. Burton und Quint halfen ihnen, so gut es ging.

Etwa einen halben Kilometer vor dem Dorf bedeutete Quint den Männern, anzuhalten. Er wies nach links zum Fuss eines bewaldeten Berges.

«Dort drüben gibt es eine kleine Höhle. Eigentlich mehr eine Felsspalte. Darin können wir Ihr Gepäck im Trockenen umpacken und kurz rasten.»

Erleichtert atmeten die schweissgebadeten Männer hinter ihm und Captain Burton bei diesen Worten auf; immerhin hatten sie in diesem verfluchten Bach eine Höhendifferenz von über dreihundert Metern hinter sich gebracht, und das noch dazu mit den beiden Transportbehältern, die von Schritt zu Schritt schwerer zu werden schienen.

Die Gruppe verliess das Bachbett und stapfte durch den Schnee zu der kaum mannshohen Öffnung im Fels. Der Eingang zu ihrem Unterschlupf war weder vom Weg, den sie gekommen waren, noch vom Ort aus zu sehen.

«Warten Sie einen Augenblick!» Ohne zu zögern, trat Quint in die Dunkelheit. Das Geräusch eines über die Reibefläche kratzenden Streichholzes war zu vernehmen, und gleich darauf flackerte eine kleine Flamme auf, mit welcher Quint den Docht einer dicken, weissen Kerze in Brand steckte. «Treten Sie näher, Gentlemen!»

Harrison, Grey, Landers und Parker folgten der Einladung und trugen ihre Lasten in die schmale, aber erstaunlich lange Höhle.

«Captain, kann ich Sie kurz sprechen?» Barnes, der inzwischen wieder zu seinen Kameraden aufgeschlossen hatte, stand dicht hinter Burton, der gerade im Begriff war, ebenfalls die Höhle zu betreten.

«Was gibt's, Tom?», fragte er freundlich und wandte sich seinem ehemals besten Freund zu.

«Für Sie bin ich Lieutenant Barnes, Captain!» Die Worte klangen hart und unversöhnlich.

Sam Burtons Augen verengten sich zu schmalen Schlitzen. «Na schön, wie Sie wollen, Lieutenant! Also, was ist los?»

«Wir haben einen Schatten.» Barnes murmelte die Worte, so dass keiner ausser Burton sie hören konnte.

«Wo?» Burton zweifelte keine Sekunde daran, dass der Lieutenant recht hatte. Wenn Tom sagte, dass er einen Verfolger ausgemacht hatte, dann war es auch so.

«Oben, am Pass. Dort war ich mir noch nicht ganz sicher. Aber kurz bevor wir das Bachbett verliessen, habe ich ihn gesehen. Seine Silhouette zeichnete sich deutlich gegen den helleren Hintergrund ab. Er stand dort oben und hat unseren Abstieg beobachtet.»

«Dann hat er auch gesehen, wie wir vom Bach weg sind?»

Der Lieutenant schüttelte den Kopf. «Ich glaube nicht. Da war er nicht mehr zu sehen. Aber ganz auszuschliessen ist es natürlich nicht.»

«Gut.» Burton sah zum Himmel hoch, wo grosse Wolken aus Westen dem Mond bedrohlich nahe zu kommen schienen. «Es wird vermutlich nicht mehr lange so hell bleiben. Ausserdem soll es bald wieder schneien. Man wird uns also hier nicht so ohne Weiteres finden.» Er dachte kurz nach. «Halten Sie weiter die Augen offen! Sergeant Harrison wird Sie in zwanzig Minuten ablösen. Ich werde mit Quint und Grey auf Erkundung gehen. Sie halten hier mit den Übrigen die Stellung!» Dann sah er sich kurz zum Höhleneingang um, bevor er mit leiser, eindringlicher Stimme befahl: «Lass mir unseren Chef-feuerwerker nicht aus den Augen! Nicht eine Sekunde!»

Barnes sah ihn erstaunt an, nickte dann aber. Er sagte nicht einmal etwas dazu, dass ihn Burton wieder geduzt hatte.

Als Sam Burton die Höhle betrat, waren seine Männer gerade damit beschäftigt, im flackernden Schein mehrerer Kerzen den Inhalt der beiden verhassten Transportbehälter in weissen Rucksäcken zu verstauen, während Quint aus einer Glasflasche Spiritus in eine kleine Blechschale goss.

«Also, Leute! Wir rasten hier und verpflegen uns! Sergeant Harrison, Sie lösen Lieutenant Barnes in zwanzig Minuten draussen ab!» Burton wandte sich an Quint, der mit einer Kerze vorsichtig den Spiritus in Brand setzte. «Was halten Sie davon, wenn wir einen kleinen Ausflug machen und unser Operationsgebiet inspizieren?»

«Ich liebe nächtliche Spaziergänge!» Der MI6-Agent grinste. «Ausserdem ist die Luft draussen besser als hier drinnen», meinte er mit einem Kopfnicken in Richtung der Männer, die ihre durchweichten Schuhe und Socken auszogen, um sie an dem kleinen, rauchlosen Feuer zu trocknen. Durch den leichten Luftzug in der Felsspalte war eine ausreichende Sauerstoffzufuhr gewährleistet.

«Private Grey, Sie begleiten uns! In einer Viertelstunde brechen wir auf!», ordnete Burton an.

Die Männer setzten sich auf die vollgestopften Rucksäcke und assen schweigend von ihrem Proviant, während Quint dem Captain seine Erkenntnisse mitteilte.

«Die Anlage befindet sich im Innern der Berge westlich von hier. Ich konnte zwei Zugänge ausfindig machen. Der erste Eingang liegt auf dem Gelände einer zwischen Stuben und Langen gelegenen Schottergrube, die von einem Gebirgsjäger-Ersatzbataillon als Ausbildungs- und Schiessplatz genutzt wird. Der andere befindet sich etwa einen halben Kilometer von der Bahnstation Langen entfernt im Arlbergtunnel.»

Sam Burton glaubte, sich verhört zu haben. «Wollen Sie damit sagen, dass die Deutschen mitten in einem Tunnel einer ihrer wichtigsten Eisenbahnverbindungen eine Abzweigung eingebaut haben?»

«So ungefähr. Allerdings scheint diese Abzweigung, von der ausser einer Weiche und Schienen, die vor der Tunnelwand zu enden scheinen, nichts zu sehen ist, nur in der Nacht benutzt zu werden. Das Eingangstor selbst ist hervorragend getarnt. Ausser den Lokomotivführern, die auf dieser Strecke verkehren und sich ihre Gedanken über die seltsame Gleisführung machen werden, bekommt kein Zivilist diesen Eingang zu Gesicht. Und was das Mitteilungsbedürfnis der Lokführer anbelangt, so gehe ich davon aus, dass sich die Gestapo sehr fürsorglich darum kümmert!»

«Sie waren dort.» Es war eine Feststellung, keine Frage.

Quints Gesicht verzog sich zu einem Grinsen, das ihm im flackernden Kerzenschein ein unheimliches Aussehen verlieh. «Ich wollte als Kind Höhlenforscher werden. Ausserdem konnte ich Ihnen doch nicht bloss eine Möglichkeit präsentieren, um in die Höhle des Löwen zu gelangen.»

Keiner ausser Corporal Parker, der wie die übrigen Anwesenden aufmerksam den Ausführungen des Agenten folgte, bemerkte den kurzen Blick, den Steve Landers Sergeant Harrison zuwarf.

«Wie erfreulich, dann haben wir jetzt ja eine echte Auswahl», bemerkte Burton trocken.

Niemand sprach, während er seinen Rucksack packte und ebenfalls etwas ass. Man konnte die Spannung, die in der Höhle herrschte, beinahe körperlich spüren.

«Na schön, dann wollen wir uns mal etwas umsehen.» Sam Burton hängte sich den Riemen eines Fernglases um den Hals und griff nach seiner Maschinenpistole, die neben ihm am Fels lehnte. Gefolgt von Quint, Grey und Harrison, der Barnes ablöste, trat er ins Freie, wo leichter Schneefall sie empfing.

4. Kapitel

Sie folgten weiter dem Flexenbach bis nach Stuben, diesmal allerdings am Ufer, nicht mehr im eiskalten Wasser. Vorsichtig umgingen sie den in nächtlicher Ruhe versunkenen Ort, um anschliessend beim Zusammenfluss des Flexenbachs und des Rauzbachs zur Alfenz wieder dem Wasserlauf entlangzugehen.

Nach rund anderthalb Kilometern signalisierte Quint seinen Begleitern, dass sie sich nun in unmittelbarer Nähe des in der Schottergrube gelegenen Militärlagers befanden. Der Wald reichte an dieser Stelle bis fast an das westliche Ufer der Alfenz, so dass sie sich mit wenigen Schritten in den Schutz der Bäume zurückziehen konnten.

«Dort drüben befindet sich die Schottergrube», teilte Quint dem Captain leise mit und zeigte mit ausgestrecktem Arm auf eine Stelle auf der anderen Talseite.

Burton hob sein Fernglas und richtete es auf die dunklen, eckigen Umrisse vor dem schneebedeckten, fast senkrecht ansteigenden Hang. Mehrere Baracken unterschiedlicher Grösse waren auf dem zu drei Seiten von einem hohen Maschendrahtzaun umgebenen Gelände verteilt. Ausserhalb des Zauns schützte ein um das gesamte, rund zehntausend Quadratmeter grosse Areal verlaufender Stacheldrahtverhau die Militäranlage vor unerwünschten Besuchern. Unterbrochen wurde der Verhau nur durch einen geschlossenen Schlagbaum mit Wachhäuschen am Ende der schmalen Zufahrtsstrasse.

«Achten Sie auf die grosse Baracke dicht an der Felswand! Darin muss sich der Eingang der Anlage befinden.»

Langsam liess Sam Burton seinen Blick über das besagte Holzgebäude wandern. Die Frontseite wurde von einem grossen, doppelflügeligen Tor beherrscht, das beinahe bis unter das gegen den Hang geneigte Dach reichte. Links davon waren eine Tür sowie zwei kleine, schartenförmige Öffnungen zu erkennen.

Burton setzte das Fernglas ab. «Irgendwelche Vorschläge, wie wir da hineinkommen sollen?» Seine gemurmelten Worte drangen kaum bis zu Quint und Grey. Trotzdem kamen sie ihm selbst unnatürlich laut vor.

«Zufälligerweise wird morgen – oder besser gesagt heute – ein hoher SS-Offizier erwartet.»

«Ach, wie praktisch! Und Sie denken, dass der uns mal eben so mit hineinnimmt?»

«Wenn wir ihn ganz höflich bitten …»

Sam Burton blickte einen Moment gedankenverloren vor sich hin. «Sie haben recht. Man müsste den guten Mann vielleicht einfach überreden! Wissen Sie zufälligerweise auch, was er hier will und von wo er kommt?»

«SS-Führungshauptamt. Hat offenbar etwas mit Waffen und Munition zu tun. Im Augenblick soll er sich irgendwo am Bodensee aufhalten. Wird mit seinem Fahrer um die Mittagszeit hier erwartet. Ich gehe davon aus, dass er sich in erster Linie für das Endprodukt und dessen Herstellung interessiert. Und das tun wir ja eigentlich auch.»

«Sie sind erstaunlich gut informiert.»

«Ich bin ja auch ein aussergewöhnlich guter Agent. Und noch dazu so bescheiden!»

Burton überlegte kurz. «Sie sagten, der zweite Zugang befindet sich im Arlbergtunnel. Aber der befindet sich doch auf unserer Talseite?»

«Richtig. Der Zugangsstollen muss hier irgendwo unter uns hindurchführen. Die Abzweigung im Tunnel führt, in östlicher Fahrtrichtung gesehen, nach links. Die Dieselloks können die Anlage also nur in Richtung Langen verlassen und den Zugangsstollen auch nur von dort aus wieder befahren. Deshalb finden die Rangiervorgänge zwischen der Station Langen und dem Westportal des Arlbergtunnels statt. Auf der Brücke dazwischen, die diesen Fluss hier überquert, befindet sich eine Überleitstelle. Dort werden die Waggons heimlich ausgetauscht.»

«Heimlich?» Es war das erste Mal, seit sie aufgebrochen waren, dass Harry Grey sich an der Unterhaltung beteiligte.

«So heimlich es eben geht!» Quint klang etwas ungeduldig. «Es wird unmöglich sein, die Vorgänge vor den Bewohnern von Langen geheim zu halten. Aber wie es aussieht, werden immer gleich viele Wagen, wie von den regulären Zügen abgekoppelt werden, auch wieder angehängt. Die Züge sind also bei ihrer Ankunft in Innsbruck gleich lang, wie bei ihrer Abfahrt in Feldkirch, und umgekehrt.»

Sam Burton blickte einmal mehr zum Himmel hoch. «Sehen wir uns den Rangierbereich an, bevor der Mond ganz hinter den Wolken verschwindet!»

Sie liessen das Truppenlager hinter sich und marschierten weiter, bis nach rund einem Kilometer die ersten Gebäude von Langen vor ihnen auftauchten. Danach bogen sie scharf nach links ab und stapften die Uferböschung hinauf zu einem ebenen Platz, auf dem ein

Schuppen stand. Wenige Meter dahinter verliefen die beiden Gleise rechtwinklig zu ihrem Standort; nach links zum Berghang mit der gähnenden Öffnung des Arlbergtunnels, nach rechts zur Brücke über die Alfenz und zur Station Langen.

Burton sah sich aufmerksam um. «Was befindet sich in dem Schuppen?»

«Wird als Lager für Schienen und Eisenbahnschwellen verwendet. Dazu rostiges Werkzeug und verschiedene Utensilien für den Gleisbau. Die Tür quietscht in den Angeln, und der Schuppen selbst ist voller Spinnweben. Macht den Eindruck, als sei er seit dem Bau der Bahnlinie nicht mehr betreten worden. Offenbar wird stattdessen der neuere Schuppen drüben bei der Station benutzt.»

«Wie schätzen Sie die Chancen ein, von hier aus mit einem Zug in die Festung zu gelangen?», erkundigte sich Burton leise.

Quint zuckte mit den Schultern, was aber weder Burton noch Grey sehen konnten, da er am nächsten beim Holzschuppen und somit vollkommen im Dunkeln stand. «Schwer zu sagen! Es sollte möglich sein, den Zug unbemerkt zu besteigen. Aber ich habe keine Ahnung, wie gründlich er danach in der Anlage untersucht wird. Vielleicht gehen die Deutschen einfach davon aus, dass er auf dem Weg hierher sauber geblieben ist. Andererseits sind die Burschen für ihre Gründlichkeit und ihren Kontrollwahn berüchtigt. Hängt möglicherweise auch einfach davon ab, wer gerade Wache schiebt.»

«Vielleicht sollten wir zweigleisig fahren, wenn wir es schon mit Zügen zu tun haben», meinte Burton nachdenklich. «Wie ich Sie einschätze, kennen Sie bestimmt eine geeignete Stelle, um den Wagen eines SS-Offiziers in

32

einen Hinterhalt zu locken.»

«So ist es.»

«Gut. Zurück zur Höhle! Beeilen wir uns!»

5. Kapitel

«Dieser Quint gefällt mir nicht!»

Ed Parker, der sich mit einem neuartigen Zeitzünder aus seinem Rucksack beschäftigte, sah überrascht auf. «Der ist doch vom selben Verein wie Sie! Was haben Sie an Ihrem Kollegen auszusetzen?»

«Ich traue ihm nicht!» Steve Landers wirkte nervös. «Er ist für meinen Geschmack etwas zu gut informiert! Für alles hat er eine Lösung! Er kennt diese Höhle! Er hat schon im Voraus Spiritus und Kerzen hierhergeschafft! Und er scheint sich hier in der Gegend praktisch frei bewegen zu können! Man könnte fast denken, dass …!» Der Agent brach mitten im Satz ab.

Tom Barnes, der etwas abseits der beiden im hinteren Teil der Höhle sass und dabei war, seine zerlegte MP wieder zusammenzubauen, fragte mit gefährlich leiser Stimme: «Was könnte man denken?»

«Dass er für die Gegenseite arbeitet!», stiess Landers erregt hervor. «Vielleicht sind wir gerade im Begriff, in eine sorgfältig vorbereitete Falle zu tappen!»

«Sind Sie sich im Klaren darüber, was Sie da gerade sagen?» Die Worte des Lieutenants klangen eisig. «Sie beschuldigen Ihren Kollegen des Verrats, ohne den geringsten Anhaltspunkt dafür zu haben! Darüber hinaus gefährden Sie unsere Mission, die ohnehin schon schwierig genug ist, indem Sie mit Ihren Verdächtigungen Unsicherheit und Zwietracht säen! Reissen Sie sich gefälligst zusammen, Mann!»

«Man wird ja seine Zweifel wohl noch kundtun dürfen», murrte der Zurechtgewiesene. «Beklagen Sie sich hinterher nicht, dass ich Sie nicht gewarnt hätte – Sir!», fügte er mit einem leicht spöttischen Unterton hinzu.

Nach diesen Worten breitete sich tiefes Schweigen in der Felsspalte aus. Jeder hing seinen eigenen Gedanken nach. Parker widmete sich wieder seinem Spielzeug, während Landers dumpf vor sich hinbrütete.

Barnes war beunruhigter als er sich anmerken liess. Er empfand eine tiefe Abneigung gegen diesen Landers. Aber was, wenn der Agent recht hatte? Wenn Quint tatsächlich ein falsches Spiel mit ihnen trieb? War er womöglich wirklich ein Doppelagent?

Mechanisch überprüfte der SAS-Offizier die Funktion der Maschinenpistole, während in seinem Kopf die Gedanken wirbelten. Weshalb hatte Sam ihm so eindringlich befohlen, Parker keinen Augenblick unbeaufsichtigt zu lassen? Misstraute er dem ruhigen, etwas unscheinbaren Corporal? Traute er überhaupt jemandem? Und weshalb hatte Burton ihn unbedingt bei diesem Auftrag dabeihaben wollen, wo er doch genau wusste, wie er seit Jennys Tod zu ihm stand?

Vor seinem inneren Auge erschienen wieder die Bilder jenes Augenblicks, der sein ganzes Leben verändert hatte. Wütend verdrängte er den Gedanken. Es war, wie es war! Er musste sich auf die Gegenwart konzentrieren! Abgesehen von Sam kannte er keinen der Männer, die an diesem selbstmörderischen Unternehmen teilnahmen. Ab sofort würde er noch wachsamer sein müssen!

Als sich Landers wenig später erhob, um die nächste Wache zu übernehmen, ertappte sich Barnes dabei, wie er innerlich aufatmete.

«Der Schneefall wird stärker.» Peter Harrison klopfte sich eine dünne Schicht der weissen Pracht von der Tarnjacke und betrat die Höhle. «Ausserdem ist unser Erkundungstrupp im Anmarsch. Ich bin gespannt, was es Neues gibt!» Der grosse, schlanke Sergeant liess sich gegenüber Parker auf seinem Rucksack nieder.

«Vielleicht die Erkenntnis, dass unser Auftrag undurchführbar ist, und dass wir uns schleunigst aus dem Staub machen sollten?», entgegnete der Corporal trocken und erhob sich, um den Zeitzünder zu den anderen zurückzulegen. Weder Barnes noch Harrison erwiderten etwas darauf.

Wenig später erschienen die drei Kundschafter im Höhleneingang.

«Es geht los, Männer!», kam Burton direkt zur Sache. «Wir teilen uns auf! Corporal Parker und ich werden hinter Langen auf den Wagen eines SS-Führers warten und ihn stoppen. Private Grey wird uns dabei helfen und hinterher aufräumen und sich dann bis es dunkel ist unsichtbar machen, während wir beide in die Rollen der erwarteten Besucher schlüpfen und die geheime Fabrik ganz offiziell durch den Vordereingang betreten. Da wir nicht vor Mittag dort eintreffen werden, lässt es sich bestimmt irgendwie einrichten, dass wir in der Anlage übernachten können.»

Parker räusperte sich. «Verzeihung, Captain, aber es gibt da ein kleines Problem. Ich verstehe ganz gut Deutsch, aber mein Wortschatz lässt etwas zu wünschen übrig», äusserte er mit besorgtem Gesicht seine Bedenken.

«Sie sollen ja lediglich den Fahrer spielen. Überlassen Sie die grossen Reden mir! Ihre Dialoge werden sich im

Wesentlichen auf belanglose Gespräche mit einfachen Soldaten beschränken – wenn überhaupt. Ich könnte mir durchaus vorstellen, dass unsere SS-Uniformen nicht besonders gut ankommen und wir nach Möglichkeit gemieden werden», beruhigte ihn Burton. «Geben Sie sich wortkarg und verschlossen, dann wird es schon klappen!»

Parkers Miene hellte sich auf. «Mit Flüchen und vulgären Ausdrücken kenne ich mich bestens aus!», versicherte er erleichtert.

«Lieutenant Barnes, Sergeant Harrison, Agent Landers und Quint werden sich nach Anbruch der Dunkelheit zum Portal des Arlbergtunnels begeben!», fuhr Burton fort. «Dort befindet sich ein Schuppen, in dem ihr euch versteckt, bis der Rangiervorgang abgeschlossen ist! Dann besteigt ihr – mit Ausnahme von Quint – unbemerkt den Zug und fahrt als blinde Passagiere mit in die sprichwörtliche Höhle des Löwen! Dort bleibt ihr beim Zug und wartet! Parker und ich werden euch abholen. Lasst die Rucksäcke und die weissen Tarnanzüge im Schuppen, und nehmt nur eure Waffen und den Sprengstoff mit hinein!»

Die Gesichter, in die Sam Burton blickte, sahen alles andere als begeistert aus, was ihn aber nicht weiter störte. Schliesslich war von Anfang an klar gewesen, dass es schwierig werden würde. «Bis dahin werde ich wissen, was dort hergestellt wird und wie wir den grösstmöglichen Schaden anrichten können. Sobald wir die Sprengladungen deponiert haben, setzen wir uns ab.» Er war sich bewusst, dass dies nicht so einfach sein würde, wie es klang. Sie würden improvisieren müssen. Die Zeit drängte. «Quint und Grey werden uns dabei von aussen unterstützen. Wenn alles rund läuft, sind wir bereits über alle Berge, wenn der Laden hochgeht und die Deutschen merken, was überhaupt los ist!»

Die Zweifel seiner Leute an dieser Aussage waren offensichtlich.

Es war Harrison, der sie in Worte fasste: «Und falls wir erwischt werden, bevor die Sprengladungen detoniert sind? Wenn wir uns während der Sprengung noch in der Anlage befinden?»

Burton seufzte. «Tja, das nennt man dann wohl Berufsrisiko. Schliesslich befinden wir uns nicht auf einem Wochenendausflug für alte Jungfern. Aber so weit ist es ja noch nicht! Immerhin haben wir das Überraschungsmoment auf unserer Seite! Wer rechnet schon damit, dass jemand so verrückt ist wie wir?»

Er wandte sich an Barnes. «Quint wird euch mit den Einzelheiten vertraut machen. Ist sonst soweit alles klar?»

Der SAS-Lieutenant nickte knapp. «Jawohl, Captain! Wir werden da sein!»

«Na dann, viel Erfolg! Wir müssen jetzt los, damit wir vor Tagesanbruch in Position sind.»

6. Kapitel

Der Schnee fiel in grossen, dichten Flocken, die träge zur Erde schwebten und alle Spuren verwischten. Die Strasse war bereits mit einer mehrere Zentimeter dicken Schicht bedeckt, und nichts deutete darauf hin, dass sich zwischen den beiden baumbestandenen Hügeln neben der Doppelkurve seit mehreren Stunden drei Männer verbargen.

Geduldig warteten sie auf den Wagen mit dem SS-Offizier, der Burton und Parker das Tor zur Geheimfabrik öffnen würde – sofern denn alles klappte. Von Zeit zu Zeit suchte Burton mit seinem Fernglas die Strecke so weit ab, wie der dichte Schneefall es zuliess. Grey und Parker behielten die Gegend um sie herum im Auge.

Eine friedliche Stille umgab die drei Saboteure, die nur ab und zu von gedämpften Geräuschen aus Langen sowie einigen ganz in der Nähe vorbeifahrenden Zügen unterbrochen wurde.

Burton sah auf seine Uhr. Der Besuch schien sich zu verspäten, was aber aufgrund der Witterung und der Strassenverhältnisse nicht weiter verwunderlich war.

Bald darauf war das sich langsam nähernde Motorgeräusch eines Lastkraftwagens zu vernehmen. Es dauerte jedoch noch fast eine halbe Minute, bis das Fahrzeug durch das Fernglas zu erkennen war: Ein Schneepflug, der soeben aus einer Kurve kam und auf die Gerade vor ihrem Versteck einbog. Und dicht dahinter eine Limousine!

Burton fluchte leise. Das hatte gerade noch gefehlt! «Schnell! Den Schneepflug durchwinken! Dahinter kommt unser Wagen!»

Grey und Parker rannten im Schutze der Hügel zur Strasse und stellten sich dicht am rechten Rand auf, um dem Pflug nicht in die Quere zu kommen. Während Parker seine MP im Anschlag hielt, signalisierte Grey dem erstaunten Fahrer des Lkw freie Fahrt. Noch bevor das Fahrzeug ganz an ihm vorbei war, hob er die linke Hand und machte zwei schnelle Schritte in Richtung Strassenmitte.

Schlingernd kam der Wagen zum Stehen. Hinter der Windschutzscheibe mit den gegen den Schnee ankämpfenden Scheibenwischern waren zwei erschrockene Gesichter zu erkennen.

Ohne in die Schusslinie von Parkers MP zu geraten, begab sich Grey zur Beifahrertür des Wagens, welche im selben Moment energisch aufgestossen wurde.

«Sind Sie wahnsinnig?», brüllte der Mann mit den Dienstgradabzeichen eines SS-Standartenführers auf den Kragenspiegeln seines Uniformrocks. «Was fällt Ihnen ein, uns einen solchen Schrecken einzujagen!? Um ein Haar wären wir von der Strasse abgekommen und im Abgrund gelandet!»

«Guten Tag. Personenkontrolle. Ihre Ausweise, bitte!», entgegnete Grey ungerührt mit ruhiger Stimme. Er stand so dicht am Fahrzeug, dass der wütende Mann nicht aussteigen konnte.

«Wissen Sie eigentlich, mit wem Sie es zu tun haben? Ich bin SS-Standartenführer Krüger vom SS-Führungshauptamt! Nehmen Sie gefälligst Haltung an, wenn Sie mit mir reden! Wer sind Sie überhaupt?», tobte der Offizier.

«Herr Leutnant!», rief Grey über das Wagendach hinweg zu Burton hinüber, der sich in gemächlichem Tempo näherte. «Würden Sie bitte mal herkommen? Die Leute hier machen Ärger!»

Als Burton neben dem Wagen auftauchte und den SS-Führer zu Gesicht bekam, nahm er sofort Haltung an und salutierte. «Ich bitte um Verzeihung, Herr Standartenführer», begann er höflich, «wir haben Befehl, jedes Fahrzeug zu kontrollieren – ausser dem Schneepflug natürlich! Ich bedaure, Ihnen Unannehmlichkeiten bereiten zu müssen, aber Befehl ist Befehl! Wenn Sie bitte kurz aussteigen und mir Ihre Ausweise zeigen würden, wäre ich Ihnen sehr verbunden!» Er trat respektvoll einen Schritt zur Seite und bedeutete Grey, Platz zu machen.

Der Standartenführer schien halbwegs besänftigt. Er nickte kurz seinem Fahrer zu, es ihm gleichzutun, und stieg aus dem Wagen. Während er seinen Dienstausweis aus der linken Brusttasche seiner Uniform zog, bedachte er Grey mit einem vernichtenden Blick.

«Danke.» Burton studierte das Dokument aufmerksam. «Krüger, Wilhelm, geboren am 15.03.96, ist SS-Standartenführer im SS-Führungshauptamt», las er laut, während seine Aufmerksamkeit dem Foto galt. Die Ähnlichkeit mit ihm war nicht besonders gross, aber mit der Mütze auf dem Kopf und der Behauptung, sich vor ein paar Wochen von seinem Schnurrbart getrennt zu haben, konnte er als Krüger durchgehen. «Darf ich fragen, was Sie aus Berlin in diese öde Gegend führt, Herr Standartenführer?», fragte er im Plauderton, ohne Anstalten zu machen, den Ausweis seinem Besitzer zurückzugeben.

«Das darf ich Ihnen leider nicht sagen! Streng geheim!»

Burtons Miene drückte bei diesen Worten jähes Verstehen aus. «Ah, natürlich, jetzt wird mir alles klar!», rief er erfreut aus. «Sie sind der angekündigte Besuch!»

Er wandte sich Grey zu, der inzwischen den Ausweis des Fahrers geholt hatte und ihn seinem Vorgesetzten hinhielt. «Obergefreiter Müller, wie oft habe ich Ihnen schon gesagt, dass Sie sich gegenüber Offizieren nicht so respektlos benehmen dürfen, nur weil Sie denselben Dienstgrad bekleiden wie der Führer und weil Ihr Bruder Heinrich bei der Gestapo Karriere gemacht hat!», herrschte er Grey an, der keine Miene verzog, und liess beide Ausweise in einer Tasche seiner Tarnjacke verschwinden.

Der SS-Offizier starrte verwirrt zuerst Burton, dann Grey und anschliessend wieder Burton an. Als dieser seine Luger mit dem Schalldämpfer hervorholte und auf ihn richtete, wurde er blass.

«So, Krüger, oder wie auch immer Ihr richtiger Name ist, heraus mit der Sprache! Was wollen Sie in der geheimen Anlage? Wer hat Sie geschickt? Und woher haben Sie diese miserabel gefälschten Ausweise?» Burtons verbindliches Verhalten war wie weggeblasen.

Die Augen des völlig überrumpelten Mannes weiteten sich vor Erstaunen. «Gefälscht?» fragte er verdutzt. «Wieso gefälscht? Die Papiere sind echt!»

Burton lacht rau. «Sparen Sie sich das Theater! Wir haben euch erwartet! Ihr seid Spione! Für wen arbeitet ihr? OSS? MI6? NKGB oder GRU? Los, Mann, raus mit der Sprache!» Die Freundlichkeit in seiner Stimme war eisiger Kälte gewichen.

«Aber es stimmt! Wir sind wirklich von der SS!»,

schrie der Fahrer mit schriller Stimme. Eine unmissverständliche Bewegung Greys mit seiner Walther liess ihn jedoch augenblicklich wieder verstummen. Ausserdem war da noch der Mann mit der MP am Strassenrand.

«Also?» Sam Burton hob seine Pistole um ein paar Zentimeter an.

«Er hat recht!», beteuerte Krüger. «Wir sind echt! Ich soll im Auftrag des Reichsführers die Produktion der neuen Spezialmunition besichtigen und ihm persönlich Bericht erstatten!»

«Bericht worüber?»

«Über die Wirkung, die Anwendungsmöglichkeiten, die Produktionsanlagen und die Sicherheitsvorkehrungen – darüber, ob und wie die neue Munition auch bei der Waffen-SS eingeführt werden kann!»

«Dann wissen Sie ja sicher auch, wer Sie erwartet und durch die Anlage führen wird, nicht wahr?»

«Hauptmann Kopp, Kompaniechef beim Gebirgsjäger-Ersatz-Bataillon I./136, und Professor Siegwart, Leiter der Versuchsabteilung!», kam prompt die Antwort.

«Ausgezeichnet! Sie scheinen wirklich gut informiert zu sein! Wo haben Sie sich gestern und vergangene Nacht aufgehalten?»

«In Lindau und Bregenz, wo wir übernachtet haben! Sie können sich ja bei den entsprechenden Stellen erkundi…!»

«Überlassen Sie ruhig mir, was ich tue und was nicht!», fiel ihm Sam Burton grob ins Wort. «Wie lange sollte die Besichtigung hier dauern? Wollten Sie über Nacht bleiben?»

Irgendetwas an diesen Fragen schien Krüger zu alarmieren. «*Ihr* seid die Spione!», schrie er und versuchte, seine Pistole aus dem Holster zu bekommen, welches er an der linken Hüfte trug.

Burton trat rasch einen Schritt vor und liess den Schalldämpfer seiner Luger mit voller Wucht auf das Handgelenk des SS-Führers niedersausen, was dieser mit einem wütenden Schmerzensschrei quittierte.

«Unterlassen Sie solche Dummheiten! Beim nächsten Versuch erschiesse ich Sie! Ziehen Sie Ihre Uniform aus! Schnell! Das gilt auch für den Fahrer!»

Die beiden Männer gehorchten widerwillig und entkleideten sich bis auf die Unterwäsche.

«So, und nun umdrehen! Die Hände auf die Motorhaube! Beine auseinander und einen Schritt zurück! Und keine Tricks!»

Burton schob mit dem rechten Fuss den Schnee zur Seite und legte seine Pistole neben sich auf den Boden. Rasch zog er die Springerstiefel aus, entledigte sich des weissen Tarnanzugs und schlüpfte in die SS-Uniform, die ihm erstaunlich gut passte. Die Stiefel des Deutschen waren ihm eine Nummer zu gross, aber damit konnte er leben.

Nachdem er die P.38 im Holster überprüft hatte, hob Burton seine Luger und die Tarnjacke vom Boden auf. Er fischte die beiden Ausweise aus der Jackentasche und schob den des Standartenführers in die linke Brusttasche des Uniformrocks.

«Sie sind ab sofort SS-Sturmmann Hans Förster!», teilte er Parker mit, während er den Dienstausweis des Fahrers studierte.

«Da riskiert man sein Leben und wird dafür noch degradiert!», beschwerte sich der Sprengstoffexperte, der die Maschinenpistole hinter der Fahrertür an den Wagen lehnte und sich nun ebenfalls eilig auszuziehen begann.

«Dafür sehen Sie auf dem Foto besser aus als in Natura. Vielleicht tröstet Sie das etwas», entgegnete Burton und überreichte dem Corporal das Dokument seiner neuen Identität. «Holen Sie Ihre Minimalausrüstung, wenn Sie fertig angezogen sind!» Er richtete seine Luger auf Krügers Rücken. «So, ihr beiden! Langsam umdrehen!»

Die beiden Deutschen richteten sich aus ihrer unbequemen Haltung auf und kamen dem Befehl nach.

«Damit werdet ihr nicht durchkommen, ihr elenden Schweine!», stiess Krüger hasserfüllt hervor. «Man wird euch exekutieren! Aber zuvor werdet ihr leiden und singen! Ihr wer…!»

«Dazu müssen uns eure Freunde erst mal kriegen!», schnitt Burton ihm unbeeindruckt das Wort ab. «Los, da rüber zu den Hügeln! Und keine Dumm…!»

Mit wutverzerrtem Gesicht stürzte sich Krüger auf den Captain und versuchte, ihm die Pistole zu entreissen. Als ihm Burton mit dem Absatz eines Stiefels kräftig auf die ungeschützten Zehen trat, brüllte der Mann vor Schmerz auf, aber er liess nicht locker. Mit beiden Händen umklammerte er das rechte Handgelenk seines Gegners. Burton hatte das Gefühl, in einem Schraubstock festgehalten zu werden.

Der tollkühne Angriff seines Vorgesetzten bewirkte bei Sturmmann Förster gewissermassen das Gegenteil; er versuchte, den Moment allgemeiner Verwirrung zur Flucht zu nutzen. So schnell er konnte, rannte er in Socken auf die Kurve zu, die er vor wenigen Minuten am Steuer des Dienstwagens durchfahren hatte.

Grey, der sich von Krügers Gerangel mit Burton für

einen Augenblick hatte ablenken lassen, brachte seine Pistole auf den Flüchtenden in Anschlag. Die Walther mit beiden Händen fixierend, zielte er ruhig auf den Rücken des sich im dichten Schneefall entfernenden Mannes und erhöhte den Druck des gekrümmten Zeigefingers auf den Abzug stetig, bis sich der Schuss löste. Förster stiess einen Schrei aus, stürzte und blieb mit dem Gesicht nach unten regungslos im Schnee liegen.

Plötzlich fiel ein zweiter, sehr viel leiserer Schuss. Krügers Augen weiteten sich in ungläubigem Entsetzen. Er liess Burtons Handgelenk los und griff sich an den Bauch, wo sich sein Unterhemd rot verfärbte. Taumelnd machte er zwei Schritte rückwärts, bis seine Stiefelschäfte die Stossstange des Autos berührten und ihm die Beine ihren Dienst versagten. Langsam rutschte er mit dem Rücken an der Front des Wagens zu Boden, wo er einen Moment lang benommen sitzen blieb, bis er schliesslich das Bewusstsein verlor und sein Kinn kraftlos auf die Brust sank.

Schwer atmend wandte sich Burton zu Grey um. «Der Fahrer?», fragte er nur.

«Liegt dort vorn! Der Lärm liess sich leider nicht vermeiden!»

«Holen Sie ihn! Parker, wir bringen Krüger hinter die Hügel! Sehen wir zu, dass wir hier wegkommen! Möglicherweise wurde der Schuss in Langen gehört! Ausserdem könnte sich der Fahrer des Schneepflugs wundern, wo die Limousine so lange bleibt!»

Gemeinsam trugen sie den tödlich verwundeten Krüger zu einer kleinen Mulde zwischen den Hügeln und halfen anschliessend Grey, der den toten Fahrer rückwärtsgehend heranschleppte, diesen neben seinen Vorgesetzten zu legen.

«Wenn es weiter so schneit, wird bald nichts mehr von ihnen zu sehen sein», schnaufte Ed Parker, der sich den etwas zu grossen Uniformrock zuknöpfte. «Ich hole noch schnell die Sprengsätze und verstecke sie im Wagen!»

«Wir machen es wie besprochen!», sagte Burton zu Grey. «Machen Sie sich hier unsichtbar! Wenn wir bis Tagesanbruch nicht zurück sind, versuchen Sie, sich allein in die Schweiz durchzuschlagen!»

Grey nickte ernst. «Viel Erfolg, Captain!»

Wütend brachte der Fahrer des Schneepflugs sein Gefährt zum Stehen. Schon wieder so ein Idiot! Dem würde er aber die Meinung geigen!

«Servus!», grüsste der Uniformierte freundlich. «Sagen Sie, ist Ihnen unterwegs etwas Ungewöhnliches aufgefallen? Zum Beispiel Männer, die Sie nicht kennen?»

Der Mann im Lkw schnaubte verächtlich. «Und ob! Auf der Strasse vor Langen lungern ein paar Kerle in weissen Anzügen herum und erschrecken Fahrer! Einer ist mir beinahe vor den Pflug gerannt! Hat mir einen gehörigen Schrecken eingejagt, der Bursche! Und jetzt Sie!»

Der junge Mann schaute ihn mit einem seltsamen Ausdruck an. Erst jetzt fiel dem erregten Lkw-Fahrer das Totenkopf-Emblem an der Mütze auf. SS! Das war kein Gebirgsjäger! Dann sah er die SD-Raute am linken Mantelärmel, und sein Magen krampfte sich zusammen. Sicherheitsdienst des Reichsführers-SS oder Sicherheitspolizei! Vielleicht sogar Gestapo!

«Und diese Männer haben Sie angehalten?»

«Mich nicht», gab der Fahrer kleinlaut zur Antwort.

«Aber die Limousine hinter mir!» Es erschien ihm ratsam, dem Kerl in der gefürchteten Uniform jede erdenkliche Information zu geben.

«Limousine? Was für eine Limousine?» Sowohl die Stimme als auch der Gesichtsausdruck verrieten starkes Interesse.

«War irgendwo nach Dalaas plötzlich dicht hinter mir. Sah irgendwie amtlich aus. Wie der Dienstwagen eines hohen Offiziers! Aber mehr konnte ich bei dem Schneefall im Aussenspiegel nicht erkennen. Ausserdem musste ich mich ja auf die Strecke vor mir konzentrieren!»

Der Mann neben dem Lkw nickte. «Sie können jetzt weiterfahren! Vielen Dank für Ihre Auskunft! Gute Fahrt!»

Erleichtert atmete der Fahrer auf und wischte sich mit dem Ärmel seiner Jacke die Schweissperlen von der Stirn, als er sein Fahrzeug beschleunigte. «Glück gehabt!», sagte er zu sich selbst. «Eigentlich ein ganz freundlicher Bursche, wenn da nicht diese Uniform gewesen wäre!» Kopfschüttelnd schaltete er einen Gang höher. Den Kerlen war einfach zu langweilig! Vielleicht sollten sie es anstatt Soldat zu spielen einmal mit ordentlicher Arbeit versuchen! Dann würden ihnen die Flausen schon vergehen!

Nachdenklich blickte SS-Obersturmführer Walter König vom Ausland-SD dem um eine Kurve entschwindenden Schneepflug nach. Das war ja interessant! Würden die Saboteure tatsächlich versuchen, mit dem Dienstwagen eines hohen Offiziers in die Anlage zu gelangen?

Ein leichtes Lächeln umspielte seine Lippen. Er hoffte, dass dies der Fall war und dass es ihnen gelingen würde! Rasch zog er sich in den Schutz einer Baumgruppe zurück. Falls seine Theorie stimmte, konnte die Limousine jeden Augenblick auftauchen.

Er brauchte nicht lange zu warten.

7. Kapitel

Vorsichtig lenkte Ed Parker den Wagen über die bereits wieder mit neuem Schnee bedeckte Strasse. Die Sicht betrug nur ein paar Meter, und er war froh, dass der Schneepflug die Strecke erst vor wenigen Minuten geräumt hatte.

Parker war von Anfang an gut zurechtgekommen mit dem Auto, und auch der Rechtsverkehr stellte für ihn kein Problem dar, zumal sie – abgesehen von dem Schneepflug – weit und breit die Einzigen zu sein schienen, die bei diesen winterlichen Verhältnissen unterwegs waren. Noch immer hatte er die Ermahnung des neben ihm sitzenden Captains im Ohr: «Und denken Sie daran: Immer schön auf der rechten Strassenseite bleiben!»

Auch Burton starrte angestrengt durch die Frontscheibe. Jeden Moment musste die Abzweigung zum Militärlager in der Schottergrube in Sicht kommen.

«Da ist es!» Noch bevor er den Satz fertig ausgesprochen hatte, nahm Parker den Fuss vom Gaspedal und lenkte den Wagen behutsam nach links, wo mehrere Soldaten die Einfahrt zum Stützpunkt freischaufelten. Als der SS-Dienstwagen in langsamer Fahrt an ihnen vorbeirollte, unterbrachen sie ihre Arbeit und grüssten. Die Räder drehten ein paarmal durch und liessen das Heck leicht ausbrechen, bis der Wagen die sanft ansteigende Strecke zum Stacheldrahtverhau mit dem Schlagbaum gemeistert hatte.

Ein Soldat in Gebirgsjägeruniform trat aus dem klei-

50

nen Wachhäuschen und kam auf sie zu. Gemächlich öffnete Parker die Fahrertür und wartete, bis der Mann neben ihm stand und salutierte.

«Guten Tag! Ihre Papiere, bitte!» Der Soldat warf lediglich einen kurzen Blick auf die beiden Ausweise; schliesslich war der Besuch angekündigt worden und seit mehr als einer halben Stunde überfällig. «Fahren Sie bitte geradeaus weiter bis zur zweiten Baracke! Dort können Sie parken. Leutnant Huber wird Sie zum Kommandanten bringen.»

Der Wachposten gab Parker die Papiere zurück und stand stramm, als sich der Schlagbaum hob und der Corporal langsam anfuhr. Im Schritttempo rollten sie an einem zweiten Soldaten vorbei, der mit umgehängtem Gewehr den Schlagbaum für sie offen hielt und neugierig ins Fahrzeuginnere starrte. Sie passierten das offene Tor im Maschendrahtzaun und parkten wie geheissen neben der zweiten Holzbaracke, wo ein weiterer Gebirgsjäger wartete.

Burton stieg umständlich aus dem Wagen und erwiderte die Ehrenbezeugung des jungen Leutnants, der ihn begrüsste.

«Willkommen bei der zweiten Kompanie des Gebirgsjäger-Ersatz-Bataillons I./136, Herr Standartenführer! Ich bin Leutnant Huber. Ich hoffe, die Fahrt war nicht allzu anstrengend! Hauptmann Kopp erwartet Sie!»

«Danke, Leutnant! Die Fahrt war tatsächlich nicht gerade erholsam, besonders für meinen Fahrer, Sturmmann Förster. Das lange Sitzen macht einen steif und ungelenkig.» Burton reckte sich wie jemand, der nach stundenlanger Fahrt zum ersten Mal wieder aufrecht stehen konnte.

Der Gebirgsjägerleutnant lächelte. «Dann wird Ihnen die Besichtigung der Anlage sicherlich entgegenkommen. Auf dem Rundgang können Sie sich ordentlich die Beine vertreten.»

«Da werden sich meine eingerosteten Gelenke freuen!», gab Burton lachend zur Antwort. «Ich bin schon sehr gespannt!»

Die beiden Offiziere setzten sich in Bewegung, und Parker folgte ihnen steifbeinig zu der grossen Baracke, auf die Quint Burton bei ihrer Erkundungstour aufmerksam gemacht hatte.

«Wie Sie sehen, betreiben wir hier einen Stützpunkt, der offiziell Ausbildungszwecken dient.» Huber wies auf eine Gruppe von Soldaten, die soeben in kniender Haltung ihre Gewehre auf fünf vor einem Kieshaufen am äussersten Rand des umzäunten Areals aufgestellte Schiessscheiben in Anschlag brachten.

«Feuer!» Der Befehl war kaum ertönt, als auch schon das Krachen der Schüsse über den Platz hallte, von denen Burton nicht mit Bestimmtheit hätte sagen können, ob es wirklich deren fünf gewesen waren. Zu präzise war der Feuerschlag erfolgt.

«Die Bevölkerung dieser Gegend hat sich an den Betrieb hier gewöhnt und schenkt ihm kaum noch Beachtung», fuhr der Leutnant in seinen Ausführungen fort. «Es kümmert sie wenig bis gar nicht, was hier geschieht. Ein unschätzbarer Vorteil für unser Geheimprojekt.»

Sie standen nun unmittelbar vor der dunkelbraun lackierten Holzfassade, hinter der sich der Eingang zur Anlage befinden musste. Parker glaubte, im Halbdunkel hinter einer der beiden Scharten eine Bewegung ausgemacht zu haben, als Huber an die Tür klopfte, die augenblicklich von innen geöffnet wurde.

Mit einer einladenden Armbewegung trat der Leutnant zur Seite. «Bitte sehr!»

«Danke.» Burton schritt durch die Öffnung, dicht gefolgt von Parker. Sie befanden sich nun in der Baracke, die sich als keineswegs so geräumig erwies, wie es von aussen den Anschein hatte. Ein Wachposten schloss die Tür hinter Huber und verriegelte sie. Dann stellte er sich wieder an eine Scharte und starrte mit ausdruckslosem Gesicht nach draussen.

«Wie Sie sehen, entspricht diese Baracke nicht ganz den im Allgemeinen an ein solches Gebäude gestellten Erwartungen. Diese Tarnung hat den Vorteil, dass wir mit einem Lkw in die Anlage fahren können, ohne dass es auffällt. Ein etwaiger Beobachter würde wohl davon ausgehen, dass das Fahrzeug in der Baracke entweder beladen oder entladen wird.»

Burton nickte wortlos. Praktisch die gesamte rechte Hälfte des Gebäudes wurde von einem beinahe trichterförmig ausbetonierten Stolleneingang eingenommen, der offenbar die Distanz zwischen dem Beginn des steil ansteigenden Hanges und dem massiven Felsen dahinter überbrückte. Ein grosses, geschlossenes Tor mit einer in den linken Flügel eingelassenen Tür verwehrte ihm vorerst noch den Blick ins Berginnere.

Huber ging zu einer vor dem Tor in die rechte Betonwand eingelassenen Nische, wo ein Blechkasten angebracht war, in dem sich ein Telefon befand. «Einen Augenblick, bitte!», wandte er sich, den Hörer haltend, an Burton und betätigte mit der anderen Hand die Wählscheibe. «Leutnant Huber mit den Besuchern!», sprach er nach kurzem Warten in die Muschel und legte auf.

Bald darauf waren durch das Stahltor rasch näher-kommende Schritte zu vernehmen, die abrupt ver-stummten, als sich der unsichtbare Wachposten an-schickte, die faustgrosse, wappenförmige Klappe in der unteren Türhälfte zu öffnen. Ein Auge erschien kurz in der Öffnung, dann wurde die Stahlklappe geräuschvoll wieder geschlossen und ein Riegel zurückgeschoben, bevor sich die Tür öffnete.

«Willkommen unter Tage!» Leutnant Huber liess Bur-ton und Parker erneut den Vortritt und betrat als Letzter den von in regelmässigen Abständen angebrachten Glühbirnen spärlich beleuchteten Stollen, der oben abge-rundet war.

«Melden Sie dem Kommandanten, dass SS-Standarten-führer Krüger eingetroffen ist!», befahl er dem stramm-stehenden Soldaten im Vorbeigehen.

«Jawohl, Herr Leutnant!» Der Mann verschloss den Eingang und beeilte sich, seinen Vorgesetzten und die beiden Besucher zu überholen. Mit weitausgreifenden Schritten strebte er der Stelle zu, wo der in den Felsen gehauene Gang nach rund dreissig Metern einen Knick von fünfundvierzig Grad nach rechts machte.

«Dieser Zugang dient in erster Linie der Versorgung mit Nahrungsmitteln, Ausrüstungsgegenständen und Munition; Dingen also, wie sie in jedem Truppenlager benötigt werden», erklärte der Leutnant Burton, der ne-ben ihm ging.

«Sie lagern die Munition also im Innern der Anlage?»

«Nicht alles. Ein Teil wird in einem betonierten Raum in einer der Baracken draussen verwahrt. So muss die Munition für die Schiessausbildung nicht jeden Morgen und Abend hin und her transportiert werden. Aber etwa zwei Drittel befinden sich in der Anlage.»

Sie erreichten nun ebenfalls die Stelle, wo der ihnen vorauseilende Wachsoldat aus ihrem Blickfeld verschwunden war.

Huber deutete auf eine in Richtung Haupttor zeigende Schiessscharte in der Wand direkt vor ihnen. «Die erste Innenverteidigungsstellung. Von hier aus würde ein unerwünschter Eindringling mit einer Feuergarbe aus einem MG empfangen werden. Der Raum ist durch eine Tür hinter diesem Stahltor zugänglich.»

Die drei Männer schritten durch die im einflügeligen, mit Rollen ausgestatteten Tor eingelassene Tür gleich nach der ersten Richtungsänderung des Stollens. Vor ihnen befanden sich zwei weitere, offene Tore in dem knapp zehn Meter langen Teilstück, hinter dem der gut zweieinhalb Meter breite Stollen sich zu einer Kaverne mit zwei Verladerampen vergrösserte.

«Hier befindet sich nebst dem bereits erwähnten Zugang zur Innenverteidigung auch die Entgiftungsstelle», erklärte der Leutnant mit einer Armbewegung zur linken Wand hin. «Im Fall eines drohenden – zugegebenermassen unwahrscheinlichen – Angriffs mit Giftgas wären natürlich alle Tore geschlossen. Das mittlere verfügt, wie Sie sehen, über eine rundumlaufende Gummidichtung und würde somit ein Eindringen des Kampfstoffs verhindern. Ausserdem herrscht in den künstlich belüfteten Bereichen – also hier im Wachtrakt und in der Unterkunft – permanent ein leichter Überdruck. Der Zutritt zur Anlage der für die Aussenverteidigung zuständigen Soldaten würde dann ausschliesslich durch die Entgiftungsstelle erfolgen, deren Türen ebenfalls gasdicht sind. Gleich daneben befindet sich das Wachlokal.»

Burton nickte anerkennend, als sie die Kaverne erreichten. Der Raum bot genügend Platz, um an den beiden Rampen oder mit dem an einem mächtigen Eisenträger an der gewölbten Decke montierten Kettenzug mehrere Lkw gleichzeitig zu entladen; oder sie zu beladen mit dem hier hergestellten Produkt, welches er hoffentlich möglichst bald zu sehen bekommen würde.

«Hier ist Endstation für die Lkw.» Huber deutete auf die runde Holzfläche mit einem Durchmesser von etwa sieben Metern im Boden. «Auf der Drehscheibe dort können wir die Fahrzeuge ohne grossen Kraftaufwand von Hand auf der Stelle wenden. Platz ist ein kostbares Gut unter Tage!»

Wieder nickte Burton. «Ich bin beeindruckt!», sagte er, und es war nicht einmal gelogen. Diese unterirdische Welt begann ihn mehr und mehr zu faszinieren.

Der Gebirgsjäger lächelte. «Sie werden später auf dem Rundgang noch weitaus Beeindruckenderes zu sehen bekommen! Aber zunächst wollen wir uns erst einmal um Ihr leibliches Wohl kümmern! Sie werden bestimmt hungrig sein!»

Er führte seine Gäste zur Kavernenrückwand, aus deren Mitte ihnen wieder zwei Innenverteidigungsscharten drohend entgegenstarrten. Links und rechts davon verrieten zwei massiv aussehende, doppelflügelige Stahltüren, dass das Labyrinth dahinter seine Fortsetzung fand.

Während er die rechte Tür öffnete, zeigte der Leutnant auf eine weitere Abzweigung in der rechten Wand der Kaverne. «Dort befindet sich der Technikraum für den Luftaustausch in diesem Teil der Anlage, ein Materialmagazin, ein Raum mit Utensilien für den Werkschutz und das bereits erwähnte unterirdische Munitionsdepot.»

Der Gang, den sie nun betraten, war deutlich niedriger und auch etwas schmaler als der Zugangsstollen. Links befand sich der Eingang zum Innenverteidigungsstand, danach folgte ein leichter Rechtsknick, hinter dem das Ende des Stollens sowie auf beiden Seiten mehrere einander gegenüberliegende Türen sichtbar wurden.

«Wir sind nun im Unterkunftsteil des Wachtrakts. Hier befinden sich die Ess- und Schlafräume der Wachmannschaft, das Büro des Wachkommandanten, eine Arrestzelle sowie ein kleiner Sanitätsraum mit Krankenzimmer und die Toilette. Hinter der nächsten Tür links gibt es ein verspätetes, aber warmes und hoffentlich gutes Mittagessen!»

8. Kapitel

Steve Landers schien die Warterei gewaltig auf die Nerven zu gehen. Übellaunig warf er kleine Steinchen an die gegenüberliegende Höhlenwand. Quint, der ruhig und entspannt wirkte, warf ihm von Zeit zu Zeit einen prüfenden Blick zu, sagte aber nichts.

Tom Barnes schloss sich Quints Schweigen an. Es gab im Moment nichts zu sagen. Sie hatten alle Einzelheiten für den bevorstehenden Einsatz besprochen. Ob alles wie vorgesehen klappte, würde sich in einigen Stunden zeigen. Bis dahin blieb nichts zu tun, als zu warten und zu hoffen, dass Sam Burton und Parker erfolgreich waren.

Mit einem Ruck erhob sich Landers und begann, in der Höhle umherzugehen. «Die ganze Sache schmeckt mir nicht!», brach es aus ihm hervor. «Man wird uns bestimmt schnappen und erschiessen!»

«Das ist durchaus möglich», entgegnete Barnes ruhig. «Aber als Agent beim Auslandsgeheimdienst sind Sie diesem Risiko doch ständig ausgesetzt. Sie nehmen es in Kauf; genauso, wie ich es als Angehöriger des SAS in Kauf nehme.»

«Das ist etwas anderes!», erwiderte Landers erregt. «Natürlich besteht bei unseren Tätigkeiten immer die Gefahr, von einem Einsatz nicht zurückzukehren! Aber was wir hier machen, ist glatter Selbstmord! Wir marschieren gehorsam in einen Hinterhalt! Das ist doch offensichtlich!»

«Was macht Sie da so sicher?», fragte der Lieutenant,

während er an den Unbekannten dachte, der ihren Abstieg vom Flexenpass beobachtet hatte.

«Überlegen Sie doch selbst! Es ist bisher alles so glatt gelaufen! Zu glatt!» Landers warf Quint, der die Auseinandersetzung aufmerksam verfolgte, einen feindseligen Blick zu. «Wer garantiert uns, dass die Deutschen nicht über unsere Mission informiert sind und nur darauf warten, dass wir ihnen in die Arme laufen?»

«Was wollen Sie damit andeuten?» Quints Stimme klang scharf, als er sich zum ersten Mal in das Gespräch einmischte.

«Wieso fragen Sie mich das?» Landers Augen glänzten heimtückisch. «Sie sind doch hier der Platzhirsch und wissen über alles so gut Bescheid! Für meinen Geschmack fast etwas zu gut!»

«Hüten Sie Ihre Zunge!», sagte Quint ruhig, aber der bedrohliche Unterton in seiner Stimme entging weder Landers noch Barnes. «Ihre Nerven scheinen etwas angegriffen zu sein! Vielleicht sollten Sie die Branche wechseln!» Er grinste. Aber es war ein gefährliches Grinsen, das seine Augen nicht erreichte.

«Vielleicht sitzen der Captain und Corporal Parker ja bereits in einem Verhörraum und werden von der SS oder der Gestapo in die Mangel genommen! Und wenn sie singen …!»

«Schluss jetzt!», unterbrach ihn Barnes energisch. «Halten Sie endlich den Mund! Sorgen Sie lieber dafür, dass Sie Ihre Nerven in den Griff bekommen und unseren Einsatz nicht gefährden! Gehen Sie meinetwegen für einen Moment an die frische Luft, wenn Ihnen das hilft! Aber reissen Sie sich gefälligst zusammen!»

Landers murrte etwas Unverständliches, begab sich

aber tatsächlich ins Freie.

«Der Mann ist ein Sicherheitsrisiko!», sagte Quint leise zu Barnes. «Ich denke, wir sollten ihn nicht mitnehmen!»

«Er wird mit uns kommen!», gab der Lieutenant mit Nachdruck zur Antwort. «Ob es Ihnen nun passt oder nicht! Captain Burtons Befehle waren unmissverständlich! Wir werden es genauso machen, wie wir es besprochen haben!»

Quint zuckte mit den Achseln. «Wie Sie meinen. Ich muss ja nicht mit hinein.»

Beide schwiegen, bis Barnes mit einem Blick auf seine Uhr sagte: «Ich gehe Harrison ablösen.» Er erhob sich, während Quint wortlos nickte.

Im selben Moment erschien Landers im Eingang. Er streifte sich den Schnee von der Jacke und grinste Barnes an. «Sie hatten recht, Lieutenant! Es tut gut, sich den Kopf an der frischen Luft etwas durchlüften zu lassen. Man fühlt sich gleich besser!»

Barnes nickte ernst. «Gut. Sorgen Sie dafür, dass es so bleibt!» Er schob sich am Agenten vorbei und verliess die Felsspalte.

Gemütlich schlenderte Landers zu seinem Platz, ohne Quint dabei zu beachten.

Der Angriff kam überraschend. Quint, der sich gerade nach seiner Feldflasche bückte, ahnte ihn mehr, als dass er ihn wirklich kommen sah. Als er den Kopf hob, stürzte sich Landers bereits mit einem Messer in der Faust auf ihn. Nur einer instinktiven Drehung des Oberkörpers verdankte er es, dass sich die spitze Klinge statt in seinen Bauch in den linken Oberarm bohrte.

«Elender Verräter! Stirb!», schrie Landers und versuchte, einen zweiten Stich anzubringen. Doch dem kräftigen

Quint war er nicht gewachsen. Blitzschnell schoss dessen rechte Hand vor und umklammerte das Handgelenk des Angreifers, während er aufsprang. Verzweifelt versuchte Landers, seinen Arm freizubekommen. Die Finger seiner linken Hand gruben sich in Quints Hals und drückten erbarmungslos zu.

Quint stiess sein rechtes Knie mit aller Kraft zwischen die Beine des Angreifers, der vor Schmerz keuchte und den Würgegriff um den Hals seines Gegners merklich lockerte. Im selben Augenblick verringerte Quint den Druck auf Landers' Messerhand leicht und nutzte den Schwung der dadurch entstehenden Bewegung aus. Die Hand seines verletzten Arms schnellte vor und umfasste zur Unterstützung sein eigenes rechtes Handgelenk. In einer fliessenden Bewegung drehte er Landers' Hand und legte sein ganzes Körpergewicht in den tödlichen Stoss.

Als Barnes mit der Pistole in der Hand angerannt kam, lehnte Quint schwer atmend mit dem Rücken am Fels und presste sich einen Stofffetzen auf die Wunde am linken Arm. Ein paar Schritte vor ihm lag Landers zusammengekrümmt in einer langsam grösser werdenden Blutlache auf dem Boden und rührte sich nicht.

«Was geht hier vor?» Barnes starrte bestürzt auf das Bild, das sich ihm bot.

«Er war nicht gut genug.»

«Haben Sie ihn umgebracht?»

«Nachdem er es bei mir nicht geschafft hat – ja, ich nehme an, dass er tot ist. Kein grosser Verlust! Es ist nur schade, dass er uns nicht mehr erzählen kann, weshalb er mit dem Messer auf mich losgegangen ist.»

«Vielleicht, weil er Sie für einen Verräter hielt?», fragte

Barnes lauernd.

«Ja, ich glaube, er erwähnte so etwas, als er mich anfiel.»

«Und? Sind Sie ein Doppelagent?»

«Nein», antwortete Quint gedehnt. «Sind Sie denn einer?»

«Nein. Ich bin keiner.» Barnes machte eine kurze Pause, bevor er fortfuhr: «Captain Burton ist auch keiner. Bei allen anderen bin ich mir aber nicht mehr so sicher. Seien Sie auf der Hut! Ich schicke jetzt Harrison her. Mal sehen, ob Sie ihn auch von Ihrer Unschuld überzeugen können.»

Peter Harrison warf nur einen kurzen Blick auf den Toten. «Hat wohl durchgedreht, was?» fragte er leichthin und setzte sich. «Soll ich Sie verbinden?»

«Danke, es geht schon!», wehrte der MI6-Agent ab und verknotete den Notverband mit Hilfe seiner Zähne. «Woher soll ich wissen, ob Sie mich nicht auch abmurksen wollen wie Ihr verblichener Freund hier?»

«Er war nicht mein Freund», entgegnete der Sergeant gelassen und griff mit der linken Hand nach seiner Feldflasche. «Wir kennen uns von einem früheren Einsatz hinter den feindlichen Linien. Das ist alles.» Seine rechte Hand lag ruhig auf dem Oberschenkel.

Quint konnte sich ein spöttisches Lächeln nicht verkneifen. Harrison war Rechtshänder. Sein Verhalten sprach Bände.

Langsam liess sich der Agent gegenüber dem misstrauisch blickenden Mann auf dem Rucksack nieder und stützte seine Rechte ebenfalls auf sein Bein. «Na, dann wollen wir uns mal gegenseitig ein bisschen belauern, während sich der arme Lieutenant da draussen die Beine in den Bauch steht!»

Draussen fluchte Tom Barnes innerlich und sehnte die Dunkelheit und mit ihr den Zeitpunkt des Aufbruchs herbei.

9. Kapitel

Zufrieden legte Sam Burton sein Besteck beiseite. Falls dies seine Henkersmahlzeit gewesen sein sollte, so konnte er sich nicht beklagen. Er wusste zwar nicht genau, was er soeben gegessen hatte, aber es hatte ihm ausgezeichnet geschmeckt.

«Sie haben hier offenbar eine hervorragende Küche!», sagte er anerkennend zu Huber, als dieser den Raum wieder betrat. Der Leutnant hatte ihn und Parker in Ruhe essen lassen und sich solange in das Büro des Wachkommandanten zurückgezogen, nachdem er sich vergewissert hatte, dass mit der Verpflegung alles klappte.

«Es freut mich, dass es Ihnen geschmeckt hat, Herr Standartenführer», antwortete Huber lächelnd. «Hauptmann Kopp wird gleich hier sein.»

Fast im selben Augenblick ertönten energische Schritte. Die Tür wurde geöffnet, und ein hochgewachsener Offizier betrat den Raum. Vor Burton, der sich sofort erhob, blieb er stehen und salutierte.

«Hauptmann Kopp», stellte er sich vor. «So, da sind Sie also.»

Burton liess sich nicht anmerken, dass ihn das Verhalten des Kommandanten leicht irritierte, während er dessen Gruss erwiderte. Immerhin war er drei Ränge höher, auch wenn er – theoretisch – der SS und nicht der Wehrmacht angehörte. So verzichtete er auch bewusst auf den Hitlergruss; Kopp schien kein grosser Freund der SS und der Nationalsozialisten zu sein, und es erschien ihm daher ratsam, dem Hauptmann nicht den Eindruck zu vermitteln, ein glühender Anhänger des Führers zu sein.

«Standartenführer Krüger», sagte Burton ruhig. «Ich bedanke mich für den freundlichen Empfang durch Leutnant Huber und für das ausgezeichnete Mittagessen, das mein Fahrer, Sturmmann Förster, und ich geniessen durften.» Er streckte Kopp die Hand hin, die dieser widerwillig ergriff.

«Ich werde Sie zur Produktion führen und Sie dort mit Professor Siegwart bekanntmachen. Er wird Ihnen dann alles genau erklären.» Die grauen Augen fixierten Burton kalt und abweisend. «Dass in der gesamten Anlage absolutes Rauchverbot herrscht, brauche ich wohl nicht extra zu erwähnen!» Das entsprach zwar nicht ganz den Tatsachen, denn es gab ein paar Bereiche, in denen geraucht werden durfte. Aber das musste dieser Krüger ja nicht unbedingt wissen. «Wenn Sie mir dann bitte folgen wollen!»

Der Hauptmann machte auf dem Absatz kehrt und marschierte davon. Burton musste sich beeilen, um mit ihm Schritt zu halten. Gefolgt von Parker und Huber, eilte er dicht hinter Kopp den Weg zurück zur grossen Kaverne mit der Drehscheibe.

Als die kleine Gruppe dort angekommen war und sich anschickte, durch die von Hauptmann Kopp geöffnete Tür links der beiden Innenverteidigungsscharten den Stollen zum Hauptwerk zu betreten, hob der Kommandant die Hand und wandte sich mit energischer Stimme an Parker: «Sie nicht!»

«Ich verbürge mich für Förster, Herr Hauptmann», wandte sich Burton in freundlichem Ton an Kopp. «Er ist mir seit über einem Jahr als persönlicher Fahrer zugeteilt.»

Der Hauptmann überlegte kurz. Man sah es ihm an, dass er innerlich einen schweren Kampf mit sich ausfocht.

«Also gut», gab er schliesslich widerwillig nach. «Er ist Ihr Untergebener, Sie tragen die volle Verantwortung für ihn!»

«Danke.»

Während Leutnant Huber die Tür von aussen hinter ihnen schloss, schritten die drei Männer schweigend durch den langen, leeren Gang, der insgesamt dreimal einen Knick nach links machte, bevor sie zu einer weiteren geschlossenen Tür gelangten. Sam Burton, der sich die Richtungsänderungen einzuprägen versuchte, schätzte, dass sie sich nun ziemlich genau im rechten Winkel zum Eingang der Anlage bewegten.

Kopp betätigte den armlangen Hebel an der gut zwanzig Zentimeter dicken, stahlumrandeten Betontür und drückte an dem einbetonierten Eisengriff. Langsam liess sich die tonnenschwere Tür öffnen und gab den Blick auf eine identische Ausführung am anderen Ende des dazwischenliegenden kurzen Stollenabschnitts frei.

Nachdem die drei Männer die Druckschleuse betreten hatten, drückte Kopp die Tür wieder zu und verriegelte sie, wodurch mittels eines an der rechten Wand verlaufenden Gestänges ein Mechanismus in Gang gesetzt wurde, der die erste Tür blockierte und gleichzeitig das Verschlusssystem der nächsten Tür freigab. Burton begriff sofort, dass dadurch sichergestellt wurde, dass nie beide Türen gleichzeitig offen waren, damit sich im Fall einer Explosion die Druckwelle nicht ungehindert im ganzen Stollensystem ausbreiten und alles zerstören konnte. Dies bedeutete aber auch, dass irgendwo Soll-bruchstellen und sogenannte Auspuffstollen vorhanden sein mussten, durch die der Druck ins Freie entweichen konnte.

Das Erste, was Burton und Parker wahrnahmen, als sie aus der Schleuse traten, waren die veränderte Geräusch-kulisse und die in zwei Reihen nebeneinander an der rechtwinklig zu ihnen verlaufenden Stollenwand ange-brachten Wegweiser. In schwarzer Schrift auf gelbem Hintergrund wiesen drei Schilder nach links: «Produkti-on 1–4»; «Löschmittelmag.»; «Notausgang». Nach rechts zeigten fünf Pfeile: «1. + 3. Etage»; «Mun. Mag. 1 + 2»; «Produktion 5–7»; «Wasserreservoir»; «Unterkunft».

Das entfernte, gleichmässige Summen eines Elektro-motors wurde immer wieder übertönt von Männerstim-men, dem Schlagen von Metalltüren und rumpelnden Geräuschen, deren Ursache zunächst nicht erkennbar war. Die hier merklich wärmere Luft war erfüllt von einer Mischung aus leichtem Öl- und Schweissgeruch, ohne jedoch muffig oder abgestanden zu sein. Die ganze Atmosphäre deutete auf rege Betriebsamkeit hin; ganz offensichtlich wurde hier fleissig gearbeitet. Um die rech-te Ecke des Gangs kam gerade ein junger Soldat, der an einer Deichsel mit metallenem Handgriff einen vierrädri-gen Transportwagen hinter sich herzog, auf dessen Lade-fläche zwei offene Kisten mit Artilleriegeschossen stan-den.

«Wo ist Professor Siegwart?», fragte Kopp, der soeben die Schleusentür hinter sich geschlossen hatte.

Der Soldat brachte sein Gefährt zum Stehen, liess die Deichsel los und nahm Haltung an. «Der Professor be-findet sich gleich da vorn, im Produktionsraum 2, Herr

Hauptmann!»

«Danke. Weitermachen!»

Sie liessen den Mann vorbei und folgten ihm die kurze Strecke bis zu der Stelle, wo sich der Gang verzweigte: nach links zu den Produktionsräumen 1 und 2, geradeaus zu Nummer 3 und 4, nach rechts zum Löschmittelmagazin und zum Notausgang. Burton fand die Wegweiser grossartig.

Wie der Soldat vor ihnen, wählten sie den Weg nach links, blieben jedoch im Gegensatz zu diesem schon vor der ersten Tür mit der Aufschrift «PR 2» stehen. Kopp klopfte an und wartete.

Ein bulliger, schnauzbärtiger Unteroffizier öffnete. Als er die SS-Uniformen sah, streckte er den rechten Arm zum Hitlergruss aus, was ihm einen verächtlichen Blick seines Chefs eintrug.

Widerwillig nahm Kopp den Gruss ab und führte seine beiden Besucher, welche die Ehrenbezeugung ebenfalls erwiderten, in eine hell erleuchtete Kaverne von der Grösse eines mittleren Tanzsaals.

Zu beiden Seiten des Eingangs standen mehrere Kisten von der gleichen Sorte auf dem Boden, wie sie der junge Soldat kurz zuvor transportiert hatte. Soweit sich dies auf den ersten Blick beurteilen liess, war bei jenen, die nicht leer waren, auch der Inhalt identisch. Die Mitte des unterirdischen Arbeitsraums nahmen sechs grosse Werkbänke ein, an denen mehrere Männer standen und an Artilleriegranaten herumhantierten.

Ein grosser, schlanker Mann in einem weissen Arbeitskittel löste sich aus der Gruppe und kam auf die drei Neuankömmlinge zu. Er trug eine Brille und hatte dünnes, blondes Haar, das seine Kopfhaut nur sehr spärlich zu bedecken vermochte.

«Darf ich bekannt machen: Professor Dr. Siegwart, Leiter der Versuchsabteilung; Standartenführer Krüger, SS-Führungshauptamt, zuständig für Waffen und Munition». Kopp wartete, bis sich die beiden Männer mit Handschlag begrüsst hatten.

«Ich überlasse Sie nun der Obhut unserer Koryphäe für panzerbrechende Munition», wandte er sich dann an Burton. «Bis später.»

Sam Burton überlegte, ob er den Hauptmann jetzt gleich um ein Quartier für die Nacht bitten sollte, entschied sich jedoch dagegen. Vielleicht erreichte er mehr, wenn es ihm gelang, den Professor für sich zu gewinnen und ihn dafür einzuspannen. Dem Wissenschaftler würde der abweisende Offizier eine solche Bitte bestimmt nicht so ohne Weiteres abschlagen können, nur weil er eine derart stark ausgeprägte Abneigung gegen die SS hatte.

«Danke», sagte er deshalb nur.

Aber Kopp hatte sich schon umgedreht und verliess den Produktionsraum mit eiligen Schritten.

10. Kapitel

«Es ist mir eine grosse Ehre, Ihnen unsere neueste Errungenschaft vorstellen zu dürfen, Herr Standartenführer!», begann Siegwart, als der Kommandant den Raum verlassen hatte. «Eine Errungenschaft, die den Russlandfeldzug entscheidend beeinflussen könnte! Zu unseren Gunsten natürlich», fügte er verlegen hinzu, ohne den Namen auszusprechen, der nach diesen Worten schicksalsschwer in der Luft lag: Stalingrad. Unsicher sah er den vermeintlichen SS-Offizier durch seine runden Brillengläser an. Er wirkte bedrückt, als er mit gesenktem Haupt beinahe kleinlaut sagte: «Offenbar haben wir die Panzerung des T-34 unterschätzt.»

«Die Ehre ist ganz meinerseits!», erwiderte Burton mit einem verbindlichen Lächeln, was der Wissenschaftler nicht ohne Stolz und sichtlich erleichtert zur Kenntnis nahm. «Ich bin schon sehr neugierig!»

Siegwart schien erfreut. Mit einer weitausholenden Armbewegung fuhr er begeistert fort: «Was Sie hier sehen werden, ist das Resultat intensiver Forschungen und unermüdlicher Bemühungen, unseren tapferen Soldaten ein Geschoss zur Verfügung zu stellen, das sämtliche gepanzerte Fahrzeuge schon mit dem ersten Treffer ausser Gefecht setzt!»

Mit interessiertem Gesichtsausdruck nahm Burton diese besorgniserregende Eröffnung des Professors zur Kenntnis. Das also war es! Wie ihn schon Kopps Äusserung von vorhin hatte befürchten lassen, war es den

Deutschen offenbar gelungen, ein neuartiges Wuchtgeschoss mit markant gesteigerter Durchschlagswirkung zu entwickeln. Dies konnte in der Tat einiges verändern. Bereits Siegwarts nächste Worte lieferten ihm die endgültige Bestätigung.

«Wir haben unter Anwendung eines revolutionären Verfahrens zur Gewinnung von Wolframcarbid-Teilchen einen Weg gefunden, die panzerbrechende Wirkung der Panzergranate 39 derart massiv zu verbessern, dass sie sogar der aus Wolfram gefertigten Panzergranate 40 weit überlegen ist!»

Das eher blasse Gesicht des Professors rötete sich vor Eifer, als er fortfuhr: «Wie Sie wissen, verfügt die Pzgr. 40 aufgrund der grösseren Eigenmasse ihres Wolfram-Penetrators über höhere Durchschlagskräfte, wohingegen die mit einer Sprengstofffüllung und einem Verzögerungszünder am Boden ausgestattete Pzgr. 39 durch ihre Detonation nach dem Durchdringen der Panzerung und dem dadurch erzielten Splittereffekt im Innern des getroffenen Ziels den grösseren Schaden anrichtet.»

Sam Burton nickte bestätigend. Er war kein Spezialist auf diesem Gebiet, aber er verfügte zumindest über genügend Fachkenntnisse, um den Ausführungen des Wissenschaftlers problemlos folgen zu können.

«Der entscheidende Vorteil unserer Panzergranate 39 Spezial, wie wir sie nennen, besteht darin, dass wir bei gleichzeitiger Einsparung von Wolfram und dem kompletten Verzicht auf Sprengstoff eine grössere Durchschlagswirkung und eine grössere Zerstörung innerhalb der Panzerung erreichen, als ihre beiden Vorgängermodelle! Die Pzgr. 39 Spezial ist also gewissermassen eine Kombination der beiden Panzergranaten 39 und 40, aber mit erheblich gesteigerter Effizienz!»

Siegwart war jetzt ganz in seinem Element. Er wies auf die Kisten mit den Geschossen. «Wir arbeiten derzeit mit den Kalibern 7,5 cm und 8,8 cm, die ja bekanntermassen bei diversen Kampfwagen-, Panzerjäger- und Panzerabwehrkanonen zur Anwendung kommen, darunter auch beim Panzerkampfwagen VI Tiger, von dem im August bereits die ersten acht Stück produziert wurden, und beim Panzerkampfwagen V Panther, dessen Serienfertigung ebenfalls noch in diesem Jahr anlaufen soll!»

Das war nun wirklich interessant! Sam Burton hegte grosse Zweifel, dass die Alliierten von diesen beiden, nach Raubkatzen benannten, neuen Spielzeugen für die deutschen Panzertruppen Kenntnis hatten. Wieder nickte er nur. Er wollte den Redefluss des mitteilsamen Professors keinesfalls unterbrechen. Abgesehen davon, dass er so zu wichtigen Informationen kam, brauchte er selbst nichts zu sagen, was ihn und Ed Parker unter Umständen in Schwierigkeiten bringen konnte.

«In diesem und einem danebenliegenden Raum entnehmen wir den in geringen Mengen vorhandenen Sprengstoff aus den Granaten. Der Bodenzünder, der Leuchtspursatz und die Sprengstofffüllung werden vorsichtig entfernt, und die leere Öffnung wird mit einem Flaschenputzer und einem weichen Tuch gereinigt, damit keine Pulverrückstände zurückbleiben. Der entnommene Sprengstoff wird anschliessend in einem kleinen Magazin nebenan zwischengelagert und von Zeit zu Zeit abtransportiert; ebenso die Zünder, die durch Metallstopfen mit Gewinde ersetzt werden, und die überzähligen Leuchtspursätze, von denen wir einen Teil wiederverwenden.»

Parker, der sich respektvoll etwas im Hintergrund hielt und die ganze Zeit ebenfalls sehr aufmerksam zuhörte, bekam bei diesen Worten leuchtende Augen, was aber niemand bemerkte.

«In einem weiteren Arbeitsschritt wird die nun leere Öffnung im Projektil unseren Bedürfnissen angepasst!», verkündete Siegwart stolz. «Dies geschieht aus Sicherheitsgründen in zwei anderen, sprengstofffreien Räumen. Wenn Sie mir bitte folgen wollen!»

Die drei Männer traten in den Gang hinaus und gingen die paar Schritte zur Weggabelung zurück. Dort schwenkten sie nach links, in den mittleren Stollen, der sich nach wenigen Metern erneut teilte und zu den Produktionsräumen 3 und 4 führte. Der Professor entschied sich für «PR 3», der auf frappante Weise dem soeben besichtigten Raum glich.

Siegwart deutete zur linken Werkbankreihe, wo vier grosse Standbohrmaschinen aufgestellt waren. «Hier wird der Hohlraum der geleerten Granaten vergrössert. Jede dieser Bohrmaschinen verfügt über eine eigens für diesen Zweck konstruierte Lehre, die ein exaktes Nachbohren im Zentrum auf genau die gewünschte Tiefe gewährleistet. Wir experimentieren derzeit mit drei verschiedenen Grössen. Anschliessend wird dort drüben unser Produkt in die vergrösserten Hohlräume eingefügt: Rundstäbe aus Wolframcarbid in verschiedenen Durchmessern und Längen!»

Der Professor bedeutete Burton, ihn auf die andere Seite des Raums zu begleiten. Parker folgte den beiden wie ein Schatten zu einer an der rechten Wand abgestellten Kiste, der Siegwart eine etwa zwanzig Zentimeter lange, silbergraue Stange entnahm, deren Durchmesser

Sam Burton auf knapp drei Zentimeter schätzte.

«Wolframcarbid ist ein ausgesprochen hartes Material mit einer doppelt so hohen Dichte wie Stahl», erklärte der Wissenschaftler, während er Burton die Stange reichte.

«Tatsächlich!», bestätigte Burton lachend. «Das Ding ist wesentlich schwerer als es aussieht! Würde sich bestimmt hervorragend als Briefbeschwerer eignen!»

Siegwart nickte abwesend und zeigte auf eine Ansammlung von acht Geschossen, die nebeneinander auf dem Betonboden standen. «Und hier sehen Sie das Endprodukt: Die Panzergranate 39 Spezial!» Seine Stimme verriet die grosse Genugtuung, die er bei diesen Worten empfand. «Beim Auftreffen des Geschosses auf das Zielobjekt passiert nun folgendes: Die Weicheisenkappe, die dem Schutz des eigentlichen Wirkkörpers dient, schmilzt beim Aufprall und verformt sich, ebenso wie die weiche ballistische Haube an der Spitze des Geschosses, wodurch die durch den Aufprallschock entstehende Erschütterung gedämpft wird.

Die hohe kinetische Energie bewirkt, dass das Projektil durch die beim Aufprall entstehende Hitze zum Glühen gebracht wird und sich gewissermassen durch die Panzerung schmilzt. Gleichzeitig wird nun unser zweiter, noch härterer Penetrator freigegeben und durchschlägt mit ungeheurer Wucht die ebenfalls glühend heissen Panzerplatten! Die Wirkung dieses Splitterregens geschmolzener Teile ist verheerend, wie Sie sich vorstellen können!»

Sam Burton nickte ernst und war dankbar, dass er nicht Mitglied einer Panzerbesatzung war.

«Der Umstand, dass unser zylindrischer Wolframcarbidkern unterkalibrig, also wesentlich kleiner als das verwendete Kaliber ist, wirkt sich günstig auf das Gewicht und damit auf die Mündungs- und Aufschlaggeschwindigkeit des Geschosses aus. Ausserdem wird eine sehr viel geringere Menge des kostbaren Wolframs benötigt als bei der Pzgr. 40!»

Burton sah den Wissenschaftler begeistert an. «Herr Professor, ich bin tief beeindruckt! Sie leisten hier ganz hervorragende Arbeit!»

Siegwart schien geschmeichelt. «Man tut, was man kann», gab er mit falscher Bescheidenheit zur Antwort. «Die ersten Tests an der Front sind offenbar sehr zufriedenstellend verlaufen!»

«Daran zweifle ich keine Sekunde!» Das Süssholzgeraspel schien Burton bei seinem Gesprächspartner die richtige Taktik zu sein. Je mehr er Siegwart einseifte, desto mehr würde er von ihm erfahren.

«Ich schlage vor, wir begeben uns nun zu den Reaktoren, damit ich Ihnen unser neues Verfahren zur Herstellung des Wolframcarbids im Detail erklären kann!»

«Mit Vergnügen!»

Die kleine Gruppe verliess den Produktionsraum 3 und wählte bei der Burton und Parker nun fast schon vertrauten Gabelung den mittleren Gang, durch den sie zuvor gekommen waren. Kurz vor der Abzweigung zu dem Stollen, der zurück zum Wachtrakt und zum Eingang führte, kam ihnen wieder ein Soldat mit Granaten auf einem Transportwagen entgegen.

«Da kommt schon die nächste Ladung Pzgr. 39», erklärte Siegwart. «Das Munitionsmagazin befindet sich gleich hinter der nächsten Biegung.»

Nach der erneuten Richtungsänderung befanden sie

sich nun an einem Punkt, der die Dimensionen dieses unterirdischen Labyrinths erahnen liess. Gleich rechts befand sich das eben erwähnte «Mun. Mag. 1», ein ausbetonierter, etwa fünf Meter breiter Raum, dessen Länge Burton nach einem Blick durch die geöffnete Tür auf gut und gern zwanzig Meter schätzte.

«Hier werden die Originalgranaten nach der Ankunft bis zu ihrem Umbau zwischengelagert. Wie Sie sehen, haben wir hier drin reichlich Platz dafür. Gleich dort vorn befindet sich das zweite Munitionsmagazin, in dem unsere Spezialgeschosse auf den Abtransport warten. Die beiden Blechdeckel an der Wand sind übrigens Explosionsklappen, durch die der Druck bei einem hoffentlich nie eintretenden Unglück entweichen könnte. Deshalb haben wir hier auch überall Druckschleusen.»

Burton sah sich schon zum zweiten Mal in seinen Vermutungen bestätigt.

Nach wenigen Schritten wurde der Stollen deutlich breiter, um sich jedoch kurz dahinter wieder auf das ursprüngliche Mass zu verjüngen. Für Burton sah die Erweiterung, auf deren linker Seite wieder eine Schleusentür den Blick auf das Dahinterliegende verwehrte, wie ein Umschlagplatz aus. Von der Decke hingen an zwei dünnen Ketten die gelb-schwarzen Wegweiser «1. Etage» und «3. Etage» herab.

«Dies ist gewissermassen der Knotenpunkt der Anlage», erklärte Siegwart. «Hinter dieser Schleuse befinden sich die Treppen und die beiden Schrägaufzüge zur ersten und dritten Etage. Sämtliche für unsere Arbeit angelieferten Materialien sowie das fertige Endprodukt werden hier per Schrägaufzug vom beziehungsweise zum Bahnhof auf der ersten Etage befördert.»

Burton zeigte sich erstaunt. «Bahnhof?»

Der Professor lachte. «Der Transport erfolgt per Zug. Die Details sind streng geheim! Aber wenn Sie wollen, können Sie einen kurzen Blick in den Schrägstollen werfen.»

Begeistert nickte Burton. Natürlich wollte er!

Sie durchquerten die Druckschleuse und standen auf einer Art Empore, die zur rechten Seite hin offen und mit einem Eisengeländer gesichert war. Im rechten Winkel zum Gang mit der Schleuse verlief der Schrägstollen. Von ihrem Standort aus nicht einzusehen, führte er, unter ihren Füssen zum Vorschein kommend, von der ersten Etage schnurgerade weiter zur dritten hinauf.

Auf seiner linken Seite verlief ein Gleis mit einem Drahtseil in der Mitte, rechts daneben eine lange, von mehreren kurzen Podesten unterbrochene Treppe. Die Decke des Stollens verwehrte ihnen die Sicht auf dessen Ende.

«Kommen Sie!» Siegwart ging zu der Stelle, wo sich der Boden ihres Standorts genau auf gleichem Niveau wie der Schrägstollen befand und den Schienenstrang unterbrach. «Von hier aus können Sie in beiden Richtungen das Ende des Gangs sehen!» Er deutete nach unten, wo das Stollenende auf der ersten Etage als kleine, dunkle Öffnung zu erkennen war. «Dort unten, etwa dreissig Meter tiefer als wir, befindet sich unser Bahnhof! Wobei das vielleicht etwas übertrieben ist. Eigentlich ist es eher ein Eingangsbereich mit Gleisanschluss.»

Selbst Sam Burton war überrascht. Was er da sah, gefiel ihm gar nicht. Die Distanz betrug seiner Schätzung nach mindestens fünfzig, wenn nicht gar sechzig Meter. Die Treppenstufen liessen sich jedenfalls von hier aus nicht zählen. Es erschien ihm beinahe unmöglich, die Strecke ungesehen zurückzulegen. Er drehte sich um und schaute in die entgegengesetzte Richtung. Hier war die Entfernung zwar deutlich geringer, aber immer noch eindrücklich.

«Nach oben sind es zwanzig Meter Höhenunterschied», liess Siegwart verlauten. «Dort ist die Technik untergebracht; Energieerzeugung, Telefonzentrale und so weiter. Ein Fahrstuhl und eine Treppe führen von dort direkt in den auf unserer Ebene liegenden Unterkunftsteil.»

Im Gegensatz zu seinem Pendant für den unteren Teil befand sich der obere Aufzug gerade auf dieser Ebene. Es handelte sich dabei um eine einfache, zur Treppe hin offene Konstruktion mit Bretterboden und einem hüfthohen Gitter vorn und hinten. Die andere, der Wand zugewandte Seite, war durch ein Blech gesichert, welches zum Be- und Entladen heruntergeklappt werden konnte. Vor der Transportplattform hingen von einer an der Stollendecke angebrachten Stahlkonstruktion drei Ketten mit Holzgriffen herunter, mittels derer drei mit «Ab», «Halt» und «Auf» beschriftete Elektroschalter bedient werden konnten.

«Wir gehen in diese Richtung weiter, dann ersparen wir uns eine Schleuse», erklärte Siegwart und führte seine Besucher um einen weiteren Rechtsknick und damit unter dem über ihnen ansteigenden Schrägstollen hindurch zu einer der offenbar in endloser Zahl vorhandenen Verzweigungen. «Links geht's zur Unterkunft, rechts zurück zu den beiden Munitionsmagazinen und hinter uns in dem Gang, den wir eben betreten haben, befinden sich ein Löschmittelmagazin und einer der beiden Notausgänge. Ausserdem führt von dort wiederum ein Verbindungsstollen zu den Produktionsräumen, von denen Sie zwei bereits gesehen haben.»

Ed Parker, der schweigend hinter Siegwart und Burton hertrottete und fieberhaft überlegte, wie er hier möglichst viel Schaden anrichten konnte, gab es auf. Dem Planer dieses Labyrinths war offenbar viel daran gelegen, feindlichen Agenten das Leben so schwer wie möglich zu machen. Er musste hier raus, solange er noch halbwegs wusste, wo es langging und er nicht vollends die Orientierung verloren hatte.

«Wir kommen nun zum Trakt, in dem sich die Reaktoren zur Wolframcarbidgewinnung befinden», kündigte der Professor an.

Burton fand, dass der Mann einen ausgezeichneten Fremdenführer abgegeben hätte.

«Wir haben eine Methode entwickelt, die es uns ermöglicht, aus einer in Pulverform angelieferten, auf Wolfram basierenden Vorläuferverbindung durch Umsetzung mit einem Reaktandgasgemisch aus Wasserstoff und Kohlenmonoxid direkt ohne Bildung stabiler Zwischenprodukte Wolframcarbid herzustellen! Dies bedeutet für uns …»

Ed Parker fand, dass es nun reichte. So sehr er sich auch über das Vorhandensein von hochentzündlichem Wasserstoff in dieser Anlage freute; das technische Kauderwelsch Siegwarts interessierte ihn nicht im Geringsten. Es wurde Zeit, einen Weg zu finden, wie er seine im Wagen versteckte, hochexplosive «Minimalausrüstung» unauffällig hier hereinbrachte. Er räusperte sich diskret.

«Was gibts, Förster?» Burton war stehengeblieben und hatte sich zu seinem Corporal umgedreht.

«Verzeihung, Herr Standartenführer», begann Parker verlegen, «aber mir ist nicht gut. Ich müsste dringend mal an die frische Luft!»

Burton schien für einen Moment irritiert, fing sich aber sogleich wieder. Er wandte sich an Siegwart, der etwas verärgert darüber zu sein schien, dass er mitten in seinem Referat unterbrochen worden war.

«Liesse sich das machen, Herr Professor?»

Der Wissenschaftler überlegte kurz. «Denken Sie, dass Sie den Weg zurück zum Eingang allein finden werden?», fragte er Parker und sah ihn missbilligend an. Offenbar verspürte er keine Lust, den Unterbruch seines Vortrags noch unnötig zu verlängern mit der Suche nach jemandem, der den zimperlichen Besucher nach draussen begleitete.

«Durch die Tür da hinten rechts und dann an den Munitionsmagazinen vorbei», riet Parker zuversichtlich.

Siegwart nickte wortlos und wandte sich wieder Burton zu. «Tja, der Aufenthalt unter Tage ist eben nicht jedermanns Sache!», erklärte er etwas von oben herab. «Wo war ich stehen geblieben? Ach ja! Wie gesagt …»

Burton hörte den Ausführungen des Wissenschaftlers nur noch mit halbem Ohr zu. Was hatte Parker vor? Wollte er den Sprengstoff hereinschmuggeln? Oder war er gar ein Verräter? Sollte er sich in dem Corporal derart getäuscht haben?

11. Kapitel

Nachdem er über eine Stunde unter den Bäumen gewartet hatte, nickte SS-Obersturmführer Walter König anerkennend. Wie es aussah, hatten die beiden Saboteure mit ihrem riskanten Bluff tatsächlich Erfolg. Sehr gut! Nun war es allmählich an der Zeit, dass er die Bühne betrat und etwas Schwung in den verstaubten Betrieb der Wehrmacht brachte. Er freute sich schon auf die belämmerten Gesichter der Offiziere, wenn er ihnen unter die Nase rieb, dass sie auf die Maskerade von feindlichen Spionen und Saboteuren hereingefallen waren. Welch eine Schmach!

Er hob noch einmal sein Fernglas und richtete es auf das Militärlager in der Schottergrube. Der Schneefall hatte in den letzten Minuten deutlich nachgelassen, so dass die Sicht ausreichend war, um Einzelheiten zu erkennen. Alles ruhig. Keine hektischen Aktivitäten. Nichts, was auf ein aussergewöhnliches Ereignis hindeutete.

König verstaute seinen Feldstecher im Futteral und setzte sich in Bewegung. In gemächlichem Tempo ging er zur Strasse und bog kurze Zeit später in die Zufahrt zum Stützpunkt ein.

Dicht vor dem Schlagbaum blieb er stehen und streckte einem der beiden erstaunt dreinblickenden Wachposten seinen Ausweis entgegen. «SS-Obersturmführer König, Sicherheitsdienst des Reichsführers-SS! Ich muss den Chef hier sprechen!», kam er ohne Umschweife zur Sache.

Der grössere der beiden Soldaten musterte den Ausweis und gab ihn anschliessend mit einem Nicken seinem Besitzer zurück. «Folgen Sie mir bitte!», sagte er, während sein Kamerad den Schlagbaum so weit anhob, dass König passieren konnte.

Als sie an dem von einer dünnen Schneeschicht bedeckten Wagen der beiden falschen Gäste vorbeikamen, huschte ein kurzes Lächeln über Königs Gesicht. Aber er schwieg.

Vor der grossen Holzbaracke blieben sie stehen. Der Gebirgsjäger klopfte an die Tür, wartete, bis sie geöffnet wurde, und führte den SD-Offizier zum Telefon vor dem Eingangstor der unterirdischen Anlage.

«Einen Augenblick, bitte!» Der Soldat hob den Hörer ab und wählte. «Mitteregger!», meldete er sich nach einer kurzen Pause. «Hier ist ein SS-Obersturmführer König vom SD und will den Kommandanten sprechen! – Nein, das ist kein Witz! – Gut!» Mitteregger hängte ein. «Leutnant Huber kommt gleich!»

«Danke.»

Schweigend warteten die beiden Männer, bis Huber aus der Tiefe des Berges auftauchte.

Nach den Ehrenbezeugungen kam König sofort zur Sache. «Leutnant Huber, ich muss dringend den Kommandanten sprechen!»

«Ich weiss nicht, ob das jetzt möglich ist», entgegnete Huber etwas unsicher. Kopp würde gar nicht erfreut sein, wenn er ihm noch einen von dieser Sorte anschleppte!

«Dann sorgen Sie bitte dafür, dass es möglich ist!» Die Stimme des Obersturmführers war freundlich, aber bestimmt. Er hatte keine Lust, mit den Untergebenen des ranghöchsten Offiziers dieses Stützpunkts zu diskutieren, egal, welchen Rang sie bekleideten. Er wollte zum Chef selbst, und zwar sofort!

«Na gut, ich werde sehen, was sich machen lässt», gab der Leutnant zögernd nach. Der Alte würde ihm den Kopf abreissen! Verdrossen führte er den ungebetenen Besucher zur grossen Kaverne und anschliessend in den Unterkunftsteil im Wachtrakt, wo er ihm einen Platz im Essraum anbot. «Warten Sie bitte hier! Ich werde Hauptmann Kopp verständigen.»

König nickte wortlos. Entspannt lehnte er sich auf seinem Stuhl zurück, als der Leutnant den Raum verlassen hatte. Er freute sich auf das, was nun gleich folgen würde.

Für Huber, der im Büro des Wachkommandanten mit seinem Vorgesetzten telefonierte, bestand kein Anlass zur Freude. Er hielt den Hörer vorsichtshalber einige Zentimeter von seinem Ohr entfernt, als Kopp sich meldete.

«Sagen Sie das nochmal!» tönte es aus der Leitung, als der Leutnant seinem Chef kleinlaut Bericht erstattete. «Sind Sie noch ganz bei Trost?»

«Hätte ich ihn mit Fusstritten wegjagen sollen wie einen räudigen Hund?»

Kopp brummte etwas Unverständliches. Huber hätte schwören mögen, dass seinem Chef genau dies am liebsten gewesen wäre.

«Soll ich ihn in Ihr Büro bringen?», fragte der Leutnant vorsichtig und hielt den Hörer sicherheitshalber noch etwas weiter weg.

«Nein! Ich komme!» Mit einem Knall wurde die Verbindung unterbrochen.

Huber atmete auf. Das war zumindest schon mal geschafft. Dieser König würde es noch bereuen, hergekommen zu sein! Der Alte würde ihn bestimmt zur Schnecke machen! Er konnte einem schon fast leidtun. Aber was kreuzte der Kerl auch einfach unangemeldet hier auf? Und brachte damit auch ihn in Schwierigkeiten? Geschah ihm ganz recht!

Hauptmann Kopp liess sich Zeit. Als er endlich im Büro des Wachkommandanten erschien, waren beinahe zwanzig Minuten vergangen.

«Wo?», fragte er knapp.

«Im Essraum.»

«Kommen Sie, Huber! Wenn Sie ihn schon reingelassen haben, können Sie auch dabei sein!» Kopp betrachtete es ganz offensichtlich als Strafe, sich mit dem SS-Führer unterhalten zu müssen.

Die Begrüssung fiel ähnlich steif aus, wie zuvor jene zwischen Burton und Kopp.

«Sie sind also vom SD», stellte Kopp mit einem abfälligen Nicken zur Raute auf Königs Uniformärmel hin mit leicht spöttischem Unterton fest und bedeutete ihm, wieder Platz zu nehmen. «Sicherheitsdienst des Reichsführers-SS!»

«Vom Ausland-SD, um genau zu sein», gab König gleichmütig zur Antwort und nickte. Er hatte nicht erwartet, dass der Offizier ihm zu Ehren einen Freudentanz aufführen würde.

«Nun, wie kann ich dem Reichsführer behilflich sein?», fragte Kopp sarkastisch.

Huber, der neben seinem Chef sass, blickte starr auf einen imaginären Punkt vor sich auf der Tischplatte und

84

wagte kaum zu atmen. Hoffentlich übertrieb es der Alte nicht!

«Soweit ich weiss, haben Sie Besuch, Herr Hauptmann.» Es war mehr eine Feststellung als eine Frage.

Kopp nickte misstrauisch und versuchte, sich seine Überraschung nicht anmerken zu lassen. «SS-Standartenführer Krüger vom SS-Führungshauptamt. Wollen Sie zu ihm?»

Jetzt war die Überraschung ganz auf Königs Seite. Die Saboteure hatten den Wagen eines SS-Offiziers überfallen? Damit hatte er nun wirklich nicht gerechnet!

«Darf ich fragen, was er hier will?» Es lag etwas Lauerndes in der Stimme des SD-Führers.

«Warum fragen Sie ihn nicht selbst?» Kopp verlor langsam die Geduld. Was sollte die dämliche Fragerei? Weshalb sagte der Kerl nicht einfach, was er wollte?

«Das werde ich gerne tun, Herr Hauptmann. Wer war sonst noch bei ihm? Als er hier ankam, meine ich.»

Kopp platzte der Kragen. «Nur sein Fahrer! Wollen Sie nicht endlich zur Sache kommen und mir sagen, weshalb Sie eigentlich hier sind?»

König nickte langsam. «Sie haben recht, Schluss mit dem Versteckspiel! Hauptmann Kopp, man hat Sie hereingelegt! Ihre beiden Besucher sind keine Angehörigen der SS, sondern britische Spione! Sie haben im wahrsten Sinne des Wortes Saboteuren Tür und Tor geöffnet!»

Die Stille, die diesen Worten folgte, war beängstigend. Kopp starrte den Obersturmführer an wie einen Irren. Aber sein Instinkt sagte ihm, dass der Mann die Wahrheit sagte. Die harte, bittere Wahrheit. Der Feind befand sich im Innersten dieser gut gesicherten, geheimen Anlage! Der schlimmste Albtraum eines jeden Festungskommandanten!

«Geben Sie Alarm, Huber!» Kopp war aufgesprungen. «Die Eindringlinge …!»

«Nein!», unterbrach ihn König scharf. «Bitte warten Sie noch! Ich verstehe Ihre Erregung, Herr Hauptmann! Aber hören Sie mir bitte trotzdem einen Moment zu!»

Kopp sah in das Gesicht des Obersturmführers, der ebenfalls aufgestanden war und ihn beschwörend anblickte. Langsam setze er sich wieder hin. König hatte recht. Jetzt war nicht der richtige Zeitpunkt für überhastete Aktionen. Es erschien ihm ratsam, sich die Argumente seines offenbar gut informierten Gesprächspartners anzuhören.

«Also gut! Reden Sie!»

«Danke. Hier in der Anlage befinden sich also zwei feindliche Subjekte. Ich suche aber insgesamt sieben Männer! Sechs sind mit Fallschirmen abgesprungen, ein weiterer hat sie erwartet und in Empfang genommen! Wir haben es also offensichtlich mit einem britischen Kommando und einem bereits vorher abgesetzten Kundschafter – vermutlich einem Agenten des MI6 – zu tun! Ich gehe davon aus, dass die restlichen fünf sich ganz in der Nähe aufhalten! Daher halte ich es für klüger, vorerst nicht Alarm zu schlagen, sondern Ihre beiden falschen Besucher ohne grosses Aufsehen festzunehmen, da sonst die Gefahr besteht, dass wir die anderen unnötigerweise warnen!»

Kopp, der aufmerksam zugehört hatte, brauchte nicht lange zu überlegen. «Einverstanden!» Er stand auf. «Dann sollten wir uns jetzt um den momentanen Aufenthaltsort unserer britischen Gäste kümmern und ihnen die gebührende Aufmerksamkeit zuteilwerden lassen!»

«Wenn Sie nichts dagegen haben, möchte ich zuvor gerne noch meine Dienststelle in Innsbruck anrufen, damit die wissen, wo ich bin», bat König höflich und erhob sich ebenfalls.

Das wiederum war zwar nicht im Sinne Kopps, aber er konnte König die Bitte schlecht abschlagen. Schliesslich verdankte er es dem jungen SD-Offizier, dass er überhaupt Kenntnis hatte von diesen katastrophalen Ereignissen; auch wenn es ihn schmerzte, dies zuzugeben!

«Meinetwegen. Kommen Sie!»

Die drei Männer eilten zum Büro des Wachkommandanten, wo Leutnant Huber den Telefonisten der auf der dritten Etage gelegenen Fernsprechzentrale anwies, ihn mit dem SD in Innsbruck zu verbinden, bevor er den Hörer an König weiterreichte.

«SS-Obersturmführer König hier! Sind Sie das, Marschke? Hören Sie gut zu und notieren Sie!» Er beschrieb dem Mann am anderen Ende der Leitung die Lage des Stützpunkts in der Schottergrube und den Weg von Langen dorthin. «Haben Sie das? Gut! Ich melde mich zu gegebener Zeit wieder!»

«Was mich noch interessieren würde», meldete sich Kopp zu Wort, als das Telefongespräch beendet war, «woher wissen Sie eigentlich über all die Vorgänge hier so gut Bescheid?»

König lächelte geheimnisvoll. «Das hat Zeit!»

In der Herrengasse 1 in Innsbruck, wo SD und Gestapo im selben Gebäude residierten, ging SS-Hauptsturmführer Horst Brenner gerade in dem Moment am Zimmer mit der halb offenen Tür vorbei, als Marschke seinem Kameraden, der ihn ablöste, haarklein alles erzählte, was er über Königs Jagd auf die englischen Spione wusste.

Wie vom Donner gerührt blieb Brenner stehen, als er das Wort Saboteure aufschnappte. Er schlich näher heran und lauschte gebannt der Unterhaltung der beiden SD-Männer.

Als er genug gehört hatte, entfernte er sich lautlos und rannte dann, zwei Stufen auf einmal nehmend, die Treppe hinauf in den obersten Stock. Dort stürmte der Gestapo-Offizier in sein Büro, riss die Schreibtischschublade auf und zog eine Landkarte heraus, die er hastig auf dem Tisch ausbreitete. Als er gefunden hatte, wonach er suchte, faltete er die Karte eilig wieder zusammen und nahm sie mit zu seinem Untergebenen Wippke, der erschrocken von seiner Akte aufsah, als sein Chef beinahe die Tür einrannte.

«Ich muss sofort zum Bahnhof, Wippke! Wissen Sie, wann der nächste Zug nach Feldkirch fährt?»

Wippke sah auf die Uhr und machte ein skeptisches Gesicht. «Der letzte Zug in diese Richtung dürfte gerade abgefahren sein. Der nächste geht erst morgen früh.»

«Das ist mir zu spät!», erwiderte Brenner energisch. «Ich muss noch heute nach Langen, und wenn ich auf einem Güterzug mitfahren muss!»

12. Kapitel

Ed Parker war froh, dass er nicht länger die mit Eigenlob gespickten Schwärmereien des Professors mitanhören musste und stattdessen endlich aktiv werden konnte. Die erste Druckschleuse hatte er bereits hinter sich gelassen und befand sich somit nun vor dem Munitionsmagazin mit den fertigen Spezialgeschossen, von denen offenbar gerade eine grössere Menge zum Bahnhof im Keller transportiert wurde.

Mehrere Soldaten mühten sich damit ab, Kisten auf die Transportwagen zu laden, während andere damit beschäftigt waren, diese zur Schleuse zu befördern, die zum Schrägaufzug führte. Mit gleichgültigem Gesichtsausdruck marschierte Parker an den schwitzenden Männern vorbei, von denen einige den Fremden in der SS-Uniform mit unverhohlener Neugier angafften. Die meisten jedoch nahmen kaum Notiz von ihm.

Zum dritten Mal innert einer Stunde kam er nun zur Druckschleuse, die den Hauptteil der Anlage vom Wachtrakt trennte, und zum zweiten Mal ging er hindurch. Zufrieden schloss er die zweite Panzertür hinter sich. Bis hierhin war es schon mal gut gegangen. Niemand hatte ihn angehalten oder auch nur gefragt, wohin er wollte.

Auf dem langen Teilstück mit den drei Richtungsänderungen war der Corporal allein unterwegs, und als er die Tür zur Kaverne mit der Drehscheibe öffnete, war ebenfalls niemand zu sehen.

Nun begann der kritische Teil. Er musste die Wachen

dazu bringen, ihn unbehelligt zum Wagen zu lassen, um dort den Sprengstoff unbemerkt in der Aktentasche des toten Krüger zu verstauen und anschliessend damit wieder in die Anlage gelassen zu werden, ohne dass die Soldaten Verdacht schöpften. Vielleicht war es von Vorteil, wenn er sich etwas einfältig gab.

«He! Wo willst du denn hin?» Der Zuruf kam aus dem Wachlokal, dem Parker sich zielstrebig näherte.

«Standartenführer Krüger hat seine Aktentasche im Wagen vergessen. Ich soll sie ihm bringen», gab der Angesprochene scheinbar unbekümmert zur Antwort.

Der Wachsoldat sah Parker mit ungläubigem Erstaunen an. «Und du denkst, du kannst da einfach so raus und wieder rein spazieren? Nee, mein Lieber, da muss ich schon mit nach vorn kommen und dir öffnen!» Kopfschüttelnd griff er nach dem über seinem Schreibtisch hängenden Schlüsselbund. «Nur weil vorhin schon wieder einer von euch hier aufgekreuzt ist, heisst das noch lange nicht, dass wir Tag der offenen Tür haben!»

Erschrocken nahm Parker diese unerwartete Mitteilung zur Kenntnis. Das hatte gerade noch gefehlt!

«Davon weiss ich nichts», sagte er schulterzuckend in gleichgültigem Tonfall. «Ich soll nur die Tasche mit den Akten holen, die mein Chef im Wagen liegen lassen hat.» Innerlich aber war er keineswegs so gelassen, wie es nach aussen hin den Anschein hatte. Er musste so schnell wie möglich wieder rein und Burton warnen – wenn es dann nicht schon zu spät war!

«Na, dann komm!», forderte der Soldat Parker mit einer Handbewegung auf. «Weswegen seid ihr überhaupt hier?», wollte er auf dem Weg zum Eingangstor wissen.

Wieder zuckte Parker mit den Schultern. «Weiss ich

auch nicht so genau. Hat etwas mit Waffen zu tun, glaub ich. Ich bin nur der Fahrer.»

Der Gebirgsjäger sah seinen offenbar etwas beschränkten Begleiter von der Seite beinahe mitleidig an. «Hast es wohl auch nicht immer so einfach mit deinem Chef, was?»

Parker sagte nichts. Der Mann hielt ihn wohl für einen kompletten Idioten. Gut so!

«Stell dir vor, unser Freund hier hat doch tatsächlich geglaubt, er kann ohne Begleitung zu seinem Wagen, um etwas zu holen!», teilte der Soldat seinem Kollegen in der Baracke mit, als er die Tür geöffnet hatte.

«Das kann ich mir denken!», kam prompt die Antwort. «Ihr seid schon ein komischer Verein!», wandte sich der Wachposten gereizt an Parker. «Ihr glaubt wohl, dass sich alles um euch dreht, bloss weil ihr euch für etwas Besseres haltet, was?»

«Komm, Herbert, lass ihn! Er ist ja nur der Fahrer!», beschwichtigte ihn sein Kamerad. «Mach schon auf!»

Brummend kam der andere der Aufforderung nach und machte Platz. «Aber beeil dich gefälligst!», schnauzte er, als Parker an ihm vorbei ins Freie trat und genüsslich die frische Luft einsog.

Gehorsam eilte Parker durch den Schnee zur Beifahrerseite des Wagens und öffnete die hintere Tür. Nachdem er sich mit einem kurzen Blick davon überzeugt hatte, dass er nicht beobachtet wurde, holte er seine Lieblingsspielzeuge unter dem Sitz hervor und verstaute sie sorgfältig in der Tasche des toten Standartenführers.

Einer plötzlichen Eingebung folgend, fischte er den Ausweis, den sie Krügers Fahrer abgenommen hatten, aus seiner Uniformtasche und liess ihn in den Schnee fallen. Rasch schob er ihn hinter das Rad, so dass er nicht mehr zu sehen war. Falls ihn jemand danach fragte, würde er sagen, dass er ihn verloren hatte. Notfalls wusste er ja, wo.

Langsam richtete er sich auf und griff nach der Tasche mit dem brisanten Inhalt. Dann schlug er die Wagentür zu und eilte zurück zur Baracke, wo er, wie es schien, schon sehnsüchtig erwartet wurde.

«Na endlich!», empfing ihn der unangenehme Wachposten. «Ich dachte schon, du hast dich verlaufen!»

«Die verflixte Tür hat geklemmt!», erklärte Parker entschuldigend. Solange er seine Tasche nicht anfasste, konnte ihm der Mistkerl den Buckel runterrutschen!

«Dann pass bloss auf, dass bei dir nichts klemmt!», spottete der Soldat, als Parker an ihm vorbeiging und dem Eingang des Stollensystems zustrebte, wo der andere wartete.

«Herbert ist manchmal unausstehlich, aber im Grunde ein netter Kerl», verteidigte der hilfsbereite Wachsoldat seinen Kollegen, nachdem er die Stahltür verschlossen hatte und sie den Weg zurückgingen. Vor dem Wachlokal blieb er stehen. «Na, da wird sich dein Chef sicherlich freuen, wenn du ihm seine Tasche bringst», meinte er wohlwollend.

Parker nickte erfreut. «Ja, bestimmt. Danke für deine Hilfe. Bist ein anständiger Kerl!»

Zutiefst beunruhigt hastete Parker den langen Gang zum Hauptteil des Felsenwerkes zurück. Was wollte der nach ihnen eingetroffene SS-Mann hier? Waren sie bereits aufgeflogen? In diesem Moment hörte er, wie hinter ihm die Tür zur grossen Kaverne geöffnet wurde, die er kurz zuvor geschlossen hatte.

«… keinesfalls entkommen! Huber, Sie warten bei der Schleuse da vorn, während wir Professor Siegwart und die beiden Spione suchen!»

Ed Parker erkannte die Stimme von Hauptmann Kopp. Der Kompaniechef schien sehr erregt zu sein. Seine Worte liessen keinen Zweifel daran, dass Parkers schlimmste Befürchtungen eingetroffen waren: Man hatte Captain Burton und ihn enttarnt!

Er beschleunigte seine Schritte, um den letzten Knick zu erreichen, bevor die Männer hinter ihm auf den langen, schnurgeraden Teil einbogen und ihn sehen konnten.

Als er die dritte Richtungsänderung endlich hinter sich gebracht hatte und sich nur noch wenige Meter vor der ersten Schleusentür befand, kam ihm eine grossartige Idee.

Eilig betätigte er den Hebel und drückte am Griff der schweren Tür, bis sie weit genug offen stand, dass er problemlos hindurchschlüpfen konnte. Sofort schloss er sie wieder hinter sich und verriegelte sie. Mit drei langen Schritten war er bei der zweiten Tür. Hier verfuhr er etwas behutsamer, um möglichst wenig Lärm zu machen. Bis auf das metallische Klicken, mit dem die beiden gut geschmierten Riegel aus den in der Wand einbetonierten Gegenstücken glitten, war nichts zu hören.

Vorsichtig öffnete Parker auch diese Tür nur gerade so weit, wie es unbedingt nötig war. Kein Mensch war zu sehen, als er aus der Schleuse glitt und die Tür zudrückte. Diesmal allerdings betätigte er den Hebel nicht, sondern lehnte die Tür nur an. Dadurch war es unmöglich, die erste Tür von aussen zu öffnen, da sie blockiert war, solange die andere nicht ordnungsgemäss verriegelt wurde. Somit waren Kopp und seine Begleiter ausgesperrt. Dies verschaffte ihm zumindest etwas Zeit, wie er hoffte.

Es erschien Parker ratsam, diesmal den Bereich vor den beiden Munitionsmagazinen, wo so fleissig gearbeitet wurde, zu meiden. Stattdessen wandte er sich nach links, wo es zu den Produktionsräumen ging, die der Professor ihnen gezeigt hatte.

Bei der Verzweigung wählte er den Gang ganz rechts, in dem sie noch nicht gewesen waren und der ihn am Notausgang und am Löschmittelmagazin vorbei wieder zu der Stelle führen musste, wo er sich von Burton und Siegwart getrennt hatte.

Während er sich mit weit ausgreifenden Schritten dem Ende des langen Verbindungsstollens und damit der nächsten Gabelung näherte, überlegte Parker fieberhaft, was er nun tun sollte. Wenn Kopp Alarm schlug, würden augenblicklich alle Deutschen, die sich in diesem Ameisenhaufen aufhielten, nach ihm suchen. Wo Burton sich befand, wussten sie – im Gegensatz zu ihm – ohnehin. Dann waren sie beide geliefert, und auch seine Spielzeuge in der Aktentasche konnten daran nichts ändern.

Als er an der Verzweigung angekommen war, hatte Ed Parker seine Entscheidung getroffen: Er würde versuchen, sich mit dem Sprengstoff zu verstecken. Vielleicht ergab sich dabei eine Gelegenheit, den Inhalt seiner Tasche sinnvoll zu verwenden. Ausserdem bestand ja noch die schwache Hoffnung, dass es der Gruppe Barnes trotzdem gelang, unbemerkt in die Anlage einzudringen.

Sein Blick fiel auf die Wegweiser an der Wand, und Parker hatte einen – wie er fand – grandiosen Einfall! Rasch wandte er sich nach links, wo sich der Stollen nach wenigen Metern erneut teilte; rechts befand sich das Löschmittelmagazin, geradeaus der Notausgang. Und genau dorthin wollte er!

Eine dicke Panzertür, die sich nur von innen öffnen liess, versperrte ihm den Weg. Beidseitig davon führten mehrere, über die ganze Höhe verteilte runde Öffnungen durch den dicken Beton. Er guckte in eines der Löcher, das sich auf Augenhöhe befand, sah aber nicht viel. Offenbar befand sich aussen ein Deckel, der mit einem kleinen Holzstück nur einen Spaltbreit offen gehalten wurde.

Parker vermutete, dass der Notausgang im Fall einer Explosion die Funktion eines Auspuffstollens übernahm, durch den der Druck entweichen konnte, und dass die Löcher darüber hinaus dem natürlichen Luftaustausch in der Anlage dienten.

Er schob die beiden Riegel zurück und drückte die Tür auf. Dahinter befand sich eine weitere Eisentür mit einem Schloss. Der Schlüssel dazu hing praktischerweise gleich daneben in einem kleinen Kästchen, dessen Glasscheibe sich im Notfall leicht eindrücken liess, wie Parker Sekunden später bestätigen konnte.

Nachdem er auch diese Tür geöffnet hatte, stand er vor einer Gittertür, zwischen deren Stäben hindurch er eine Tarnung aus grau bemaltem, engmaschigem Drahtgeflecht sah, durch die frische, kalte Winterluft zu ihm hereinströmte.

Wie erwartet, passte der Schlüssel auch für das Schloss der Gittertür, die sich ohne Quietschen öffnen liess. Die Tarnung dahinter verfügte über zwei primitive Scharniere und einen Riegel, den Parker zurückschob.

Neugierig spähte er durch den schmalen Spalt, den er die Tarnung vorsichtig geöffnet hatte. Doch viel mehr als eine weisse Mauer aus schneebedeckten Bäumen am steil abfallenden Hang direkt vor ihm gab es nicht zu sehen. Den nur einen knappen Meter breiten Rand zu seinen Füssen, der nach links führte und hinter einem fast senkrecht aufragenden Felsen verschwand, bemerkte er erst auf den zweiten Blick.

«Nicht ungefährlich, dieser Notausgang», murmelte er, als er die Tarnung vollends aufstiess und seine Tasche neben sich auf den Boden stellte.

Peinlichst darauf bedacht, nur ja nicht auszurutschen, betrat Parker den schmalen Rand und stapfte mit grossen Schritten durch den unberührten Neuschnee bis zu der Stelle, wo der Pfad vom Notausgang aus nicht mehr einzusehen war. Dort blieb er stehen und blickte über die linke Schulter. Dann ging er rückwärts in seiner eigenen Spur zum Ausgangspunkt zurück.

Zufrieden betrachtete er sein Werk, als er wieder auf dem betonierten Boden zwischen der Tarnung und der Gittertür stand. Trotz des Ernstes der Situation, konnte sich Parker ein schadenfrohes Grinsen nicht verkneifen, als er sich die Gesichter seiner Verfolger ausmalte, wenn sie auf die falsche Fährte stossen würden.

Durch mehrmaliges, festes Aufstampfen stellte er sicher, dass der Schnee aus dem Profil seiner Schuhsohlen auf den Betonboden fiel, von wo er ihn sorgfältig entfernte. Es wäre aber auch zu schade gewesen, wenn er sich durch ein solches Detail verraten hätte. Die nassen Stellen würden schnell abtrocknen.

Gerade wollte er sich abwenden und sich auf die Suche nach einem guten Versteck machen, da liess ihn eine tiefe Stimme hinter seinem Rücken jäh zusammenfahren.

«Was treibst du dich hier herum?»

Blitzschnell drehte sich Parker um und starrte erschrocken in das verschlagene Gesicht des bulligen Unteroffiziers, der sie im Produktionsraum 2 mit dem Hitlergruss empfangen hatte.

«Hast du mich jetzt aber erschreckt!», antwortete der Corporal geistesgegenwärtig. Der Schlüssel steckte noch in der Gittertür. Vielleicht gelang es ihm irgendwie, den Kerl auszusperren.

«Hast du meine Frage nicht verstanden? Ich will wissen, was du hier treibst! Antworte gefälligst!»

Parker machte nicht den Fehler, seinen Gegner aufgrund dessen Korpulenz zu unterschätzen. Der Mann war gefährlich! «Ich musste dringend mal an die frische Luft», antwortete er gelassen. «Würde dir auch guttun, Fettwanst! Du stinkst wie eine Rotte Wildschweine!» Er musste den Dicken bis zur Weissglut reizen, damit er unvorsichtig wurde und einen Fehler machte. Anders, dessen war sich Parker vollkommen bewusst, hatte er gegen diesen Brocken keine Chance. Ausserdem lief ihm die Zeit davon!

«Dir werde ich dein Schandmaul gleich stopfen, du kleine Ratte! Pass auf, dass du dich nicht an deinen eigenen Zähnen verschluckst, wenn ich dir die Fresse poliere!» Der unförmige Kopf verfärbte sich bei diesen Worten rötlich, was Parker mit Genugtuung zur Kenntnis nahm.

«Versuchs doch, du vollgeschissener Sack!», konterte er und grinste frech.

Das genügte. Mit wutverzerrtem Gesicht stürzte sich der kräftige Unteroffizier auf Parker, der dem ungestümen Angriff im letzten Moment mit einem Satz zur Seite ausweichen konnte und sich an einer Stange der Gittertür festhielt.

Durch seinen eigenen Schwung vorwärtsgerissen, verlor der schwere Angreifer das Gleichgewicht, stolperte im Schnee auf dem schmalen Pfad und stürzte. Fast im Zeitlupentempo rutschte er bäuchlings über die Kante, ausserstande, das Entsetzliche noch abzuwenden. Mit einem grauenhaften Schrei verschwand er aus Parkers Sichtfeld.

Ohne noch mehr Zeit zu verschwenden, drehte sich Ed Parker um, ergriff die Aktentasche und begab sich wieder in den Berg, um sich endlich ein Versteck zu suchen. Die Türen liess er alle sperrangelweit offen, damit alles auf eine überstürzte Flucht hindeutete.

Nachdem er beinahe aus dem Verkehr gezogen worden war, hielt Parker es für angebracht, ab sofort etwas vorsichtiger vorzugehen. Ganz langsam näherte er sich der Stelle, wo sich das Löschmittelmagazin befand. Alles blieb ruhig. Nur die inzwischen vertrauten Geräusche aus der Richtung, aus der er zuvor gekommen war, waren zu hören.

Auch bei der Abzweigung, die dorthin zurückführte, rührte sich nichts. Der Verbindungsstollen war leer, als er daran vorbeischlich und auf die wohl einzige Druckschleuse in diesem Berg voller Türen zusteuerte, durch die er noch nicht gegangen war.

Behutsam öffnete er die erste Schleusentür, zwängte sich durch den Spalt und schloss sie wieder. Vor der zweiten Tür blieb er stehen und lauschte angestrengt. Dann betätigte er ganz langsam den Hebel und zog am Griff. Zentimeter um Zentimeter vergrösserte sich der Spalt. Und in diesem Augenblick vernahm er wieder Hauptmann Kopps Stimme!

13. Kapitel

Sam Burton, der noch nichts von dem Unheil ahnte, das sich über ihm zusammenbraute, unterhielt sich angeregt mit dem Professor, der ihm die verschiedenen Prozesse bis ins letzte Detail erklärt hatte.

«Dafür benötigen Sie bestimmt sehr viel Energie in Form von Elektrizität!», stellte Burton interessiert fest. «Woher nehmen Sie die?»

«Eine ausgezeichnete Frage!» Siegwart strahlte. Er drehte sich ein wenig nach rechts und zeigte mit dem ausgestreckten Arm schräg nach oben, auf eine Stelle an der Decke des zweiten Reaktorraums.

«Irgendwo dort oben, etwa vierhundertzwanzig Meter höher als wir, befindet sich der Grund des Spullersees.» Der Wissenschaftler weidete sich an Burtons verständnislosem Blick, bevor er fortfuhr: «Im Zuge der Elektrifizierung der Arlbergbahn wurde ein paar Kilometer westlich von hier ein Kraftwerk gebaut, dessen Turbinen mit Wasser aus dem Spullersee angetrieben werden.»

«Und Sie haben dieses Kraftwerk angezapft», kombinierte Burton.

«Falsch! Wir haben den Stausee angezapft!», verkündete Siegwart triumphierend. «Genial, nicht?» Der Professor freute sich wie ein Schuljunge über einen gelungenen Streich. Es hätte Burton nicht erstaunt, wenn er dazu noch von einem Bein auf das andere gehüpft wäre.

«Ein Rohrstollen führt von der Südsperre des Sees direkt zu unserer Turbine auf der dritten Etage, wo sich auch der Traforaum befindet! Von dort fliesst das Wasser weiter in das tiefer liegende, von dieser Etage aus über eine lange Treppe zu erreichende Wasserreservoir! Das Überlaufwasser wird an einer gut getarnten Stelle in einen Bergbach geleitet! Was sagen Sie jetzt, Herr Standartenführer?»

«Donnerwetter, Herr Professor! Sie verfügen hier ja wirklich über eine hervorragende Infrastruktur! Alle Achtung!» Burton überschlug sich beinahe vor Begeisterung, um den Wissenschaftler nicht zu enttäuschen.

«Ja, nicht wahr? Aber das ist noch nicht alles! Zur Sicherheit verfügen wir auch noch über drei dieselbetriebene Notstromaggregate und zwei Treibstofftanks mit einem Fassungsvermögen von je hunderttausend Litern, damit die Energieversorgung jederzeit gewährleistet ist!»

«Aber für den ganzen Betrieb hier brauchen Sie sicherlich auch eine Menge Personal! Da reichen hundert Mann bestimmt nicht aus!»

«Alles in allem etwa zweihundert Mann. Wir arbeiten mehrschichtig. Aber ganz genau weiss ich das nicht. Da müssten Sie schon Hauptmann Kopp fragen.»

«Diese unterirdische Welt, Ihre genialen Ideen – das alles ist faszinierend! Denken Sie, es gibt eine Möglichkeit, dass mein Fahrer und ich hier übernachten und wir beide unser interessantes Gespräch fortsetzen können, Herr Professor?»

«Das lässt sich einrichten – zumindest, was den ersten Teil betrifft!», tönte es von der Tür her. «Heben Sie die Hände hoch, Krüger, oder wie immer Sie heissen! Professor, gehen Sie bitte ein paar Schritte zur Seite!»

Langsam hob Burton die Hände und drehte den Kopf in die Richtung, aus der die scharfe Aufforderung gekommen war. Dort stand, die Pistole auf ihn gerichtet, mit grimmigem Gesicht, Hauptmann Kopp. Hinter ihm, halb verdeckt durch die eindrucksvolle Gestalt des Kommandanten, erkannte Burton einen jungen Mann in SS-Uniform.

«Ihre Maskerade ist hiermit beendet! Drehen Sie sich langsam zu mir um! Und jetzt den Gurt öffnen und auf den Boden fallen lassen! Ganz langsam!»

Wortlos gehorchte Burton und liess den Gurt mit dem Pistolenholster zu Boden gleiten, während Siegwart mit offenem Mund dastand und ihn entgeistert anstarrte.

«Drei Schritte vortreten!», befahl Kopp. «So, und nun verraten Sie uns, wo Ihr Kumpan steckt! Oder sollte ich besser sagen, Ihr Fahrer?»

«Der wollte an die frische Luft», antwortete Siegwart, der seine Fassung allmählich wieder zurückgewann, anstelle seines vermeintlichen Bewunderers. «Ihm war nicht gut.» Kaum, dass er die Worte ausgesprochen hatte, schien er zu begreifen. Man hatte ihn, den genialen Wissenschaftler, die ganze Zeit an der Nase herumgeführt! Beschämt blickte er zu Boden.

«Sie wollen damit doch hoffentlich nicht etwa andeuten, dass Sie den Mann ohne Begleitung haben gehen lassen?», fragte Kopp entsetzt. «Sind Sie noch ganz bei Trost, Professor?»

«Wie reden Sie eigentlich mit mir, Hauptmann Kopp?», begehrte Siegwart auf. «Ich habe lediglich unseren Gästen die Produktion gezeigt, wie man es mir aufgetragen hat!», verteidigte er sich beleidigt. «Erklären Sie mir lieber endlich, was hier vor sich geht!»

«Was hier vor sich geht? Das will ich Ihnen sagen!», schnaubte Kopp. «Wir haben hier zwei feindliche Spione,

Saboteure, von denen sich einer Ihretwegen allein irgendwo in dieser Anlage herumtreibt! Und da wundern Sie sich noch, dass ich so mit Ihnen rede?»

Doch der Professor geriet nun langsam in Fahrt. Diesen schweren Vorwurf konnte er nicht auf sich sitzen lassen! «Sie haben die beiden doch in die Anlage gelassen! Sie persönlich haben sie zu mir gebracht!», erwiderte er mit bebender Stimme. «*Sie* sind verantwortlich für die militärische Sicherheit! Was kann ich dafür, wenn Ihre Leute bei der Zugangskontrolle schlampen?»

König, der sich unauffällig im Hintergrund hielt und dem immer hitziger werdenden Wortwechsel mit grossem Interesse folgte, fand, dass sich die Sache prächtig entwickelte.

«Sie wissen ganz genau, dass sich hier drin absolut niemand, der nicht zur Belegschaft gehört, ohne Begleitung bewegen darf! Selbst wenn es sich dabei um einen *echten* Standartenführer handelt! Sie kennen den Befehl aus dem OKW so gut wie ich!», entgegnete Kopp wütend. Die Wache, die ihm das hier eingebrockt hatte, würde er sich persönlich vorknöpfen!

«Sie wollten doch unbedingt hier übernachten!», wandte er sich wieder an seinen Gefangenen. «Dazu werden Sie jetzt Gelegenheit bekommen, vielleicht sogar mehr als eine Nacht! Allerdings werden Sie auf Professor Siegwarts Gesellschaft verzichten und stattdessen mit mir vorliebnehmen müssen! Gehen wir!» Er machte eine auffordernde Bewegung mit seiner Pistole. «Und versuchen Sie keine Dummheiten, sonst schiesse ich Sie über den Haufen!»

Gehorsam ging Burton langsam an Kopp vorbei zur Tür, wo der SS-Führer, der seine Pistole nun ebenfalls in der Hand hielt, rückwärts in den Stollen hinaustrat und ihm Platz machte.

«Nach links!», kommandierte Kopp, als Burton die Tür erreicht hatte. «Und immer schön brav die Hände oben lassen!»

Herbeigelockt durch die laute Auseinandersetzung und den barschen Befehlston ihres Chefs, hatte sich auf dem Gang inzwischen eine Gruppe von Soldaten versammelt, die in den danebenliegenden Räumen gearbeitet hatten. Neugierig verfolgten sie die sich direkt vor ihren Augen abspielende Szene. Als Burton, gefolgt von dem auf ihn zielenden Hauptmann, mit erhobenen Händen in den Stollen hinaustrat, wichen sie erschrocken zurück.

«So, und nun zurück zum Wachtrakt! Aber schön gemütlich und ohne hastige Bewegungen!»

Hinter der nächsten Biegung kam ihnen schnaufend Leutnant Huber entgegen. Er hatte wegen der von Parker blockierten Schleusentür zum Wachtrakt zurückeilen müssen, von wo er die Nummer des Telefons vor den beiden Munitionsmagazinen angerufen und einen Soldaten angewiesen hatte, die Tür richtig zu verriegeln, so dass Kopp und König weitergehen konnten. Anschliessend war er sofort wieder zurückgekehrt und hatte die beiden gesucht.

«Gehen Sie aus der Schusslinie, Huber!», rief ihm Kopp zu. «Wir bringen den falschen Krüger in den Wachtrakt! Der andere schleicht irgendwo hier herum! Nehmen Sie sich ein paar Leute und durchsuchen Sie die ganze Anlage! Jeden Zentimeter! Haben Sie verstanden? Aber denken Sie daran: Der Mann ist bewaffnet und gefährlich! Postieren Sie Wachen an den Knotenpunkten!

Und schicken Sie mir Oberleutnant Pruck nach vorn! Das wird ihn auch interessieren!»

Die vier Männer konnten nicht wissen, dass der Gesuchte keine zwanzig Meter vor ihnen reglos hinter einer um wenige Zentimeter geöffneten Panzertür stand und kaum zu atmen wagte.

Trotz der misslichen Lage, in der er sich befand, atmete Sam Burton auf. Wie es den Anschein hatte, war Parker doch kein Verräter. Und er war noch auf freiem Fuss – wenn man einmal ausser Acht liess, dass sie sich dutzende von Metern tief in einem Berg befanden. Folglich hatte er den Deutschen auch nicht erzählt, dass sich Tom mit seinem Team durch den Eisenbahntunnel Zugang zur Anlage verschaffen wollte.

Allerdings zerbrach Burton sich den Kopf darüber, weshalb ihr Schwindel aufgeflogen war, nachdem es doch so gut zu laufen schien. Er vermutete stark, dass der Obersturmführer hinter ihm etwas damit zu tun hatte. Aber er wusste noch nicht, welche Rolle der Mann in diesem abgekarteten Spiel spielte.

14. Kapitel

Parkers Gedanken überschlugen sich. Kopps Stimme wurde lauter. Der Hauptmann und seine Begleiter kamen offenbar direkt auf ihn zu! Behutsam stellte er die Tasche auf den Boden und zog seine Pistole aus dem Holster. Er konnte hier nicht unbemerkt weg, da er die zweite Tür bereits entriegelt und ein wenig geöffnet hatte. Seine Nerven waren zum Zerreisen gespannt. Wie lange würde es dauern, bis die Männer auf der anderen Seite dies bemerkten? Sollte er einfach schiessen, wenn es soweit war? Wie gross war die Gefahr, dass er dabei Burton traf?

«Stehenbleiben!», hörte Parker den Kommandanten befehlen. «Öffnen Sie die Tür links!» Es folgten Geräusche, die Parker inzwischen nur allzu gut kannte. «Los, rein»!» Alles deutete darauf hin, dass die für ihn unsichtbare Gruppe den direkten Weg gewählt hatte, was an sich logisch war.

Parker atmete langsam aus, als es wieder ruhig war bis auf die gedämpft zu ihm dringenden Geräusche aus dem Schrägstollen. Er wischte sich mit dem linken Ärmel den Schweiss von der Stirn, bevor er die Tür weiter öffnete und hinausspähte. Niemand zu sehen. Um beide Hände freizuhaben, steckte er die Pistole ins Holster zurück. Dann griff er nach der Tasche, schlüpfte schnell aus der Schleuse und verriegelte sie ordnungsgemäss.

Mit eiligen, aber möglichst leisen Schritten ging er an der Abzweigung zum Schrägaufzug vorbei zu der Stelle, wo sich praktisch gegenüber der Schleuse, durch die Kopp seinen Gefangenen soeben bugsiert hatte, der Zugang zur Unterkunft befand. Dort würde man ihn im Moment wohl am allerwenigsten vermuten.

Langsam öffnete er die Metalltür, bereit, notfalls sofort davonzurennen. Vor ihm lag ein nur sehr spärlich beleuchteter, ellenlanger Gang. Zur Abwechslung einmal einer ohne die üblichen Ecken. Hier sah man wenigstens, wohin man ging. Schnurgerade zog er sich dahin bis – wie konnte es anders sein – zur nächsten Tür.

Geräuschlos schloss Parker die Tür hinter sich und marschierte im Eilschritt auf sein wohl gut und gern siebzig Meter entferntes Ziel zu.

Nach etwa zwei Dritteln der Strecke traf er auf einen im rechten Winkel abgehenden Stollen. «Wasserreservoir» stand in schwarzen Buchstaben auf der grauen Tür zu seiner Linken. Für eine Sekunde war sein Interesse geweckt, doch er verwarf den Gedanken sogleich wieder. Vermutlich handelte es sich um ein bis zum Rand mit sehr kaltem Wasser gefülltes Betonbecken. Kein besonders gutes Versteck für einen wasserscheuen Nichtschwimmer!

Schon war er einige Schritte weiter, als vor ihm geräuschvoll eine Tür geschlossen wurde. Abrupt blieb er stehen, drehte sich um und hastete zurück. Das war der Nachteil der geraden Stollen! Der Preis für die ungehinderte Sicht war, dass man selbst ebenfalls schon von Weitem gesehen werden konnte!

Im selben Augenblick, in dem der Corporal im finsteren Stollen zum Reservoir verschwand, öffnete sich die Tür, der er kurz zuvor noch so entschlossen entgegeneilt war. Gleich darauf wiederholte sich das Geräusch, das ihn gerade noch rechtzeitig gewarnt hatte.

Schnelle Schritte näherten sich. Das konnte man fast schon als rennen bezeichnen. Da schien es jemand sehr eilig zu haben. Hing wahrscheinlich mit seinem Verschwinden oder mit Burtons Festnahme zusammen.

Tatsächlich war es der auf Kopps Befehl hin von Leutnant Huber telefonisch aufgescheuchte Abwehroffizier Pruck, der an Ed Parker vorbeihetzte.

Als die vordere Tür schliesslich krachend ins Schloss fiel, atmete Parker auf. Das war knapp! Er zögerte. Sollte er wirklich wieder auf den Gang hinaustreten und das Risiko eingehen, jemandem direkt in die Arme zu laufen? War es stattdessen nicht doch besser, einfach hier abzuwarten?

Doch dann gab er sich einen Ruck. Früher oder später würden sie ihn ohnehin schnappen. Bis es soweit war, wollte er aber wenigstens das bisschen Sprengstoff, das er bei sich trug, so wirkungsvoll wie möglich einsetzen! Entschlossen verliess er die schützende Dunkelheit und setzte seinen Weg fort.

Ein angenehmer Duft stieg ihm in die Nase, als er die zweite der beiden dicht aufeinanderfolgenden Türen behutsam öffnete. Dahinter war es merklich heller. Gleich im Raum rechts vor ihm herrschte der Geräuschkulisse nach zu urteilen geschäftiges Treiben. Das Klappern von Geschirr und Besteck mischte sich in die angeregte Unterhaltung mehrerer Männer. Offenbar handelte es sich um die Küche, wo gerade das Abendessen zubereitet wurde. Links von ihm, im direkt gegenüberliegenden Raum, war es dunkel.

Was Parker aber viel mehr interessierte, war die nach oben führende Treppe, die er etwas weiter hinten rechts ausmachte. Hatte der Professor nicht etwas von einer Verbindung zwischen der Unterkunft und der obersten Etage erwähnt? Soweit er sich erinnerte, war in dem Zusammenhang auch das Wort Technik gefallen. Dort musste er hin!

Langsam betrat er den Unterkunftsteil der Anlage, machte die Tür hinter sich ganz leise zu und schlich zur äusseren Küchenwand. In diesem Augenblick kam aus der Küche ein Soldat. Im Abstand von weniger als zwei Metern ging er an Parker vorbei, ohne ihn zu bemerken, und verschwand im hinteren Teil des Gangs um eine Ecke.

Parker spürte, wie ihm der Schweiss auf die Stirn trat. Mit drei schnellen Schritten war er an der Küchentür vorbei, darauf gefasst, dass man ihn gesehen hatte. Doch die befürchteten Rufe der Überraschung blieben aus, und Sekunden später stand er auf dem ersten Treppenabsatz. Hier war er zumindest schon mal vor neugierigen Blicken von unten geschützt. Und dass jemand für den Weg nach oben freiwillig die Treppe wählte, erschien ihm unwahrscheinlich, da sich direkt daneben eine Fahrstuhltür befand.

Gespannt blickte er den quadratischen Schacht mit der rundumlaufenden Betontreppe hinauf. Was er sah, gefiel dem Corporal allerdings gar nicht. Wenn von dort jemand herunterschaute, gab es auf diesem elend langen Weg nach oben keine Möglichkeit, unbemerkt zu bleiben. Da erschien es ihm fast weniger riskant, gleich den Fahrstuhl zu benutzen. Dort konnte man ihn wenigstens erst beim Verlassen der Kabine entdecken, und er würde auch nicht völlig ausser Atem oben ankommen.

Das gab den Ausschlag. Langsam ging er die paar Stufen wieder hinunter. Die Luft schien rein zu sein. Mit der linken Hand zog er versuchsweise am Griff der rechten Fahrstuhltür, die sofort nachgab. Der Aufzug war da. Augenblicklich ging das Licht in der Kabine an.

Rasch trat er ein und zog die Tür sofort hinter sich zu. Ohne zu zögern, drückte er auf den Knopf mit dem nach oben zeigenden Pfeil. Mit einem leichten Ruck setzte sich der geräumige Warenaufzug in Bewegung. Jetzt gab es kein Zurück mehr!

Parker stellte die Tasche ab und sah sich um. Neben der Bedieneinheit waren ein Telefon und eine batteriebetriebene Lampe montiert, für den Fall, dass der Aufzug stecken blieb. An der Rückwand hing eine kurze Metallleiter, die im Notfall das Verlassen der Kabine durch die Luke über seinem Kopf ermöglichte.

Höher und höher ging die Fahrt ins Ungewisse. Parker fiel wieder ein, dass Siegwart von zwanzig Metern Höhendifferenz zwischen der zweiten und der dritten Etage gesprochen hatte. Er fragte sich, wieviel dieser Strecke wohl schon hinter ihm lag.

Der Klang entfernter Stimmen liess ihn aufhorchen. Alarmiert lauschte er. Das kam von oben! Wollte wirklich genau jetzt jemand nach unten fahren? Es durfte nicht wahr sein! Rasch zog er die Pistole aus dem Holster. Was sollte er tun? Sich den Weg freischiessen? Das war sinnlos! Genauso gut konnte er sich gleich ergeben! Das Überraschungsmoment nutzen und die wartenden Männer zwingen, mit dem Aufzug nach unten zu fahren? Ebenfalls wenig erfolgversprechend, da sie mit dem Telefon bereits während der Fahrt Alarm schlagen konnten!

Da fiel ihm eine dritte Möglichkeit ein. Schnell steckte er die Pistole an ihren Platz zurück und ergriff die Tasche. Mit der Linken drückte er die Klappe der Notausstiegsluke auf. Abrupt stoppte der Aufzug, als der Kontakt zwischen Luke und Deckel unterbrochen wurde. Parker legte die Aktentasche auf den Rand des Kabinendachs und lauschte. Die Männer unterhielten sich über ihre Pläne für den nächsten Urlaub. Noch war ihnen nicht aufgefallen, dass der Fahrstuhl stillstand.

Parker blickte nach oben. Im Licht der Schachtbeleuchtung erkannte er, dass sich die Kabine nur noch etwa fünf Meter unterhalb der oberen Tür befand. Und er sah die in die Rückwand des Aufzugsschachts eingelassenen Steigbügel, die zu einer Luke in der Betondecke führten. Seine Leiter zum Ziel!

Ungeduldig wartete er, bis die Männer endlich bemerkten, dass ihr Fahrstuhl nicht kam und verschwinden würden. Wenn er hier herumturnte, solange sie noch an der Tür standen, würden sie ihn hören.

«Wo bleibt die Kiste denn!?», war endlich eine ungehaltene Stimme zu vernehmen. «So lange kann das doch nicht dauern!»

«Ich höre gar nichts!» stellte ein anderer fest. Mehrmals hintereinander wurde ungeduldig eine Taste traktiert. «Womöglich funktioniert das Scheissding wieder nicht! Ist mir neulich schon mal passiert! Muss wohl irgendwo ein Wackelkontakt sein! Das kann dauern! Komm, nehmen wir eben die Treppe!»

Murrend willigte sein Kamerad ein.

Parker wartete zehn Sekunden. Als sich die beiden Männer entfernt hatten, hielt er sich mit beiden Händen am Lukenrand fest und liess den Oberkörper hängen. Mit einem gewandten Schwung zog er die Beine an und streckte sie gleich darauf durch die Luke. Dann zog er sich mit beiden Armen hoch und stiess sich mit den Beinen an der Kabine ab, so dass er anschliessend bäuchlings auf dem Dach zu liegen kam. Glücklicherweise war ihm die fremde Uniform eher etwas zu gross, so dass sie ihn nicht zu sehr in seiner Bewegungsfreiheit einschränkte.

So blieb er wieder ein paar Sekunden lang regungslos liegen und lauschte. Zufrieden richtete er sich schliesslich auf und schloss leise die Luke. Niemand würde ahnen, dass jemand den Aufzug absichtlich gestoppt und die Kabine auf diese ungewöhnliche Weise verlassen hatte. Und erst recht nicht, dass er es gewesen war. Schliesslich war er ja durch den Notausgang geflüchtet!

Etwas ratlos betrachteten die drei Soldaten die merkwürdigen Spuren im Schnee. Es sah beinahe so aus, als ob jemand etwas Schweres, Unförmiges über die Kante gestossen hätte, einen Sack vielleicht. Danach war der Betreffende offenbar zu der Stelle gestapft, wo die Fussspur hinter der steilen Felswand verschwand.

«Ich wette, er ist hier raus und um die Ecke dort verschwunden!», stellte der hünenhafte Elmar, von dem einige seiner Kameraden behaupteten, dass er sein Hirn in den Oberarmen hatte, feierlich fest.

«Sehr scharfsinnig kombiniert!», spottete sein ständiger Gefährte Wilfried.

«Wir müssen es Huber sagen», meinte Gernot verdrossen. «Wahrscheinlich wird er so reagieren, als seien wir dafür verantwortlich.»

15. Kapitel

Man hatte ihn gründlich durchsucht, aber nichts von Belang bei ihm gefunden. Auch keine Zyankalikapsel. Nur den Ausweis von SS-Standartenführer Wilhelm Krüger, bei dessen Anblick Kopp zornig nach den verantwortlichen Wachen verlangt und sie zur Schnecke gemacht hatte.

Jetzt sass Sam Burton mit gefesselten Händen an einem langen Tisch im Essraum, wo er wenige Stunden zuvor ein so köstliches Essen genossen hatte, seinen Peinigern gegenüber. Vielleicht war es nun wirklich seine Henkersmahlzeit gewesen.

«So, und nun erzählen Sie! Wer sind Sie wirklich? Für wen arbeiten Sie? Wie lautet Ihr Auftrag? Und vor allem: Wohin ist Ihr Komplize verschwunden?» Hauptmann Kopps graue Augen bohrten sich unversöhnlich in diejenigen seines Gefangenen.

Diese peinliche Angelegenheit würde ihn sein Kommando kosten, soviel stand fest. Vermutlich auch seinen Rang. Aber das spielte nur eine untergeordnete Rolle. Viel schlimmer war diese entsetzliche Schmach! Ausgerechnet er, der verantwortlich war für die Sicherheit dieser streng geheimen Anlage, hatte gutgläubig und naiv feindlichen Saboteuren den Zutritt ermöglicht, und sie darüber hinaus auch noch persönlich zu den Produktionsstätten und Professor Siegwart geleitet! Vielleicht würde man ihn dafür sogar erschiessen. Aber zuvor wollte er alles unternehmen, um den angerichteten Schaden so weit wie irgend möglich zu begrenzen und seine Ehre wenigstens ein Stück weit wiederherzustellen!

Stumm erwiderte Sam Burton den harten Blick des Hauptmanns. Ihm war klar, was für Kopp auf dem Spiel stand. Und dass dieser Obersturmführer mit am Tisch sass und dem Verhör beiwohnte, musste für den Offizier, dessen Verachtung für die SS offensichtlich war, eine zusätzliche Demütigung sondergleichen sein.

Mit ausdruckslosem Gesicht sass Burton schweigend da. Für ihn ging es nun darum, möglichst viel Zeit zu gewinnen. Falls es Parker gelungen sein sollte, seine Ausrüstung hereinzuschmuggeln, fand der gewitzte Corporal vielleicht auch eine Möglichkeit, unbemerkt eine Sprengladung zu deponieren.

Vom Gang waren Stimmen zu vernehmen. Es klopfte an die Tür, und der davor postierte Gefreite streckte den Kopf herein.

«Oberleutnant Pruck ist da, Herr Hauptmann!», meldete er.

Kopp machte eine herrische Handbewegung. «Soll reinkommen!»

Ein mittelgrosser Offizier betrat den Raum. Als er den Obersturmführer sah, stutzte er. Er wusste inzwischen von Leutnant Huber, dass der falsche Standartenführer und dessen Fahrer Saboteure waren. Von einem zweiten SS-Offizier aber war nie die Rede gewesen. Seine Verwirrung war ihm deutlich anzusehen.

Kopp und König erhoben sich von ihren Stühlen. Burton blieb ungerührt sitzen.

«Oberleutnant Pruck, Verbindungsoffizier der Abwehr, Abteilung Militärischer Geheimhaltungs- und Abwehrschutz. SS-Standartenführer König vom SD», übernahm Kopp die Bekanntmachung der beiden ranggleichen Kontrahenten.

«Ausland-SD», korrigierte ihn König freundlich mit einem nachsichtigen Lächeln.

«Meinetwegen!», knurrte der Kommandant. Für ihn machte das keinen grossen Unterschied. SS war SS!

Prucks Gesicht wurde noch eine Spur blasser, als es ohnehin schon war. Ausland-SD! Ein Scherge der ärgsten Konkurrenz!

Alle drei setzten sich Burton gegenüber, der teilnahmslos dasass, als ginge ihn das alles nicht das Geringste an.

«Sie wollten uns doch eben die Fragen beantworten, die ich Ihnen gestellt habe!», wandte sich Kopp an Burton. «Also?»

Ohne etwas zu erwidern, sah Burton den Hauptmann unverwandt an und überlegte. Wie es aussah, hatte dieser König also nichts mit Krüger und dem SS-Führungshauptamt zu tun. Da seine Anwesenheit selbst für den Abwehroffizier eine – wie dessen Reaktion deutlich gezeigt hatte, offensichtlich unangenehme – Überraschung war, lag der Schluss nahe, dass König schon vorher über ihn und Parker Bescheid gewusst hatte. Warum auch immer.

«Sie sollen antworten!», riss ihn Kopps ärgerliche Stimme aus seinen Gedanken. «Los, raus mit der Sprache! Reden Sie! Oder wir ziehen ganz andere Saiten auf!»

Wieder reagierte Burton nicht. Das hier war momentan noch eine reine Nervensache. Und wie es schien, würde Kopp gleich der Geduldsfaden reissen.

«Mach endlich das Maul auf, elender Halunke!», schrie der Hauptmann wütend so laut, dass Pruck zusammenzuckte.

Da klopfte es erneut, und wieder erschien der Kopf des Gefreiten in der Türöffnung.

«Was ist denn nun schon wieder?», donnerte Kopp. «Ich habe doch gesagt, dass wir nicht gestört werden wollen!»

Der Wachposten liess sich nicht so leicht einschüchtern. «Eine Meldung von Leutnant Huber!», gab er unbeeindruckt zur Antwort. «Es sieht danach aus, dass der Gesuchte entweder durch den Notausgang in der Produktion entkommen oder dort abgestürzt ist!»

Burton war, als hätte man ihm einen Faustschlag in die Magengrube versetzt. Abgestürzt! Aber was hatte Parker dort gewollt? Den Notausgang sprengen ganz sicher nicht! Hatte er sich etwa aus dem Staub machen wollen? Oder war er tatsächlich entkommen?

Kopp nahm ihm die Worte aus dem Mund. «Was soll das heissen? Ist er nun abgestürzt oder entkommen? Drücken Sie sich gefälligst klar aus, Gefreiter!»

Der Zurechtgewiesene zuckte mit den Schultern. «Das waren Unteroffizier Wegeners Worte. Mehr kann ich dazu auch nicht sagen, Herr Hauptmann.»

«Dann fragen Sie noch mal nach! Und geben Sie mir danach sofort Bescheid!»

«Zu Befehl. Das kann aber eine Weile dauern.»

«Warum?», schnappte Kopp.

«Weil ich warten muss, bis jemand kommt, den ich damit beauftragen kann. Ich darf ja meinen Posten nicht verlassen.»

Hauptmann Kopp seufzte ergeben. «Machen Sie einfach so schnell, wie Ihre Aufgabe als Wache es zulässt!»

«Zu Befehl.» Der Gefreite nickte gleichmütig und verschwand.

Kopp sah Burton mit einem grimmigen Lächeln an. «Was sagt man dazu! Ist Ihr Komplize doch tatsächlich beim Versuch zu flüchten abgestürzt! Halt, nein! Vielleicht ist er ja doch entkommen? Vielleicht hat er Sie einfach Ihrem Schicksal überlassen und ist abgehauen, das feige Schwein! Was halten Sie davon? Ist das etwa die feine englische Art?»

Aber Burton liess sich durch diese Provokation nicht aus der Reserve locken.

«Wer garantiert Ihnen, dass Ihre fünf anderen Freunde nicht auch das Weite gesucht haben, während Sie hier allein die Suppe auslöffeln müssen?» Es war König, der zur Überraschung aller mit sanfter Stimme diese Frage gestellt hatte.

Siedend heiss durchfuhr es Burton. Woher wusste der SD-Offizier, wie viele sie waren? War er es etwa gewesen, der sie beim Abstieg vom Pass beobachtet hatte und dessen Silhouette Tom aufgefallen war?

König war die kaum wahrnehmbare Reaktion des Gefangenen nicht entgangen. Mit stiller Genugtuung nahm er sie zur Kenntnis.

«Noch fünf Saboteure?», platzte der aufs Höchste erstaunte Pruck heraus. «Woher wollen Sie das wissen?»

Der Obersturmführer lächelte dünn. «Der Ausland-SD ist ein hervorragender Geheimdienst, wenn Sie verstehen, was ich damit sagen will!»

Das blasse Gesicht des Oberleutnants bekam plötzlich etwas Farbe. «Nein, ich glaube, ich habe Sie nicht richtig verstanden! Erklären Sie mir das bitte genauer!», entgegnete er wütend.

«Schluss damit!», unterbrach Kopp den Disput energisch. «Wir haben jetzt andere Probleme! Heben Sie sich Ihre Querelen für später auf!»

Walter König grinste innerlich. Was für ein Triumph für einen SD-Offizier, wenn er die Stümper von der Abwehr blossstellen konnte! Das tat gut!

«Meinen Sie nicht auch, dass es langsam an der Zeit ist, auszupacken und Ihre verratene Loyalität aufzugeben?», wandte sich Kopp wieder mit ruhiger Stimme an Burton.

Doch der blieb weiter stumm wie ein Fisch. Hinter seiner Stirn aber arbeitete es. Wusste König auch, wo sich die anderen aufhielten? Wusste er, dass das zweite Team in wenigen Stunden als blinde Passagiere mit einem Zug hier einfahren sollte? Würden sie dann geradewegs in eine Falle tappen?

16. Kapitel

Eine zündende Idee im richtigen Moment konnte das Leben doch ungemein erleichtern, dachte Parker gutgelaunt, als er seine Uniform zurechtrückte. Jetzt aber nichts wie weg hier, bevor der Aufzug sich wieder in Bewegung setzte!

Die Tasche mit festem Griff in der linken Hand haltend, ging er zu den Steigeisen und begann, daran hochzuklettern. Schritt für Schritt, immer mit der rechten Hand ein Eisen höher greifend, wenn er mit beiden Füssen auf dem gleichen Tritt stand, legte er die Distanz bis zur Luke zurück.

Dort angekommen, streckte er die linke Faust mit der Tasche nach oben und drückte gegen die Klappe, die zu seiner grossen Erleichterung nicht verschlossen war und sich problemlos öffnen liess. Sechs weitere Schritte, und er stand neben der Aufzugsmaschine.

Nachdem er die Luke wieder geschlossen hatte, ging er langsam die zur Ebene mit der Fahrstuhltür führende Betontreppe hinunter. Hier stand Parker erneut vor der Wahl, welche Richtung er einschlagen sollte. Er entschied sich für rechts, von wo das monotone Geräusch der – wie sich kurz darauf herausstellte – Ventilationsaggregate zu vernehmen war. Daneben standen grosse Filtergruppen, die durch Blechkanäle und Rohre miteinander verbunden waren. Von hier aus wurde der Luftaustausch im zwanzig Meter tiefer liegenden Unterkunftstrakt sichergestellt und gesteuert.

Dahinter lag ein grosser Raum, in dem drei Schiffsdieselmotoren für die Notstromerzeugung standen, von denen aber im Moment keiner in Betrieb war. Die rechte Wand des Maschinensaals wurde auf ihrer ganzen Länge von Elektroschaltschränken eingenommen.

Misstrauisch beäugte Parker die Ansammlung von Schaltern, Anzeigen und Sicherungen. Er hatte einen Heidenrespekt vor allem, was mit Elektrizität zu tun hatte, sofern es nicht dem Zünden einer Sprengladung diente. Da war Sprengstoff doch wesentlich berechenbarer, wie er fand.

Nachdenklich stand er da und sah sich um. Ganz links in der Wand, die den Maschinensaal von der Lüftungszentrale trennte, bemerkte er eine Tür, die sein Interesse weckte.

Neugierig steuerte er darauf zu und öffnete sie. Zwei riesige Brennstofftanks ragten vor ihm auf. Hier lagerte also der Treibstoff für die Notstromaggregate. Das war ja schön und gut, aber es brachte ihn nicht weiter, wenn er hunderttausend oder im Idealfall zweihunderttausend Liter Diesel in Brand steckte. Selbst wenn dadurch die Stromversorgung in Mitleidenschaft gezogen und es im ganzen Werk vorübergehend dunkel wurde, erreichte er damit keine nachhaltige Zerstörung der Produktion oder der Infrastruktur.

Frustriert ging Parker dem hinteren der beiden Tanks entlang zum Ende des im rechten Winkel zum Maschinensaal liegenden Tankraums, wo sich links eine weitere Tür befand. Wie sollte er mit den beschränkten Mitteln, die ihm zur Verfügung standen, in einer unterirdischen Anlage, die durch Druck- und Gasschleusen in verschiedene Zonen unterteilt war, einen nennenswerten Schaden anrichten?

Er betrat eine geräumige Werkstatt, die er ohne grosses Interesse durchquerte und durch die gegenüberliegende zweiflügelige Tür wieder verliess. Da es die einzige Möglichkeit war, wandte er sich nach links, und bei der nächsten Abzweigung gleich noch einmal. Sekunden später stand er wieder vor dem Aufzug.

Parker fluchte lautlos. Er hatte die falsche Richtung eingeschlagen! Hier sah aber auch alles gleich aus! Nichts als endlose Gänge, die entweder ständig die Richtung wechselten, so dass man nie weiter als ein paar Meter sehen konnte, oder die stattdessen ohne jegliche Deckungsmöglichkeit dutzende von Metern schnurgerade verliefen! Und Türen! Immer wieder Türen! Eine nach der anderen, und praktisch alle geschlossen, so dass man nie wusste, was einen dahinter erwartete! Es war zum Nitroglycerin schütteln!

Schon hatte er sich wieder umgedreht und wollte gerade zurück zu der Stelle, wo er falsch abgebogen war, als er jemanden husten hörte. Wie angewurzelt blieb er stehen und lauschte. Keine sich nähernden Schritte, keine Stimmen, die auf eine akute Gefahr hindeuteten. Nur dieses kurze, einmalige Husten, das ihm die Anwesenheit einer anderen Person verraten hatte.

Dicht an der linken Wand entlang schlich er bis zur Ecke, wo der Stollen sich rechtwinklig nach beiden Seiten teilte. Von rechts, wo er zuvor gewesen war, konnte das Husten eigentlich nicht gekommen sein, da er die Räume alle menschenleer vorgefunden hatte. Trotzdem machte er einen langen Hals, um die von seiner Position aus früher einsehbare Seite zu kontrollieren. Da war nichts.

Vorsichtig spähte er um die linke Ecke – und zuckte

erschrocken zurück, als aus dieser Richtung erneutes Husten zu hören war! Ein Stück weiter vorn befand sich rechts offenbar ein Raum, dessen Eingang ihm vorhin entgangen war. Dort musste der Huster sein!

Der Corporal zögerte. Sollte er es wagen, in dieser Richtung nach einem sprengenswerten Objekt zu suchen? Lohnte es sich, dieses Risiko einzugehen? Andererseits hatte er bisher nichts erreicht. In seiner Tasche befand sich immer noch gleich viel beziehungsweise gleich wenig Sprengstoff wie zu Beginn seiner Expedition. Und eine Etage tiefer, wo seine Häscher ihn vermuten mussten, sofern sie nicht auf seinen Trick hereingefallen waren, war ohnehin nichts mehr zu wollen.

Ed Parker holte tief Luft und trat aus seiner Deckung hervor. Wenn er seinen Auftrag ausführen wollte, gab es keine andere Möglichkeit. Und dass er einen Auftrag nicht erfüllte, solange er die Mittel dazu hatte und sich frei bewegen konnte, kam nicht in Frage! Es ging um seine Ehre!

Mit kleinen, langsamen Schritten näherte er sich lautlos der Stelle, wo er den unsichtbaren Anwesenden vermutete. Ein kurzes, raschelndes Geräusch deutete darauf hin, dass jemand mit Papier hantierte. Das konnte von grossem Vorteil sein!

Bei der Raumöffnung angelangt, blieb er stehen. Wieder war das Rascheln zu vernehmen, gefolgt vom Husten eines Mannes. Die Stollenluft schien ihm wohl nicht zu bekommen.

Parker wartete den nächsten Hustenanfall ab. Da war er schon! Mit zwei raschen Schritten huschte der Corporal an der offenen Tür vorbei und blieb sofort wieder mit angehaltenem Atem stehen. Im Vorbeiweg hatte er einen kurzen Blick auf eine vornübergebeugte Gestalt erhascht, die vor einer grossen Apparatur sass. Möglicherweise war das der Funkraum.

Als nichts geschah, entfernte sich Parker leise und näherte sich der nächsten geschlossenen Metalltür, die ihn ein paar Meter weiter vorn erwartete. Es konnte sich nun als echte Herausforderung erweisen, diese ohne verräterische Geräusche hinter sich zu bringen. Glücklicherweise wurden die Abstände zwischen den heftiger werdenden Hustenanfällen immer kürzer.

Er lehnte die Tasche neben sich an die Wand. Während seine Linke die Tür fixierte, drückte er mit der rechten Hand die Klinke Zentimeter um Zentimeter bis zum Anschlag nach unten. Ohne sie loszulassen, öffnete er die Tür ein Stück weit, drückte mit der linken Hand auf die innere Klinke, liess die äussere los und griff nach der Tasche.

Ein Blick bestätigte, was er bereits geahnt hatte: Gleich dahinter folgte ein identisches Modell. Der Teil, den er gerade verliess, war durch den Aufzugsschacht und die Treppe direkt mit dem darunterliegenden Unterkunftsteil verbunden. Deshalb befand sich hier eine Gasschleuse, wie er sie bereits zwanzig Meter tiefer beim Betreten der Unterkunft vorgefunden hatte.

Nachdem er die erste Tür genauso sorgfältig wieder verschlossen wie zuvor geöffnet hatte, verfuhr er mit der zweiten ebenso. Aufatmend sah er sich um. Vor ihm lag ein Stollenabschnitt, der nach wenigen Metern einen Knick nach rechts machte. Von dort waren die entfernten, bereits vertrauten Geräusche der beim Schrägaufzug beschäftigten Soldaten zu vernehmen. Dazwischen befand sich etwa nach der Hälfte der Distanz eine zweiflügelige Tür in der linken Wand.

Parker begab sich zunächst zur Biegung, um sich zu vergewissern, dass von dort keine direkte Gefahr drohte. Ein vorsichtiger Blick genügte als Bestätigung. Hier begann der obere Teil des Schrägstollens, den er von dort unten zusammen mit Burton und dem eingebildeten Professor hinaufgeschaut hatte.

Rasch ging er den halben Weg zurück und öffnete die dort vom Stollen abgehende Tür, hinter der es dunkel war. Der Lärm, der ihn empfing, löste in Parker ein unangenehmes Gefühl aus, ohne dass er hätte sagen können, weshalb.

Misstrauisch trat er ein und betätigte den Lichtschalter neben der Tür, die er sogleich hinter sich schloss, damit niemandem der höhere Geräuschpegel auffallen konnte. Er befand sich offenbar in einem kleinen Vorraum, an dessen Ende sich ein weiterer Durchgang befand. In einem Regal an der rechten Wand war allerhand Material und auch Werkzeug gelagert.

Dahinter lag ein Raum von etwa gleicher Grösse wie der Maschinensaal mit den Dieselmotoren. Und auch hier gab es Elektroschaltschränke, wenn auch nicht ganz so viele wie dort. Mitten im Raum aber stand ein gusseisernes Ungetüm, das für den Lärm verantwortlich war und dessen Anblick sein Unbehagen noch erheblich verstärkte.

Ed Parker verstand nicht viel von Wasserturbinen. Schliesslich ging es dabei um zwei Dinge, die er gar nicht mochte: Wasser und Elektrizität. Aber er erkannte sie, wenn er eine sah, und er wusste zumindest, dass sie mit hohem Wasserdruck angetrieben wurden.

Doch dann hellte sich seine finstere Miene urplötzlich

auf und verwandelte sich schliesslich in ein freudiges Strahlen. Richtig dosiert, konnte Wasser genauso zerstörerisch wirken wie Sprengstoff!

17. Kapitel

Hauptmann Kopp wurde es allmählich zu dumm. Verschlossen wie eine Auster, mit desinteressiertem Gesichtsausdruck, sass sein Gefangener da und verschwendete seine kostbare Zeit. Am liebsten wäre er einfach aufgestanden und hätte Pruck und diesen König mit dem sturen Bock allein gelassen. Sollten sich doch die beiden Geheimdienstschnüffler mit dem Feindagenten herumärgern! Schliesslich war das ja ihr Metier, nicht seins!

Nur der Umstand, dass nicht hundertprozentig sicher war, ob der zweite Saboteur sich wirklich nicht mehr in dieser streng geheimen Anlage aufhielt, für deren Sicherheit er als Kommandant die Verantwortung trug, hinderte ihn daran, sich in die Offiziersmesse zu begeben und sich das Abendbrot schmecken zu lassen. Was konnte er dafür, dass dieser Standartenführer Krüger so dämlich gewesen war, sich von irgendwelchen Wegelagerern überfallen zu lassen?

Die ruhige Stimme Königs riss den Kommandanten aus seinen düsteren Gedanken. «Wenn Sie lieber essen gehen möchten, Herr Hauptmann, kann ich gerne für Sie übernehmen. Schliesslich ist das hier ja streng genommen mein Gefangener», erklärte der SD-Offizier mit einer leichten Kopfbewegung in Burtons Richtung grosszügig.

Verblüfft sah Kopp den Obersturmführer an seiner rechten Seite an, während links von ihm Pruck die Farbe wechselte. Konnte der Kerl etwa auch noch Gedanken lesen? Aber wieso sollte das sein Gefangener sein?

125

«Was soll das heissen, Ihr Gefangener?», wollte er in barschem Ton wissen.

Gelassen griff König in seine linke Brusttasche und zog daraus ein mehrseitiges Schreiben hervor, das er sorgfältig auseinanderfaltete. «Sie kennen doch sicherlich den Führerbefehl vom 18. Oktober dieses Jahres betreffend Angehöriger feindlicher Kommandotrupps? Nein? Dann lassen Sie mich bitte daraus zitieren, damit unser grosser Schweiger weiss, wie es um ihn bestellt ist, wenn er nicht endlich singt.»

Mit wichtiger Miene ordnete er die vier vor ihm liegenden Blätter, obwohl für jeden der im Raum Anwesenden klar war, dass der beflissene SD-Führer mit grosser Wahrscheinlichkeit den ganzen Text auswendig kannte.

«Geheime Kommandosache», begann König, wobei er seinen Triumph nicht gänzlich zu verbergen vermochte. «Der Führer. Führerhauptquartier, den 18.10.1942. Erstens. Schon seit längerer Zeit bedienen sich unsere Gegner in ihrer Kriegführung Methoden, die ausserhalb der internationalen Abmachungen von Genf stehen. Besonders brutal und hinterhältig benehmen sich die Angehörigen der sogenannten Kommandos, die sich selbst, wie feststeht, teilweise sogar aus Kreisen von in den Feindländern freigelassenen kriminellen Verbrechern rekrutieren.»

König machte eine bedeutungsvolle Pause, bevor er Burton fragte: «Kommt Ihnen das bekannt vor? Sind Sie auch ein eigens für diesen Auftrag aus dem Gefängnis entlassener Krimineller?»

Ohne auf eine Antwort zu warten, die er ohnehin nicht erhalten würde, blickte der Obersturmführer wieder auf das Papier und las weiter. «Aus erbeuteten Befehlen geht hervor, dass sie beauftragt sind, nicht nur Gefangene zu fesseln, sondern auch wehrlose Gefangene kurzerhand zu töten im Moment, in dem sie glauben, dass diese bei der weiteren Verfolgung ihrer Zwecke als Gefangene einen Ballast darstellen oder sonst ein Hindernis sein könnten. Es sind endlich Befehle gefunden worden, in denen grundsätzlich die Tötung der Gefangenen verlangt worden ist.»

Wieder sah König auf und stellte seine nächste Frage: «Sind Sie auch einer dieser Helden, die wehrlose Gefangene massakrieren?»

Sam Burton zuckte mit keiner Wimper. So leicht liess er sich nicht provozieren. Seinetwegen konnte der SD-Führer ein ganzes Buch vorlesen.

«Zweitens», fuhr König fort. «Aus diesem Anlass wurde in einem Zusatz zum Wehrmachtbericht vom 7.10.1942 bereits angekündigt, dass in Zukunft Deutschland gegenüber diesen Sabotagetrupps der Briten und ihren Helfershelfern zum gleichen Verfahren greifen wird, das heisst: dass sie durch die deutschen Truppen, wo immer sie auch auftreten, rücksichtslos im Kampf niedergemacht werden.»

Die Tatsache, dass er beim Umblättern ohne die kleinste Pause weitergelesen hatte, zeugte davon, dass König den genauen Wortlaut tatsächlich im Kopf hatte.

«Drittens. Ich befehle daher: Von jetzt ab sind alle bei sogenannten Kommandounternehmungen in Europa oder in Afrika von deutschen Truppen gestellten Gegner, auch wenn es sich äusserlich um Soldaten in Uniform oder Zerstörungstrupps mit und ohne Waffe handelt, im Kampf oder auf der Flucht bis auf den letzten Mann niederzumachen. Es ist dabei ganz gleich, ob sie zu ihren Aktionen durch Schiffe oder Flugzeuge angelandet werden oder mittels Fallschirmen abspringen. Selbst wenn diese Subjekte bei ihrer Auffindung scheinbar Anstalten machen sollten, sich gefangen zu geben, ist ihnen grundsätzlich jeder Pardon zu verweigern. Hierüber ist in jedem Einzelfall zur Bekanntgabe im Wehrmachtsbericht eine eingehende Meldung an das OKW zu erstatten.»

Erneut unterbrach Obersturmführer König seine Vorlesung. Diesmal wandte er sich jedoch nicht an Burton, sondern an Kopp und Pruck. «Der nun folgende Absatz dürfte vor allem für Sie beide von grossem Interesse sein», kündigte er unheilvoll an.

«Viertens. Gelangen einzelne Angehörige derartiger Kommandos als Agenten, Saboteure usw. auf einem anderen Weg, – z.B. durch die Polizei in den von uns besetzten Ländern – der Wehrmacht in die Hände, so sind sie unverzüglich dem SD zu übergeben.» Und mit leicht erhobener Stimme endete er: «Jede Verwahrung unter militärischer Obhut, z.B. in Kriegsgefangenenlagern usw. ist, wenn auch nur vorübergehend gedacht, strengstens verboten.»

Diesmal hatte sich König nicht einmal mehr die Mühe gemacht, umzublättern.

«Tja, meine Herren, deshalb habe ich gesagt, dass es mein Gefangener ist. Ich glaube, dass darüber nun kein Zweifel mehr bestehen kann. Oder sind Sie da etwa anderer Meinung?», schloss er triumphierend.

«Und ob!», entgegnete Kopp grimmig. «Daran bestehen sehr wohl Zweifel! Ganz erhebliche Zweifel sogar!»

«Nun, dann werde ich nicht umhinkommen, Ihnen auch noch den sechsten Absatz vorzulesen», verkündete

König. «Das wollte ich Ihnen eigentlich ersparen.»

Mit einer eleganten Bewegung zog er das vierte Blatt unter dem soeben verlesenen hervor.

«Sechstens. Ich werde für die Nichtdurchführung dieses Befehls alle Kommandeure und Offiziere kriegsgerichtlich verantwortlich machen, die entweder ihre Pflicht der Belehrung der Truppe über diesen Befehl versäumt haben oder die in der Durchführung entgegen diesem Befehl handeln. Gezeichnet: Adolf Hitler.»

Nach diesen Worten herrschte vollkommene Ruhe im Raum. Burton konnte sogar hören, wie der Posten vor der Tür seine Schnupftabakdose zuklappte und sich eine Prise reinzog.

«War das eine Drohung, Obersturmführer?» Zur Überraschung Burtons und wohl auch des Abwehroffiziers und vor allem des Angesprochenen selbst, hatte Kopp die Worte nicht erregt in seiner gewohnten Lautstärke hervorgestossen. Ganz ruhig hatte er die Frage gestellt. Fast zu ruhig! So ruhig, dass sie viel bedrohlicher wirkte, als wenn er sie geschrien hätte und dabei aufgesprungen wäre. Diesen Kopp durfte man auf keinen Fall unterschätzen!

Sogar der bisher stets überlegen wirkende König schien etwas verunsichert. «Es war eine Feststellung der Tatsachen. Nicht mehr und nicht weniger.»

Kopp nickte bedächtig, ohne etwas zu sagen. Der Totenkopf-Grünschnabel hatte die Kurve gerade noch gekriegt.

Das kurze, energische Anklopfen, mit dem der Gefreite sich vor dem Eintreten ankündigte, lockerte die angespannte Atmosphäre etwas auf.

«Herr Hauptmann, Leutnant Huber ist sich doch nicht

ganz sicher, ob der Gesuchte tatsächlich die Anlage verlassen hat. Er hat sich die Spuren inzwischen selbst angesehen. Er meint zwar, dass dort draussen tatsächlich jemand abgestürzt ist. Aber die Fussspuren, die vom Notausgang wegführen, irritieren ihn. Sie enden nämlich unmittelbar nach der ersten Richtungsänderung hinter einem Felsen!»

18. Kapitel

Aufmerksam betrachtete Parker sein auserwähltes Sprengobjekt. Wenn er das mächtige, aus einem dunklen Rohrstollen kommende und an die Turbine angeflanschte Eisenrohr sprengte, würde das Wasser mit grossem Druck ungehindert aus der Leitung schiessen und diesen Dachsbau bis zum Rand füllen!

Bei dem Gedanken, dass ausgerechnet er, der sich schon in einer halbvollen Badewanne vor dem Ertrinken fürchtete, eine unterirdische Anlage fluten wollte, in der er sich selbst aufhielt, beschlich ihn ein unheimliches Gefühl. Das musste sich in etwa so anfühlen, als sei man in einem getauchten U-Boot, das volllief!

Aber sein Entschluss stand fest. Corporal Ed Parker würde seinen Auftrag ausführen und den grösstmöglichen Schaden anrichten, den ihm seine bescheidene Ausrüstung ermöglichte! Er öffnete seine Aktentasche, kramte eine Taschenlampe daraus hervor, schaltete sie ein und machte die Tasche wieder zu.

Um einer vorzeitigen Entdeckung der Sprengladung so gut es ging entgegenzuwirken, ging er geduckt mehrere Meter weit in den steil ansteigenden, nicht gerade überdimensionierten Rohrstollen hinein. Hinter einer Stütze des Rohrs stellte er die Tasche ab, damit sie nicht wegrutschen konnte, öffnete sie erneut und entnahm ihr im Licht seiner Lampe zwei Pakete mit Plastiksprengstoff.

Nachdem er die Lampe rutschsicher auf dem Stollenboden positioniert hatte, formte er die weiche Masse aus den beiden Paketen sorgfältig und drückte sie so in den Spalt zwischen der Rohrleitung und deren Betonauflage, dass der Sprengstoff über ein Drittel des Umfangs direkt am Rohr anliegend war. Anschliessend knetete er den Inhalt zweier weiterer Pakete zu einer Wurst, die er über die Leitung legte und an beiden Enden mit der zuvor platzierten Ladung verband. Zuletzt brachte er den Zünder an.

Parker überlegte. Wie sollte er die Zeit einstellen? Wenn die Sprengung zu früh erfolgte, würden sie zusammen mit den Deutschen wie die sprichwörtlichen Ratten ersaufen, die das sinkende Schiff nicht rechtzeitig verlassen hatten. Andererseits erhöhte sich mit jeder Minute die Gefahr einer Entdeckung und Entschärfung.

Er sah auf seine Uhr und zog erstaunt die Augenbrauen hoch. Schon so spät! Das kam davon, wenn man sich nur im Schneckentempo fortbewegen konnte! Hier drin verlor man aber auch jedes Zeitgefühl. Draussen war es bestimmt schon dunkel.

Er entschied sich für eine Spanne von zwei Stunden. Wenn sie es bis dahin nicht geschafft hatten, zu entkommen und den Berg zu verlassen, konnte er immer noch dafür sorgen, dass Hauptmann Kopp die Anlage evakuieren liess. Es kam bloss darauf an, dass die Zeit nicht mehr reichte, um die Explosion noch zu verhindern.

Sorgfältig stellte Parker die Uhr entsprechend ein, ohne jedoch den Zünder bereits zu aktivieren. Dann stieg er zur nächsten, rund fünf Meter entfernten Stütze auf und wiederholte den Vorgang. Als er damit fertig war, aktivierte er diesen Zünder, nahm die jetzt merklich leichter gewordene Tasche und ging vorsichtig den steilen Weg zur ersten Sprengladung hinab. Dort stellte er auch den zweiten Zeitzünder scharf.

Zufrieden mit seiner Arbeit, verliess er den Rohrstollen und warf einen Blick zurück. Von hier aus würde niemand etwas bemerken. Er machte die Lampe aus und legte sie wieder in die Tasche zurück.

Nun gab es aber noch ein anderes Problem zu lösen. Irgendwie musste er sicherstellen, dass die Tür, deren beide Flügel nach innen aufgingen, die Wassermassen auf der Suche nach ihrem Weg nicht behinderte. Nachdenklich betrachtete er das potentielle Sprengobjekt. Das Einfachste, sinnierte er, war wohl, eine Ladung mit Haftmagnet in der unteren Hälfte des Türflügels mit der Klinke anzubringen und ein Loch in das Blech zu sprengen. Falls jemand den Raum betrat und die Tür offen liess, würde die Sprengladung durch den Flügel verdeckt sein.

Wesentlich ungünstiger sah es aus, wenn die Tür von innen geschlossen wurde. Dann war es unvermeidlich, dass man spätestens beim Verlassen des Raums den Fremdkörper entdeckte, sofern man keine Tomaten auf den Augen hatte.

Eine Möglichkeit bestand auch darin, die Ladung zusätzlich als Sprengfalle zu konzipieren. Falls noch vor Ablauf der eingestellten Zeit jemand den Raum betrat, würde die Detonation beim Öffnen der Tür sofort erfolgen. Das Loch war dann da, und dass man den Flügel umgehend ersetzen würde, erschien ihm eher unwahrscheinlich. In diesem Fall würde man vermutlich ausserdem in erster Linie von einer Sprengfalle ausgehen, nicht von Sabotage im eigentlichen Sinne. Weshalb sollte ein Saboteur ein Loch in eine einfache Blechtür sprengen?

Aber natürlich bestand durchaus die Möglichkeit, dass jemand den Braten roch und Turbine und Druckleitung auf unerwünschte Zusatzausstattungen untersuchte. Dann war die erfolgreiche Umsetzung seines Plans äusserst gefährdet!

Vielleicht war es am klügsten, wenn er es trotzdem so machte, aber sich noch eine Weile in der Nähe aufhielt. Viel konnte er ohnehin nicht mehr tun. Eigentlich musste er sich gefangen nehmen lassen, um Burton irgendwie zu warnen. Allerdings durfte dies nicht zu auffällig geschehen, damit die Burschen nicht merkten, dass er seine Arbeit schon erledigt hatte. Er musste deshalb dafür sorgen, dass er gewissermassen auf frischer Tat ertappt wurde. Da sie dann nicht mehr nach ihm suchen mussten, sank auch das Risiko, dass die Sprengladungen entdeckt wurden. Am besten würde es wohl sein, wenn man ihn möglichst weit weg vom tatsächlichen Tatort schnappte.

Aber das musste noch etwas warten. Oberste Priorität hatte die Zerstörung dieser unterirdischen Munitionsfabrik. Wenn sein Plan misslang, dann war die ganze Mühe umsonst gewesen. So konnte er vielleicht noch rechtzeitig eingreifen, falls es nötig wurde.

Entschlossen machte sich Parker ans Werk. Mit geübten Bewegungen positionierte er seine Kombination aus Zeit- und Sofortzünder mit der Sprengladung an der Innenseite des linken Türflügels, den er anschliessend vorsichtig öffnete.

Noch immer war der Stollen davor menschenleer. Schnell legte er die Tasche vor den geschlossenen Flügel, trat auf den Gang hinaus und zog die Tür so weit zu, dass er gerade noch genügend Platz hatte, um den Nylonfaden des Zünders am Verschluss des anderen Flügels zu befestigen. Mit der linken Hand aktivierte er den Zünder, dessen Uhr er so eingestellt hatte, dass er praktisch zeitgleich mit seinen beiden Artgenossen an der Druckleitung die Detonation auslösen würde; vorausgesetzt natürlich, dass nicht vorher jemand versuchte, den Raum zu betreten. Behutsam machte er die Tür zu.

Es war vollbracht! Erleichtert atmete Parker auf. Jetzt kam es bloss noch darauf an, dass es auch ein Erfolg wurde und dass sie es schafften, sich rechtzeitig aus dem Staub zu machen. Wobei Staub in diesem Fall nicht richtig war. Gischt würde es wohl eher treffen, dachte er und kicherte albern. Die enorme Anspannung, unter der er stand, liess nun etwas nach, was aber keineswegs bedeutete, dass er unvorsichtig wurde.

Mit der nun beinahe leeren Tasche unter dem linken Arm schritt er auf die Gasschleuse zu. Wie schon auf dem Hinweg, konzentrierte er sich auch jetzt wieder voll und ganz darauf, nur ja kein Geräusch zu verursachen.

Beim Öffnen der zweiten Tür lauschte er angestrengt. Auch jetzt waren keine Stimmen oder andere Geräusche zu vernehmen, die auf die Anwesenheit mehrerer Personen hindeuteten. Nur der erbärmliche Husten des Funkers schien noch stärker geworden zu sein. Den armen Kerl schien es ganz schön erwischt zu haben.

Feiner Suppengeruch, der durch das Treppenhaus und den Aufzugsschacht aus der Unterkunft nach oben stieg, verwöhnte seine Nase, als er die Schleuse verliess. Die Burschen hatten es gut, dachte er. Schlugen sich den Wanst voll, während er mit knurrendem Magen durch die Gegend schlich und seinem gefährlichen Handwerk nachging! Das beinahe pausenlose Rumlatschen und die ständige Konzentration hatten ihn hungrig gemacht. Im Zeitlupentempo drückte er die Tür zu und verminderte den Druck auf die Klinke, bis sie sich wieder in ihrer Normalstellung befand.

Das Husten hinter seinem Rücken liess ihm die Nackenhaare zu Berge stehen. Erschrocken wirbelte er herum. Unter der Tür des mutmasslichen Funkraums stand der erkältete Soldat und starrte ihn verwundert an!

Mit vier langen Sätzen war Parker bei seinem ebenso erschrockenen Gegner, der in diesem Augenblick von einem neuerlichen Hustenkrampf geschüttelt wurde. Verzweifelt versuchte der Soldat, sich gegen den überraschenden Angriff zur Wehr zu setzen, aber sein vom Hustenanfall nach vorn gebeugter Oberkörper liess keine nennenswerte Abwehr zu. Erbarmungslos sausten Parkers ineinander verschränkte Hände auf den ungeschützten Nacken nieder, bis der Mann zu Boden ging.

Schwer atmend liess Parker von ihm ab. Eigentlich müsste er den Mann jetzt töten. Aber jemanden mit einer Sprengladung oder mit einem Schuss aus Distanz zu erledigen, war eine Sache, seinen Gegner von Angesicht zu Angesicht abzumurksen, eine ganz andere. Er konnte es nicht. Trotzdem musste der Soldat für längere Zeit ausser Gefecht gesetzt werden. Widerwillig zog der Corporal seine Pistole aus dem Holster, packte sie am Lauf und liess den Griff der P.38 auf den Hinterkopf des Deutschen niedersausen, der augenblicklich in sich zusammensank und sich nicht mehr rührte.

Parker steckte die Waffe wieder ein und eilte zurück zur Tür, um seine Tasche zu holen. Er musste sie hier irgendwo verstecken für die Zeit, in der er den Bewusstlosen verschwinden liess.

Ein Blick in den Raum, in dem sich der Soldat zuvor aufgehalten hatte, brachte ihn auf eine neue Idee. Dies hier war nicht bloss irgendein Funkraum. Hier befand sich die Telefonzentrale und damit die wichtigste Verbindung nach draussen. Vielleicht war es gar nicht so schlecht, wenn diese Nabelschnur zu den vorgesetzten Dienststellen der Besatzung dieser Anlage durchtrennt wurde.

Da man den Telefonisten ohnehin bald vermissen und finden würde, spielte es auch keine Rolle, wenn die Telefonanlage in unbrauchbarem Zustand vorgefunden wurde. Es konnte unter Umständen sogar von seinen tatsächlichen Absichten ablenken, wenn man ihn für einen zerstörungswütigen Stümper hielt. Schliesslich konnten die Deutschen ja nicht wissen, dass sie es mit einem Sprengmeister zu tun hatten.

Ohne grosse Sorgfalt patschte er den letzten Rest seiner hochbrisanten Knetmasse um die mit der Zentrale verbundenen dicken Kabel und auf die Oberfläche der Telefonanlage. Um die Vorstellung von einem Amateur weiter zu nähren, riss er auch noch den Hörer ab, bevor er alles mit einem Zünder verband, den er auf zehn Minuten einstellte und scharfmachte. Schliesslich nahm er seinen letzten Zeitzünder aus der Tasche, die er achtlos liegen liess, und steckte ihn in eine Rocktasche seiner Uniform.

Beim Verlassen des Raums zog er die Tür hinter sich ins Schloss. Dann packte er den entspannt daliegenden Soldaten, der vorübergehend seinen lästigen Husten los war, unter den Armen und schleppte ihn rückwärtsgehend zur Werkstatt und von dort in den hintersten Winkel des Tankraums, wo er ihn sachte auf den Rücken legte.

Nach kurzem Überlegen drehte er den Bewusstlosen auf die Seite und winkelte seine Arme und Beine an, so dass er nicht auf den Rücken zurückrollen konnte. Parker wollte nicht, dass der stark erkältete Mann zu wenig Luft bekam und womöglich noch erstickte.

Schwitzend richtete er sich auf. Nun war es aber höchste Zeit, sich selbst zu verstecken! Und er wusste auch, wo.

19. Kapitel

Ohne unvorhergesehene Zwischenfälle trafen Lieutenant Barnes und Sergeant Harrison unter der Führung von Quint beim alten Schuppen vor dem Tunnelportal ein.

Tom Barnes hatte darauf bestanden, sofort nach Einbruch der Dunkelheit aufzubrechen, um genügend Zeit zu haben, sich mit den örtlichen Gegebenheiten vertraut zu machen. Warten konnten sie auch hier. Ausserdem wussten sie nicht, wann genau der Zug eintreffen sollte.

«Vorsicht, die Tür quietscht!», erinnerte Quint seine beiden Begleiter leise, bevor die drei Männer den Schuppen betraten.

Barnes und Harrison zogen im Schein von Quints Lampe ihre weissen Tarnanzüge aus und legten sie auf ihre Rucksäcke, nachdem sie den Sprengstoff herausgenommen hatten.

«Woher wissen Sie eigentlich, dass heute überhaupt ein Zug kommt?», wollte Peter Harrison wissen.

«Gute Erkundung», gab Quint knapp zur Antwort.

Schweigend warteten sie, wobei sie darauf achteten, wegen der Kälte ständig in Bewegung zu bleiben. Es war alles besprochen, was es zu besprechen gab. Der Rest bestand aus Improvisation und Glück.

Nach einiger Zeit liess ein leises Geräusch Barnes aufhorchen. Quint, der es ebenfalls gehört hatte, öffnete die Schuppentür etwas. Alle drei lauschten angestrengt. Tatsächlich! Da näherte sich ein Zug! Das Geräusch wurde stetig lauter. Aus welcher Richtung, liess sich zunächst nicht eindeutig feststellen.

«Erstaunlich früh heute», murmelte Quint. Noch stand allerdings nicht fest, um was für einen Zug es sich handelte.

Doch wenige Augenblicke später wurde die Ahnung zur Gewissheit. Was da langsam aus dem Tunnel rollte, war eine Diesellok.

«Scheisse!», fluchte Harrison kaum hörbar.

Quint und Barnes hatten ihn trotzdem verstanden, weil in diesem Moment alle dasselbe dachten. Unaufhaltsam kam der Mond, der drei Nächte später in voller Pracht am Himmel stehen würde, hinter einer Wolke hervor und tauchte die schneebedeckte Landschaft in ein gespenstisches Licht.

Deutlich war der aus der Lokomotive und drei Wagen bestehende Güterzug zu erkennen, als er unbeleuchtet an ihrem Versteck vorbeifuhr und auf der Brücke hielt, von wo das satte, kraftvolle Brummen des im Leerlauf arbeitenden Dieselmotors zu den drei wartenden Männern herüberdrang. Diesmal war es ja auch wirklich hell genug, um ohne Licht zu fahren, dachte Quint besorgt.

Es dauerte fast eine Viertelstunde, bis sich erneut die Ankunft eines Zugs ankündigte. Aus derselben Richtung kommend, jedoch auf dem anderen Gleis fahrend, rollte auch er langsam auf die Alfenzbrücke und stoppte neben dem ersten Zug.

Nun wiederholte sich im Wesentlichen das Prozedere, welchem Quint bereits in der vorigen Woche als unsichtbarer Beobachter beigewohnt hatte, nur mit geringfügigen Abweichungen, da diesmal der zweite Zug nicht aus Feldkirch, sondern aus Innsbruck kam.

Mehrere dick eingepackte Gestalten machten sich an

den beiden Zügen und der Überleitstelle zu schaffen. Die Diesellok setzte sich in Bewegung und schob ihre Wagen rückwärts über die Überleitstelle, hielt kurz, bis die Weiche umgestellt war, und schloss dann zum Ende des anderen Zugs auf, dessen letzte drei Wagen abgekoppelt und an die Front der Diesellok angehängt wurden. Dann setzte sie weit genug zurück, dass die Überleitstelle umgestellt werden konnte, während die hinteren drei Wagen abgehängt wurden. Anschliessend wechselte sie wieder auf das Gleis, auf dem sie gekommen war.

Der andere Zug wartete, bis die Weiche erneut umgestellt war, und fuhr dann langsam rückwärts, um die drei Wagen aus dem unterirdischen Bahnhof zu übernehmen. Damit war der Rangiervorgang abgeschlossen.

Doch seltsamerweise setzte sich keiner der beiden Züge in Bewegung. Aufgeregte Stimmen waren zu hören. Irgendetwas schien nicht in Ordnung zu sein.

Nach einiger Zeit fuhr der aus Innsbruck kommende Zug endlich los, und fast gleichzeitig verschwand der Mond langsam wieder hinter den Wolken, was im Schuppen mit grosser Befriedigung zur Kenntnis genommen wurde. Barnes hatte schon befürchtet, dass sie wieder ihre Schneeanzüge anziehen mussten, um sich dem Zug zu nähern. Die weisse Kleidung wäre in der unterirdischen Welt, in die sie vorzudringen gedachten, nicht gerade von Vorteil gewesen, um es freundlich auszudrücken.

Mit vorgehängten Maschinenpistolen, die mit Sprengstoff und Zündern gefüllten Taschen umgehängt, warteten Barnes und Harrison auf ihren Einsatz. Doch der schien sich weiter zu verzögern.

Unruhig schaute Quint immer wieder nach oben zu

der Stelle, wo der Mond sich hinter den Wolken versteckt hatte. Hoffentlich blieb er noch eine Weile, wo er war!

Nach einer gefühlten Ewigkeit kam schliesslich auch in ihren Zug Bewegung. Das Motorgeräusch wurde lauter und kam langsam näher.

«Los jetzt!», zischte Barnes. Fast gleichzeitig rannten die beiden los. Da der Zug rückwärtsfuhr, mussten sie vor der Lokomotive beim Tunneleingang sein.

Als der erste Wagen anrollte, hatten Barnes und Harrison die rund zwanzig Meter problemlos hinter sich gebracht. In einem dem Zug angepassten Tempo gingen sie ein Stück weit neben ihm her. Dann tauchte zuerst Harrison unter den Wagen neben ihm und kletterte auf die hintere Achse, während Barnes die Aktion gleich darauf beim mittleren wiederholte. Als die Lok den Standort von Quint passierte, hatten die beiden blinden Passagiere ihre unbequemen Plätze bereits eingenommen, ohne dass es jemand bemerkt hatte.

Die Zugbegleiter hatten im Augenblick offenbar ganz andere Probleme. Quint hörte deutlich, wie eine wütende Stimme gegen den Motorlärm anschrie.

«Ich sage es Ihnen jetzt zum letzten Mal!», tobte der für Quint unsichtbare Mann. «Wenn Sie weiterhin Schwierigkeiten machen, werde ich dafür sorgen, dass Sie sich in einem Vernehmungszimmer in der Innsbrucker Herrengasse 1 wiederfinden!»

«Wer sind Sie denn überhaupt?», wollte der Bedrohte mit aufgeregter Stimme wissen.

«SS-Hauptsturmführer Horst Brenner, stellvertretender Abteilungsleiter in der Staatspolizeistelle Innsbruck!», kam wie aus der Pistole geschossen die Antwort.

Erschrocken sog Quint bei diesen Worten die Luft ein.

«Sie sind als Gestapobeamter ja gar nicht befugt, einen Angehörigen der Wehrmacht zu verhaften!», erwiderte der andere aufgebracht.

«Das lassen Sie mal lieber meine Sorge sein! Mein Arm reicht weiter als Sie denken! Wenn Sie nicht endlich kooperieren, werde ich dafür sorgen, dass Sie sich wegen Beihilfe zur Sabotage von militärischen Objekten zu verantworten haben!», konterte der Geheimpolizist, der offenbar neben der Lok herging.

Die Drohung schien zu wirken.

«Ich weiss ja gar nicht, ob Sie überhaupt dazu berechtigt sind, ohne Voranmeldung eine militärische Anlage zu betreten!», liess sich der Soldat schon wesentlich zahmer vernehmen.

«Wollen Sie wirklich die Verantwortung übernehmen, wenn Ihnen Ihr Zug samt unterirdischem Bahnhof um die Ohren fliegt?»

«Also gut, kommen Sie rauf!», gab der Lokomotivführer schliesslich nach. «Ich bringe Sie zum wachhabenden Offizier! Soll der entscheiden, wie es weitergeht!» Er liess den unangenehmen Gestapo-Offizier zu sich in den Führerstand und erhöhte die Geschwindigkeit ein wenig.

Nach ein paar hundert Metern verlangsamte der Zug sein Tempo wieder und hielt schliesslich ganz.

Von seinem Versteck aus sah Harrison die Beine eines Soldaten, der eine Weiche umzustellen schien. Fast gleichzeitig drang Licht aus einem stetig breiter werdenden Spalt in der linken Tunnelwand.

Mit einem leichten Ruck fuhr der Zug wieder an, als die Öffnung gross genug war, und rollte im Schritttempo auf das Gleis, das zum geheimen Bahnhof führte. In einer kontinuierlich leicht abwärtsführenden, langgezogenen

Linkskurve unterquerte er die Talsohle mit der Strasse und der Alfenz, um schliesslich tief im Berginnern auf der anderen Talseite endgültig zum Stillstand zu kommen.

«Schalt den Ventilator ein, ich will nicht die ganze Zeit die Abgase einatmen!», rief eine kehlige Stimme, während der Motorlärm erstarb.

Ausser dem grauen Beton der Laderampen, die den Zug beidseitig flankierten, konnten Barnes und Harrison nichts sehen, was aber den Vorteil hatte, dass sie umgekehrt auch über einen ausgezeichneten Sichtschutz verfügten.

«Warum hat das so lange gedauert, Egger?», fragte der Mann mit der markanten Stimme streng. «In Zukunft erwarte ich … wer ist das denn?» Mit offenem Mund starrte Leutnant Bäcker auf den Rücken des Mannes, der hinter dem Lokführer vom Führerstand herunterkletterte und sich dann die schwarze Uniform glattstrich.

Egger machte eine hilflose Geste. «Er kam mit dem Zug und wollte unbedingt …»

«Ich bin SS-Hauptsturmführer Brenner!», unterbrach der Gestapo-Offizier den Lokomotivführer schroff und fixierte dabei den sprachlosen Leutnant mit durchdringendem Blick. «Und dass ich dem Reichssicherheitshauptamt angehöre, kann man an meiner Uniform wohl unschwer erkennen, oder etwa nicht? Wenn Sie etwas von mir wissen wollen, dann fragen Sie gefälligst mich selbst! Und nun bringen Sie mich zum Kommandanten, und zwar dalli! Ich bin nicht auf einem Güterzug von Innsbruck hierhergefahren, um mich mit einem kleinen Gebirgsjägerleutnant herumzuärgern!»

Tief beunruhigt stand Quint vor dem Tunnel und dachte angestrengt nach. Weshalb tauchte hier unangemeldet ein hoher Gestapobeamter auf, der mit einem Güterzug extra aus Innsbruck anreiste, noch dazu gerade mit diesem speziellen? Der von Sabotage sprach und sich mit einer solchen Vehemenz Zutritt zu einer streng geheimen Anlage der Wehrmacht verschaffte?

Irgendetwas schien hier gründlich schiefzugehen! Er konnte nicht einfach hier warten und tatenlos zusehen, wie das Unheil seinen Lauf nahm! Er musste etwas unternehmen! Und er hatte auch schon eine Idee …

20. Kapitel

Kaum hatte der Gefreite den Raum verlassen, waren von draussen erregte Stimmen zu vernehmen, die sich leise unterhielten.

Kurz darauf klopfte es wieder, und der Posten betrat erneut den Raum. «Zwei Wachen haben den Gesuchten beim Eingang gesehen!», meldete er aufgeregt.

«Wann?»

«Kurz nach der Ankunft des Herrn Obersturmführers», antwortete der Gefreite mit einem raschen Seitenblick auf König, der es im Moment für sicherer hielt, weiterhin Kopp die Fragen stellen zu lassen. Die Reaktion des Hauptmanns von vorhin wirkte noch nach.

«Und was wollte er da? Los, Mann, nun reden Sie doch endlich, anstatt sich jedes Wort einzeln aus der Nase ziehen zu lassen!»

«Er holte die Aktentasche, die sein, ähem, Chef angeblich im Wagen liegen lassen hatte.»

Kopp spürte, wie ihm der Schweiss ausbrach. «Und das fällt denen erst jetzt ein? Ja, bin ich denn nur von Nachtwächtern und Tagträumern umgeben?», tobte er.

Der Überbringer der schlechten Nachricht betrachtete schweigend seine Stiefelspitzen und schien darüber froh zu sein, dass er nicht in der Haut der beiden Wachsoldaten steckte. War da nicht sogar ein Hauch von Schadenfreude zu erkennen?

Der Ausdruck auf dem Gesicht des Mannes war Kopp nicht entgangen. «Verfügen Sie über genügend Fantasie, um sich vorzustellen, was sich in der Tasche befunden haben könnte und was sich damit alles anstellen liesse?», herrschte er ihn an. «Anstatt sich mit Spuren im Schnee zu befassen, soll Huber dafür sorgen, dass der Saboteur endlich gefunden und unschädlich gemacht wird, bevor uns hier alles um die Ohren fliegt! Meinetwegen soll er die ganze Besatzung nach dem Kerl suchen lassen, aber ich will ihn endlich haben! Sagen Sie ihm das!»

Der Gefreite nickte, schien aber noch etwas auf dem Herzen zu haben.

«Worauf warten Sie denn noch, zum Donnerwetter?»

«Nun, ähem, also wegen meines ursprünglichen Auftrags …»

Wütend liess Kopp die Faust auf den Tisch niedersausen, dass er erzitterte und Pruck erschrocken zusammenfuhr. «Ja, Sie dürfen Ihren Posten verlassen!», schrie er zornig. «Und nun bewegen Sie endlich Ihren Arsch, ehe ich Ihnen Beine mache!»

Eilig drehte sich der Mann um und rannte fast zur Tür, wo er mit Leutnant Huber zusammenstiess, der ohne anzuklopfen mit der nächsten Hiobsbotschaft hereinplatzte.

Keuchend blieb der Leutnant vor dem Tisch und damit direkt hinter Sam Burton stehen. «Die Telefonzentrale!», stiess er erregt hervor und rang nach Atem. «Er hat die Telefonzentrale zerstört! Gesprengt, einfach in die Luft gejagt! Und dann auch noch den Hörer abgerissen!»

«Habt ihr ihn?» Kopp war aufgesprungen und ballte die Fäuste.

Huber schüttelte den Kopf. «Nein, leider noch nicht! Aber den Telefonisten! Wir haben ihn bewusstlos in einer Ecke im Brennstofflager gefunden! Hat eine Beule am

Hinterkopf, scheint sonst aber unversehrt zu sein!»

«Ich hätte nicht auf Sie hören sollen!», sagte Kopp, wütend auf sich selbst, zu König. «Huber, geben Sie Alarm! Wir müssen den Schweinehund finden, bevor er noch grösseren Schaden anrichten kann!»

«Das gefällt Ihnen wohl, was?», fuhr der Kommandant Burton wütend an, während Huber aus dem Essraum stürmte. «Aber wir werden Ihren hinterhältigen Komplizen kriegen, verlassen Sie sich darauf! Und dann seid ihr beide dran!»

Burton liess die verbale Attacke mit unbewegter Miene über sich ergehen. Parker lebte! Und er war offensichtlich aktiv, obwohl die Sprengung einer Telefonzentrale nun nicht gerade eine Meisterleistung war. Und den Hörer abgerissen? Wozu sollte das gut sein? Das deutete eher auf Vandalismus hin, als auf das wohlüberlegte Vorgehen eines Spezialisten, der Parker zweifellos war. Vielleicht ein Ablenkungsmanöver? Hatte der listige Corporal womöglich bereits ein weit lohnenderes Ziel präpariert und versuchte nur, die Spuren zu verwischen? Immerhin hatte er dies ja mit der falschen Fährte im Schnee nicht ohne Erfolg schon einmal getan! Und er hatte sich bisher nicht erwischen lassen!

«Wie es den Anschein hat, entwickelt sich die Nachlässigkeit Ihrer Wachsoldaten langsam zu einem echten Problem, Hauptmann Kopp!», wagte König einen erneuten Vorstoss. «Ich an Ihrer Stelle würde mir nochmals überlegen, ob es nicht doch ratsam ist, diese unangenehme Angelegenheit dem SD zu übergeben, wie es ja laut diesem Schreiben hier auch vorgesehen ist! So wie ich die Lage einschätze, verfügen Sie auch nicht über entsprechend qualifizierte Leute in Ihrer Kompanie!»

148

«Ihnen geht es doch nur darum, die Wehrmacht blosszustellen und der Abwehr eins auszuwischen!», erwiderte Pruck aufgebracht.

«So, wie die Dinge liegen, dürfte ihm dies auch gelingen!», bemerkte Kopp bissig und bedachte den Abwehroffizier zu seiner Linken mit einem abschätzigen Blick. Er hatte den Oberleutnant noch nie für besonders kompetent gehalten.

Dann wandte er sich König zu. «Und was Ihr freundliches Angebot betrifft, so sehe ich momentan keinerlei Veranlassung, dieses anzunehmen! Im Übrigen trifft keine der in Ihrem Schreiben aufgeführten Bedingungen auf unsere ganz spezielle Situation zu! Da Sie den Befehl ja offensichtlich so gut kennen, sollte Ihnen das eigentlich selbst aufgefallen sein!»

«Wie meinen Sie das? Was trifft Ihrer Meinung nach nicht zu?»

«Nun, erstens wurde unser Gefangener hier unter absolut friedlichen Bedingungen festgenommen, ohne dass es zu Kampfhandlungen oder dergleichen gekommen wäre, bei denen man ihn hätte niedermachen können. Da Sie ja selbst dabei waren, dürfte Ihnen das nicht entgangen sein. Zweitens wurde er schon gar nicht in einem besetzten Land von der Polizei geschnappt und der Wehrmacht übergeben. Und drittens wird er hier auch nicht verwahrt, sondern lediglich vernommen – sofern man dieses Theater hier überhaupt als Vernehmung bezeichnen kann!» Zufrieden lehnte sich Kopp zurück.

«Aber dass es sich bei Ihren beiden unliebsamen Besuchern um feindliche Saboteure oder zumindest Agenten handelt, wollen Sie doch hoffentlich nicht ernsthaft in Frage stellen, oder?»

«Nein, natürlich nicht. Aber das ist in diesem Fall nicht relevant! Diese Anlage wird vom Heer geleitet, nicht vom SD! Und solange ich keine anderslautenden Befehle von meiner vorgesetzten Dienststelle erhalte, wird hier auch niemand dem SD übergeben! So einfach ist das!»

«Aber die Übermittlung funktioniert ja gar nicht mehr!», entfuhr es König. «Somit können Sie ja gar keine Befehle mehr erhalten, abgesehen davon, dass Ihre Vorgesetzten noch nicht einmal über den Vorfall informiert sind!»

«Eben!»

Burton kam nicht umhin, dem Hauptmann Respekt zu zollen. Er hatte schon einige höhere Offiziere gesehen, die bei wesentlich kleineren Problemen sofort eingeknickt waren. Kopp schien sich jedenfalls nicht so leicht einschüchtern zu lassen. Und für Parker und ihn selbst konnte es nur von Vorteil sein, wenn sie in den Händen der Wehrmacht waren und nicht einer SS-Organisation ausgeliefert wurden.

Vom Gang waren die energischen Schritte mehrerer sich eilig nähernder Männer zu hören. Dann verstummten sie, und es folgte eine heftige, aber kurze Diskussion.

«Sie können da jetzt nicht rein!», war die Stimme des Gefreiten zu vernehmen.

«Lassen Sie mich vorbei, oder ich mache Ihnen die Hölle heiss!»

Die Tür flog auf, und ein Mann in schwarzer SS-Uniform drängte sich an dem hilflos dastehenden Wachposten vorbei in den zum Verhörzimmer umfunktionierten Essraum der Wache.

Die Mienen der drei ihm gegenübersitzenden Männer hatten zur Folge, dass auch Burton sich nach der Tür umdrehte.

«Sind Sie der Kommandant dieser Anlage?», wollte der schmallippige Eindringling mit den nach unten gezogenen Mundwinkeln, die ihm ein arrogantes Aussehen verliehen, von Kopp wissen.

«So ist es! Und mit wem habe ich das zweifelhafte Vergnügen?»

«SS-Hauptsturmführer Horst Brenner, Staatspolizeistelle Innsbruck! Zuständig für Sabotageabwehr und Sabotagebekämpfung! Ich denke, dass ich hier richtig bin!»

Kopp stöhnte innerlich. Auch das noch! Der SD war schon schlimm genug, aber dass sich nun auch noch die Gestapo einmischte, war das Tüpfelchen auf dem i! Nicht einmal dieser Kelch ging an ihm vorüber!

«Nanu, König, Sie auch hier?», fragte Brenner spöttisch mit gespielter Überraschung.

Sichtlich geschockt sass König da. Mit einer Mischung aus Enttäuschung und Wut starrte der SD-Offizier seinen Erzrivalen an. Woher wusste das Schwein … Da fiel es ihm wie Schuppen von den Augen. Marschke, dieser Idiot, musste sich verplappert haben!

Sam Burton hatte sich noch keine abschliessende Meinung darüber gebildet, welcher der im Raum Anwesenden sein gefährlichster Gegner war. Aber der Mann, der nur wenige Meter neben ihm stand und verächtlich auf ihn heruntersah, war mit Sicherheit der Skrupelloseste von allen! Das spürte er instinktiv.

Da er wohl nicht damit rechnete, dass ihm Kopp einen Platz anbieten würde, setzte sich Brenner ungeniert an die rechte schmale Seite des Tisches, wo er Oberleutnant Pruck am nächsten war.

«Lassen Sie sich durch meine Anwesenheit nicht stören! Ich bin sicher, dass mich das Thema dieser Diskussionsrunde auch interessiert!»

«Wie sind Sie überhaupt hier hereingekommen?», fragte Kopp, der sich ungemein beherrschen musste, diesen unverschämten Flegel nicht hochkant rauszuschmeissen. Aber ihn interessierte brennend, weshalb er hier scheinbar der Einzige war, der über die tatsächlichen Hintergründe dieses verfluchten Kommandounternehmens im Dunkeln tappte – abgesehen natürlich von dem Versager, der sich Abwehroffizier nannte!

«Mit Ihrem Zug. Der Lokführer war so freundlich, mich nach gütigem Zureden bis zu Ihrem unterirdischen Bahnhof mitzunehmen.»

Wie von der Tarantel gestochen, fuhr König von seinem Stuhl hoch, der daraufhin polternd umfiel. «Soll das etwa heissen, dass es hier noch einen Eingang mit Gleisanschluss gibt?», fragte er Kopp beinahe entsetzt.

«Ja, auf der untersten Ebene der Anlage. Wussten Sie das nicht? Ich dachte, Sie seien so gut informiert, da doch der SD nach Ihren eigenen Worten ein so hervorragender Geheimdienst ist!», bemerkte dieser sarkastisch.

«Ist Ihnen bewusst, dass die übrigen Angehörigen des Kommandotrupps vermutlich davon Kenntnis haben, und dass sie möglicherweise versuchen, sich dort gewaltsam Zutritt zu verschaffen?»

«Regen Sie sich ab, König! Dort kommt niemand rein, wenn wir es nicht wollen. Die Wachen sind inzwischen alle alarmiert.»

«Dann hoffe ich für Sie und uns alle, dass Sie dort unten fähigere Leute für die Wache eingeteilt haben!» König schien nur halbwegs beruhigt zu sein.

«Wir haben ihn!», schrie der Gefreite triumphierend, noch bevor er die Tür überhaupt richtig geöffnet hatte. «Wir haben den Saboteur auf frischer Tat ertappt und festgenommen!»

21. Kapitel

Nachdem er mehrere Male auf der Aufzugskabine runter- und wieder raufgefahren war, fand Parker, dass es nun allmählich reichte.

Die Sprengung der Telefonzentrale hatte erwartungsgemäss für etwas Aufregung gesorgt. Soldaten waren keine zu Schaden gekommen, da die Ablösung des bewusstlosen Telefonisten erst kurz nach der Explosion erschienen war. Seither herrschte ein ständiges Kommen und Gehen, das nun aber langsam wieder etwas nachzulassen schien.

Sein Anschlag hatte grosse Empörung und Wut ausgelöst, wie er den nicht gerade schmeichelhaften Ausdrücken entnehmen konnte, die sich zweifelsohne auf ihn bezogen. Aber glücklicherweise waren bisher Kommentare ausgeblieben, die auf eine Entdeckung seines tatsächlichen Ziels hätten schliessen lassen.

Als sich die Lage zunehmend beruhigte und der Aufzug nicht mehr pausenlos in Bewegung war, entschied sich der Corporal, dem Versteckspiel ein Ende zu bereiten. Ohne Hast öffnete er die Luke und kletterte in den Fahrstuhl. Nachdem er den Deckel über sich geschlossen hatte, drückte er auf den untersten Knopf und begab sich auf seine vermutlich letzte Fahrt mit dem Aufzug. Meter für Meter näherte er sich dem Ort seiner bevorstehenden Festnahme.

Der Aufzug hielt, und Parker stiess ohne Zögern die beiden Türen auf und betrat den Unterkunftsteil. Doch zu seinem grossen Erstaunen schien gerade niemand da zu sein, der ihn hätte festnehmen können. Da kam ihm eine Idee.

Schnell begab er sich wieder in den Aufzug und öffnete nochmals die Luke. Mit einem Ruck riss er ein Stück Kabel und den Kontaktschalter ab, warf beides auf das Kabinendach und schloss den Deckel wieder. Dieser Fahrstuhl war nun ausser Betrieb. Sollten die Kerle für eine Weile zu Fuss gehen, damit sie schön müde wurden!

Um sein Image als blutiger Anfänger zu pflegen, zog er den Zünder aus seiner Rocktasche und hieb damit mehrmals auf die Bedieneinheit des Aufzugs ein. Gerade als die Knöpfe so schön zersplitterten, wurden die beiden Türflügel aufgerissen, und er blickte in die grimmigen Gesichter eines Unteroffiziers und zweier Soldaten, die ihre Maschinenpistolen auf ihn gerichtet hielten.

«Keine Bewegung! Ha, haben wir dich also endlich, du Ratte! Los, nimm die Hände hoch! Ein nervöses Zucken, und die Jungs hier machen ein Sieb aus dir! Mit den Händen an der Wand abstützen und einen Schritt zurücktreten! Beine auseinander!»

Parker tat, wie ihm geheissen. Widerstandslos liess er sich durchsuchen, nachdem man ihm den Zünder aus der Hand gerissen und die Pistole abgenommen hatte. Anschliessend wurden ihm unsanft die Hände mit einem Stück Seil zusammengebunden.

«So, und nun bringen wir dich zum Kommandanten, wo du deinem Kumpan Gesellschaft leisten kannst!», verkündete Unteroffizier Wegener. «Vorwärts!»

Es wurde erwartungsgemäss eine Art Spiessrutenlauf für Ed Parker. Etliche Soldaten stiessen Verwünschungen aus, während einige sogar vor ihm ausspuckten, als er von den drei triumphierenden Männern zum Wachtrakt geleitet wurde.

Als die kleine Prozession schliesslich an ihrem Ziel angelangt und Parker in den Verhörraum geführt worden war, wurde ihm auch hier die volle Aufmerksamkeit zuteil. Nachdem Wegener über den genauen Hergang seiner Gefangennahme Bericht erstattet hatte, verliessen der Unteroffizier und einer seiner Männer den Raum wieder. Der andere Soldat blieb als Wache.

«Nun? Habe ich Ihnen zu viel versprochen, als ich sagte, dass wir Ihren Komplizen auch bald schnappen würden?», wandte sich Kopp voller Genugtuung an Burton. «Das Spiel ist aus! Geben Sie sich endlich geschlagen und packen Sie aus! Also?»

Ungerührt blickte Burton dem Hauptmann in die Augen und hüllte sich weiterhin in Schweigen. Der knappe Bericht des Unteroffiziers, der Parker angeblich auf frischer Tat bei der Demolierung einer simplen Fahrstuhlbedieneinheit erwischt hatte, deutete darauf hin, dass der Corporal die Gegner tatsächlich glauben machen wollte, dass sie es mit einem kompletten Amateur zu tun hatten. Das wiederum konnte nur bedeuten, dass Parker seinen Auftrag erledigt hatte und es nur eine Frage der Zeit war, bis es irgendwo im Innern dieses Berges einen gewaltigen Rumms geben würde! Die Frage war bloss wo, und vor allem wann!

«Bei uns werden die beiden auspacken, verlassen Sie sich darauf!», schaltete sich Brenner ein.

«Bei Ihnen?» Kopp glaubte, sich verhört zu haben. «Wieso bei Ihnen? Sind Sie jetzt plötzlich auch beim SD? Ich denke, Sie sind von der Gestapo?»

«Wie ich schon sagte, bin ich zuständig für alles, was

156

mit feindlicher Sabotage zu tun hat! Und bei diesen beiden Subjekten handelt es sich doch ganz eindeutig um Saboteure, oder etwa nicht?»

Bevor der Hauptmann antworten konnte, meldete sich König zu Wort. «Geben Sie sich keine Mühe, Brenner!», sagte er mit einer energischen Handbewegung. «Hier spielen Sie nur die zweite Geige! Das ist ein Fall für den Ausland-SD, ob es Ihnen nun passt oder nicht! Sie sind hier nicht zuständig!»

Kopp, der sich fühlte wie auf einem Kongress der Geheimdienste, grinste voller Schadenfreude in sich hinein. So war es recht! Sollten sich die beiden Schwarzröcke ruhig gegenseitig an die Gurgel gehen! Solange die beiden sich nicht einigten, hatte er etwas Ruhe.

«*Hauptsturmführer* Brenner, wenn ich bitten darf, König!», wies der Gestapo-Offizier seinen Nebenbuhler zurecht und sah ihn böse an. «Sie scheinen zu vergessen, dass Sie mit einem ranghöheren SS-Offizier reden!»

«Dessen bin ich mir vollkommen bewusst», antwortete König betont freundlich, um Brenner weiter zu provozieren. «Aber wir arbeiten gewissermassen für zwei verschiedene Abteilungen innerhalb der gleichen Firma. Zwei Abteilungen mit unterschiedlichen Interessen, obwohl beide dasselbe Ziel verfolgen. Und in diesem Fall handelt es sich nun einmal ganz eindeutig um eine Zuständigkeit meiner Abteilung! Folglich werde ich alles daransetzen, die Interessen meiner Organisation und meiner Vorgesetzten zu vertreten – ungeachtet der Rangverhältnisse!»

Hauptsturmführer Brenner warf dem SD-Offizier einen vernichtenden Blick zu. «Die Gestapo ist sehr wohl zuständig, wenn es sich um Sabotageakte handelt, die von Volksverrätern verübt werden!», erwiderte er wütend.

«Wie kommen Sie darauf, dass es sich um Volksverräter handeln könnte?», wollte König mit einem verächtlichen Lächeln wissen. «Bei diesen beiden da», erklärte er mit einem Kopfnicken in Burtons und Parkers Richtung, «handelt es sich um Angehörige eines britischen Kommandotrupps!»

«Das behaupten Sie! Aber solange das nicht bewiesen ist, bin ich zuständig! Ausserdem können wir nicht ausschliessen, dass sich unter der Besatzung dieser Anlage ein oder gar mehrere Verräter befinden, die diese beiden Missgeburten bei ihren hinterhältigen Machenschaften unterstützt haben!»

«Mässigen Sie sich!», liess sich Hauptmann Kopp drohend vernehmen. «Ich verbitte mir derartig völlig aus der Luft gegriffene, haltlose Anschuldigungen, Hauptsturmführer! Das Eis, auf dem Sie sich gerade bewegen, ist sehr dünn! Ich erinnere Sie daran, dass Sie sich hier auf militärischem Areal befinden! Sie sind hier nur geduldet! Sollten Sie weiterhin derartig unqualifizierte Äusserungen von sich geben, so lasse ich Sie entfernen!»

Oberleutnant Pruck, der sich neben dem Gestapo-Offizier ohnehin schon unbehaglich fühlte, schien sich weit weg zu wünschen. Nervös rutschte er auf seinem Stuhl hin und her.

«Überschätzen Sie sich nicht, Hauptmann Kopp!», zischte Brenner wütend. «Wer weiss, was hier noch alles ans Licht kommt!»

Wie aufs Stichwort wurde nach kurzem Anklopfen die Tür geöffnet und Leutnant Huber trat ein.

«Unteroffizier Bergmann ist verschwunden!», meldete

158

er, als er sich vor dem Tisch aufgebaut hatte, und machte ein bestürztes Gesicht.

«Wie verschwunden? Hat er sich in Luft aufgelöst?» Kopp wähnte sich in einem üblen Albtraum, der kein Ende zu nehmen schien. «Drücken Sie sich gefälligst etwas klarer aus, Huber!»

«Bevor er verschwunden ist, wollte er aus dem Werkschutzmagazin etwas holen! Seither hat ihn niemand mehr gesehen! Wir suchen ihn jetzt schon eine ganze Weile!»

Das musste der Fettwanst sein, der ihn beim Notausgang überrascht hatte, dachte Parker und versuchte, ein möglichst harmloses Gesicht zu machen.

«Na, was habe ich gesagt?», frohlockte Brenner und wartete gespannt auf Kopps Reaktion.

Aber der Hauptmann ignorierte ihn einfach. «Dann suchen Sie weiter, bis Sie ihn gefunden haben!», befahl er mit ruhiger Stimme und vermied es geflissentlich, nach links zu schauen. «Er wird bestimmt bald wiederauftauchen!»

Huber war bereits wieder an der Tür, als ihm Kopp, von einer bösen Ahnung befallen, nachrief: «Und denken Sie an die Spuren beim Notausgang!»

22. Kapitel

Ungläubig starrten die beiden Wachsoldaten der Gestalt entgegen, die im Licht des wieder langsam hinter den Wolken verschwindenden Mondes durch den immer stärker werdenden Schneefall torkelnd auf sie zukam und zweimal hinfiel.

Der Mann trug nichts als Unterwäsche, und er schien am Ende seiner Kräfte zu sein. Mühsam stemmte er sich nach seinem neuerlichen Sturz wieder auf, kam auf die Knie und stand schliesslich wieder gefährlich schwankend auf den Beinen.

«Pass auf, das könnte ein ganz mieser Trick sein!», warnte Rottmann seinen Kollegen und legte den Zeigefinger an den Abzug der entsicherten MP.

«Da könntest du recht haben», murmelte Schneider und beobachtete den Näherkommenden misstrauisch durch das Gitter des bei Nacht geschlossenen Tores im Maschendrahtzaun. Man hatte sie vor ihrem Wachantritt eindringlich gewarnt, dass mit einer Gruppe feindlicher Saboteure gerechnet werden musste, die sich möglicherweise gewaltsam Zutritt zur Anlage verschaffen wollte.

Unruhig sah sich Schneider nach allen Seiten um. Womöglich lauerte der Feind ja schon ganz in der Nähe, und der schwer angeschlagen wirkende Mann sollte bloss von der drohenden Gefahr ablenken! Da verschwand der Mond gänzlich hinter den Wolken, und mit einem Schlag war es trotz des Schnees dunkel.

«Los, mach die Lampe an!», zischte Rottmann.

Sekunden später blitzte Schneiders Lampe auf, und der Lichtstrahl wanderte über den frischen Schnee der Zufahrt, erfasste den Fremden und blieb an dessen Gesicht hängen.

«Halt!», rief Rottmann. «Bleiben Sie genau dort stehen, wo Sie sind, oder wir schiessen!»

Der erbärmlich schlotternde Mann blieb leicht schwankend stehen und hob zum Schutz vor dem grellen Licht den linken Arm. Deutlich konnten die beiden Soldaten den blutdurchtränkten Verband am Oberarm erkennen.

«Wer sind Sie? Und was wollen Sie hier?», fragte Rottmann scharf und behielt den Halbnackten wachsam im Auge. Wie sein Kamerad Schneider war auch er aufs Äusserste angespannt.

«Ich bin der Fahrer von Standartenführer Krüger», antwortete der erschöpft aussehende Mann mit leiser Stimme zähneklappernd. «Wir wurden auf dem Weg hierher überfallen. Krüger ist tot.» Er sank auf die Knie und stützte sich mit beiden Händen im Schnee ab.

«Ich gehe davon aus, dass Sie sich nicht ausweisen können», stellte Rottmann fest und kam sich dabei ziemlich albern vor.

Ein kraftloses Kopfschütteln bestätigte seine Annahme.

«Gestohlen. Ausweis, Uniform, Auto. Alles …» Die Stimme brach ab, das Zittern und das Zähneklappern des Mannes wurden stärker.

«Pass auf, wir nehmen ihn rein!», sagte Rottmann leise zu Schneider. «Aber es muss schnell gehen! Du öffnest und schliesst das Tor, während ich ihn in Schach halte! Wenn etwas passiert, knalle ich ihn ab, und wir rennen sofort zum Eingang! Klar?»

«Ja!», kam es heiser von Schneider.

«Stehen Sie auf und kommen Sie ans Tor!» befahl Rottmann dem knienden Mann. «Aber ich warne Sie! Wenn das ein Trick ist, dann haben Sie nur noch wenige Sekunden zu leben, das garantiere ich Ihnen!»

Der angebliche Fahrer kam offensichtlich nur unter grosser körperlicher Anstrengung wieder auf die Beine. Mit unsicheren Schritten näherte er sich dem Tor.

«Los jetzt!», zischte Rottmann Schneider zu.

Der legte die Lampe auf den festgetrampelten Schnee und schloss mit fliegenden Händen auf, öffnete das Tor und war bereit, beim geringsten Anzeichen von Gefahr wegzurennen.

«Kommen Sie rein, aber machen Sie schnell!» forderte sein Kamerad den Fremden mit eindringlicher Stimme auf, während er die Maschinenpistole fester umklammerte.

Der Mann bemühte sich, dem Befehl Folge zu leisten. Mit unsicheren Schritten betrat er das bewachte Areal. Kaum befand er sich innerhalb der Umzäunung, knallte der Soldat hinter ihm das Tor auch schon wieder zu.

Mit zitternden Händen hob Schneider die Lampe auf. Hektisch zuckte der Lichtkegel, so weit, wie der starke Schneefall es zuliess, über die weisse Decke ausserhalb des Zauns.

«Leuchte gefälligst hierher!», fuhr ihn Rottmann nervös an. Es war ihm anzumerken, dass auch er so schnell wie möglich die Patrouille beenden und den halb erfrorenen Mann beim Wachlokal abliefern wollte.

«Da lang! Zu dem grossen Schuppen dort hinten! Und denken Sie daran, dass ich einen nervösen Zeigefinger habe!», warnte er nochmals.

Als sie die kurze Strecke beinahe zurückgelegt hatten, wurden sie plötzlich von einem grellen Lichtstrahl geblendet, der aus einer schmalen Öffnung neben dem Tor kam.

«Mach die Lampe aus, Blödmann!», rief Rottmann dem Posten wütend mit halblauter Stimme zu. «Lass uns lieber rein!»

«Wen habt ihr denn da?», fragte der Soldat verwundert, nachdem er die Tür hinter seinen beiden Kameraden und dem nur dürftig bekleideten Mann wieder verriegelt hatte.

«Er behauptet, der Fahrer des echten Standartenführers zu sein! Aber das kann auch ein ganz hinterhältiger Trick sein! Vielleicht sind noch mehr von der Sorte da draussen! Also pass weiter gut auf!» Rottmann traute der Sache immer noch nicht ganz.

Schneider hatte sich inzwischen zum Telefon beim Eingang begeben und rief im Wachlokal an. «Schneider», meldete er sich. «Wir haben hier einen halb erfrorenen Mann, der behauptet, der echte Fahrer des SS-Offiziers zu sein! Wir sind uns aber nicht sicher, ob das stimmt!» Er lauschte kurz. «Gut!», sagte er dann. «Und bringt eine Decke mit!»

Es dauerte nicht lange, bis sich die Tür im Torflügel öffnete und zwei weitere Soldaten zum Vorschein kamen. Einer hatte eine zusammengelegte Wolldecke unter den Arm geklemmt, die er nun in der Luft auseinanderfaltete und dem mitgenommen aussehenden Mann über Schultern und Arme legte.

Quint war froh, sich endlich in eine Decke hüllen zu können. Ihm war saukalt! Es waren schon mehr als zwanzig Minuten vergangen, seit er seine Kleidung unterwegs ausgezogen und im Schnee vergraben hatte. Auch die Schmerzen der Stichwunde, die ihm Landers zugefügt hatte, waren wieder stärker geworden.

«Kommen Sie mit!», sagte der Soldat, der Quint die Decke gebracht hatte. «Wir geben Ihnen etwas zum Anziehen und einen Becher heissen Tee. Danach können Sie Ihre Geschichte dem Kommandanten erzählen! Dann wird sich zeigen, ob man Ihnen glaubt oder nicht! Betrachten Sie sich bis dahin als Gefangener!»

Zu viert begleiteten sie Quint zum Wachlokal, wo man ihm den versprochenen Tee reichte. Dankbar schlürfte er das heisse Getränk, während der Schnee auf seinen Haaren schmolz und ihm die Tropfen über das Gesicht liefen. Langsam wich auch die Kälte aus seinem Körper.

«Ziehen Sie das hier an!», befahl der Soldat, der das Kommando übernommen hatte, und reichte ihm die trockenen Sachen.

Als die Tasse leer war, wurde Quint von zwei Soldaten in den Unterkunftsteil der Wache geführt, wo vor dem Essraum ein Gefreiter stand und ihnen neugierig entgegensah.

«Ich habe Hauptmann Kopp schon Bescheid gesagt!», rief der Posten ihnen zu. «Ihr könnt rein!»

Die Blicke aller Anwesenden waren gespannt auf den Neuankömmling gerichtet, der als Erster den Raum betrat.

«Das sind die beiden!», rief Quint mit vor Überraschung geweiteten Augen und hustete, während er anklagend auf Burton und Parker zeigte. Er musste seine Rolle als entkräftetes Überfallopfer so glaubhaft wie möglich spielen, wenn er mit seinem Bluff durchkommen wollte. «Die haben uns überfallen! Der da trägt ja meine Uniform!»

«Aber Sie sind doch tot!», rief Burton, der aufgesprungen war. «Ich habe es doch mit eigenen Augen gesehen, wie Sie hinfielen!»

Kopp, der Burton genau beobachtet hatte, war das kurze Zusammenzucken seines bisher beharrlich schweigenden Gefangenen nicht entgangen, als der angebliche SS-Fahrer den Raum betreten hatte. War der Kerl erschrocken, weil er den Mann kannte, jedoch nicht mit seinem Auftauchen hier gerechnet hatte, oder weil es sich tatsächlich um den Fahrer des echten Krüger handelte?

«Ich habe nur so getan, als ob ich getroffen wäre, du dreckiges Schwein!», entgegnete Quint böse. «Dabei muss ich mit dem Kopf aufgeschlagen sein und das Bewusstsein verloren haben», erklärte er und sah dabei wieder Kopp an.

«So, Sie sind also der Fahrer von Standartenführer Krüger, dieser, dieser …»

«Sturmmann Hans Förster!», kam Parker dem Kommandanten beflissen zu Hilfe und blickte ihn an, als hätte er dafür einen Orden verdient.

«Halten Sie den Mund, wenn Sie nicht gefragt werden!», schnauzte ihn Kopp ärgerlich an. Er hatte den Namen von dem bestätigend nickenden Mann selber hören wollen. «Können Sie Ihre Behauptung auch beweisen … Förster?»

Quint schüttelte leicht den Kopf. «Den Ausweis haben sie mir beim Überfall zusammen mit der Uniform und der Pistole abgenommen!», antwortete er grimmig, doch dann hellte sich seine Miene auf. «Aber der da müsste ihn doch haben!»

Die Gedanken und Hoffnungen, die er mit dieser Aussage bei den Anwesenden auslöste, hätten kaum unterschiedlicher sein können. Er selbst hoffte inbrünstig, dass Parker das Ding nicht bei sich hatte, denn sonst war es aus. Aber er musste etwas riskieren, denn schliesslich war er ja nicht gekommen, um sich gefangen nehmen zu lassen, nur weil man ihm seine Geschichte nicht abnahm.

«Und?», wandte sich Kopp wieder an Parker. «Haben Sie den Ausweis?»

Parker schüttelte den Kopf. «Leider nicht», meinte er bedauernd und hob seine gefesselten Hände. «Sonst hätten ihn Ihre Grobiane bestimmt gefunden, als sie mich durchsucht haben. Den muss ich wohl in der Telefonzentrale versehentlich mit dem Zünder aus der Tasche gezogen und verloren haben!» Es klang beinahe entschuldigend.

Kopp schnaubte verächtlich. Wollte sich der Mistkerl auch noch über ihn lustig machen? Aber das Lachen würde ihm schon noch vergehen! Allen würde es vergehen!

«Wo sind die beiden Wachen, die den Wagen mit den faulen Eiern kontrolliert haben?», fragte er den Gefreiten, der unter der offenen Tür stand und dem Schauspiel interessiert zusah.

«Das müsste ich abklären, Herr Hauptmann!»

«Tun Sie das, und bringen Sie sie her! Und zwar schnell!», befahl der Kommandant. «Sie dürfen Ihren Posten jetzt sorglos verlassen, es sind genug Bewaffnete hier!», fügte er noch spöttisch hinzu.

«Wo genau wurden Sie überfallen?», wollte er danach von Quint wissen.

«Das war kurz vor Langen. Entschuldigung, Herr

Hauptmann, aber dürfte ich mich vielleicht hinsetzen?»

Kopp nickte gönnerhaft. «Bitte, gesellen Sie sich doch zu unserer fröhlichen Runde!» Er wies auf den freien Stuhl gegenüber von Pruck.

«Danke!»

«Wie kommt es, dass Sie im Dunkeln den Weg hierher gefunden haben? Ich meine, für jemanden, der noch nie hier war, sind wir bei Nacht nun auch wieder nicht so einfach zu finden.»

«Ich hatte Glück, dass der Mond die meiste Zeit über schien. Ausserdem habe ich natürlich vor Antritt der Reise die Karte genau studiert. Standartenführer Krüger mag – mochte es nicht, wenn man den Weg nicht genau kannte oder sich sogar verfuhr. Das machte ihn wütend.»

«Und die Wunde am Arm?», fragte Kopp, dem aufgefallen war, dass der Mann den linken Oberarm zu schonen schien, langsam. «Woher stammt die?»

«Hat mir das Schwein dort mit dem Messer zugefügt, nachdem er mich gezwungen hatte, meine Uniform auszuziehen! Der andere hat Standartenführer Krüger abgeknallt!»

Kopp nickte bedächtig nach Quints Worten. Entweder war dieser Förster wirklich echt, oder er war ein eiskalter Profi, der alles auf eine Karte setzte.

Während der Hauptmann sich noch das weitere Vorgehen überlegte, fragte Obersturmführer König unvermittelt: «Glauben Sie nicht, dass es langsam an der Zeit ist, Ihre wahre Identität preiszugeben, *Captain Burton*?»

23. Kapitel

Wie elektrisiert sass Sam Burton da und starrte den SD-Offizier an. Woher wusste König, wer er war? Weshalb hatte er die ganze Zeit über nichts gesagt, wenn ihm seine Identität schon lange bekannt war? Und warum hatte er Kopp und seine Offiziere nicht schon längst eingeweiht? Ein Blick in die Runde zeigte ihm, dass er nicht der Einzige war, den der Obersturmführer überrascht hatte.

«Was wollen Sie damit sagen, König?», fragte Hauptmann Kopp mit zusammengekniffenen Augen. «Doch wohl nicht etwa, dass Sie schon vor Ihrer Ankunft hier gewusst haben, um wen es sich bei diesem Mann handelt und in wessen Auftrag er hier ist?» Dann wurde seine Stimme gefährlich leise, als er die Frage aussprach, die Burton sich ebenfalls stellte: «Was für ein übles Spiel treiben Sie eigentlich mit mir?»

«Natürlich hat er es von Anfang an gewusst!», rief Brenner und blickte seinen Kontrahenten hasserfüllt an. «Sie haben seelenruhig gewartet, bis die Saboteure sich hier eingeschlichen haben, nicht wahr? Und als es soweit war, sind Sie hier aufgetaucht und haben Hauptmann Kopp gewarnt! Aber eben erst, nachdem dieses zwielichtige Gesindel sich bereits in dieser geheimen Anlage befand und sein Unwesen treiben konnte! War es nicht so, König?»

«Das ist ja unerhört!», empörte sich Pruck. «Deshalb haben …!»

Kopp brachte den Oberleutnant mit einer Handbewegung zum Schweigen, ohne ihn eines Blickes zu würdigen. Der Mann war ihm immer mehr zuwider!

Stattdessen sah er Burton an. «Stimmt es, was Obersturmführer König gesagt hat? Sind Sie dieser Captain Burton?», fragte er ganz ruhig und fast schon freundlich.

«Ja», antwortete Burton und brach damit zum zweiten Mal sein Schweigen. «Ich bin Sam Burton, Captain der British Army. Und der Mann hier ist Private Harry Grey, ebenfalls Angehöriger der britischen Armee», log er und deutete mit dem Kopf auf den neben ihm sitzenden Parker. Wenn König schon seinen Namen kannte, war davon auszugehen, dass er auch über die restlichen Teilnehmer dieses Himmelfahrtskommandos Bescheid wusste. Und dann wusste er mit grosser Wahrscheinlichkeit auch, dass Parker der Name eines erstklassigen Sprengmeisters war – und nicht der eines blutigen Anfängers.

«Also ein Offizier, kein Krimineller – zumindest nicht im herkömmlichen Sinne», meinte Kopp und lächelte dünn. Burton konnte sich des Eindrucks nicht erwehren, dass der Hauptmann nach diesen Enthüllungen mehr Sympathie für ihn empfand als für die beiden SS-Offiziere.

Dann wich das Lächeln in Kopps Gesicht einem Ausdruck unversöhnlicher Härte. «Nun, König, was haben Sie dazu zu sagen? Überlegen Sie sich Ihre Antwort gut!»

«Es ist richtig, dass der SD Kenntnis hatte von einem Kommando mit dem Auftrag, diese Anlage zu sabotieren», gab der Obersturmführer ungerührt zu. «Da wir – im Gegensatz zum militärischen Geheimdienst, wie man sieht – erfolgreich Spionage und Gegenspionage betreiben, ist es uns gelungen, nähere Einzelheiten in Erfahrung zu bringen. Allerdings konnten wir nicht ahnen, dass die Saboteure derart kaltblütig sein würden, sich durch einen Überfall auf einen Standartenführer vom Führungshauptamt, von dessen Besuch wir ja nichts wissen konnten, in diese geheime Anlage einzuschleichen.»

König drehte sich noch etwas weiter zu Kopp um, so dass er dem Hauptmann direkt in die Augen sehen konnte, bevor er fortfuhr: «Dafür, dass den beiden hier das gelungen ist, sind ganz allein die von Ihnen befehligten Truppen beziehungsweise Sie selbst als deren Kommandeur verantwortlich! Als ich hier ankam, um Sie persönlich zu warnen, waren die beiden Saboteure ja schon da! Also tun Sie jetzt nicht so, als ob ich sie reingelassen hätte!»

«Und das soll ich Ihnen abnehmen, nachdem Sie mich derart lange über die Identität des Captains im Ungewissen gelassen haben?», höhnte Kopp.

«Sie können glauben, was Sie wollen. Tatsache ist nun einmal, dass ich Sie überhaupt erst auf die Gefahr aufmerksam gemacht habe, in die Sie sich durch Ihre Leichtgläubigkeit und die für ein militärisches Objekt dieser Geheimhaltungsstufe ganz offensichtlich ungenügenden Sicherheitsvorkehrungen selbst gebracht haben! Also versuchen Sie jetzt nicht, mir den Schwarzen Peter zuzuschieben!»

«Er lügt! Merken Sie das denn nicht?», regte sich Brenner auf. «König hat Sie ganz gezielt in die von ihm gestellte Falle tappen lassen, und er hat dabei bewusst in Kauf genommen, dass die Saboteure ihren Auftrag ausführen konnten!»

«Seien Sie vorsichtig, Brenner!», warnte König seinen ärgsten Widersacher. «Noch eine derartige Verleumdung, und Sie können sich bei Ihren Vorgesetzten über Ihre Rolle im Fall Sigmar rechtfertigen! Denken Sie etwa, dass ich nicht genau Bescheid weiss über die Leichen, die Sie im Keller haben?»

Der Gestapo-Offizier schien eine Spur blasser zu sein, als er einen Laut von sich gab, der an das Knurren eines wütenden Tiers erinnerte.

«Wie Sie es auch drehen und wenden: Diese Angelegenheit ist dort am besten aufgehoben, wo sie laut Führerbefehl auch hingehört, nämlich beim Sicherheitsdienst des Reichsführers-SS!», wandte sich König wieder an Kopp.

Ein Klopfen hielt den Hauptmann von einer passenden Antwort ab. Der Gefreite erschien mit den beiden Soldaten, die Burton und Parker beim Schlagbaum kontrolliert und passieren lassen hatten.

«Aha, Ristelhuber und Wolff!», empfing Kopp die beiden unbehaglich dreinschauenden Unglücksraben mit einem unheilvollen Blick. «Unsere beiden Ausweisspezialisten! Testen wir doch mal ihr Gedächtnis!»

Er wandte sich an Quint. «Würden Sie sich bitte so hinsetzen, dass die beiden Ihr Gesicht ganz sehen können?», fragte er höflich.

Als Quint sich auf seinem Stuhl umgedreht und sein Gesicht den verlegen dastehenden Männern zugewandt hatte, forderte Kopp die Soldaten mit einer Handbewegung auf, näher zu kommen. «Sehen Sie sich den Mann hier an! Kommt er Ihnen irgendwie bekannt vor? Erinnern Sie sich an sein Gesicht?»

Zögernd schüttelte der erste Soldat den Kopf, während sein Kamerad Quint unsicher anstarrte.

«Nun?», hakte Kopp nach. «Was ist? Wir warten auf

eine Antwort! Ja oder nein?»

«Nein, Herr Hauptmann, ich habe den Mann noch nie gesehen», murmelte Wolff, und Ristelhuber ergänzte: «Der war sicher nicht im Wagen!»

«Dass er im Wagen gewesen sein soll, hat ja auch niemand behauptet», brummte Kopp. «Aber war sein Foto vielleicht auf dem Ausweis, den der Fahrer Ihnen gezeigt hat? Oder können Sie sich wenigstens an den Namen des Fahrers erinnern?»

Wolff sah seinen Leidensgefährten hoffnungsvoll an.

Doch Ristelhuber schüttelte den Kopf. «Tut mir leid, Herr Hauptmann, aber ich kann mich nur an diesen Kramer oder Krüger erinnern. Den Ausweis des Fahrers habe ich mir nicht so genau angesehen.» Schuldbewusst zog er in Erwartung eines neuerlichen Rüffels den Kopf zwischen die Schultern.

Kopp verbarg leise stöhnend seine Augen hinter der rechten Hand. Nun war er immer noch gleich schlau, was diesen angeblichen Förster anbelangte!

«Sie waren mir wie immer eine grosse Hilfe!», sagte er sarkastisch zu den beiden Jammergestalten. «Ab!»

Während sich die zwei Soldaten beeilten, der Aufforderung ihres Chefs schleunigst Folge zu leisten, liess Brenner sich vernehmen.

«Das ist ja ungeheuerlich!», tobte er. «Nennen Sie das Ausübung militärischer Pflichten? Wachsoldaten, die nicht einmal in der Lage sind, zwei Ausweise zu kontrollieren und die Fotos mit deren Inhabern zu vergleichen? Und das in einer angeblich streng geheimen Anlage?» Der Gestapobeamte redete sich immer mehr in Rage. «Aus meiner Sicht sind Sie vollkommen ungeeignet für das Amt eines Kommandanten, eine komplette Fehlbesetzung! Es ist mir absolut unerklärlich, wieso jemand überhaupt zum Hauptmann befördert wird, der nicht einmal fähig ist, einen ordentlichen Wachdienst zu organisieren! Das ist auch nur in der Wehrmacht möglich! Bei der SS – und insbesondere bei der Sicherheitspolizei – hätte eine Niete wie Sie es niemals zum Hauptsturmführer gebracht!»

«Halten Sie endlich den Mund!», donnerte Kopp. «Nur damit das ein für alle Mal klar ist: Ihre Meinung interessiert mich einen Scheissdreck! Noch bin ich der Kommandant dieser Anlage! Und sollten Sie es noch einmal wagen, so mit mir zu reden, dann werfe ich Sie eigenhändig in die Arrestzelle, und wenn ich Sie notfalls an den Haaren dorthin schleifen muss!», schrie er den vor Wut erbleichenden Hauptsturmführer an, während vor seinem geistigen Auge alte Erinnerungen lebendig wurden.

Die Nachbarn seiner Eltern, ein nettes, älteres Paar, hatten auch von Männern in langen Mänteln Besuch bekommen. Seither hatte man sie nicht mehr gesehen.

«Für mich sind Sie nichts weiter als ein Gestapo-Schwein, ein mieser Spitzel und Denunziant!», fuhr Kopp ohne Rücksicht auf Verluste fort. Er hatte ohnehin nichts mehr zu verlieren. «Leute wie Sie, die Unschuldige und hilflose Opfer misshandeln und foltern, gehörten, wenn es nach mir ginge, vor ein Erschiessungskommando!»

Brenners Hand zuckte zum Pistolenholster.

«Das versuchen Sie mal, Brenner, und meine Leute werden Sie abknallen wie einen tollwütigen Hund!», sagte Kopp wieder etwas ruhiger. Hatte das gutgetan, diesem Schweinehund die Meinung zu sagen!

Für einige Augenblicke herrschte Totenstille. Alle Blicke waren auf Brenner gerichtet, der kreidebleich mit der Hand am Holster dasass, als wäre er mitten in der Bewegung erstarrt.

Langsam drehte er den Kopf in die Richtung, wo der Wachposten mit der MP und die beiden Soldaten standen, die den angeblich echten Fahrer eskortiert hatten. Alle drei hatten ihre Waffen auf ihn gerichtet, und ein Blick in ihre entschlossenen Gesichter liess ihn erschaudern. Ganz vorsichtig, um ja keine Missverständnisse aufkommen zu lassen, zog er die Hand zurück und legte sie auf den Tisch. Seine Augen glühten vor Hass, als er den Blick wieder auf Kopp richtete.

König lachte sich ins Fäustchen. Ganz offensichtlich war Kopps Abneigung gegen die Gestapo noch viel grösser als gegen den SD. Er mochte Brenner die Niederlage von ganzem Herzen gönnen! Doch seine Schadenfreude bekam sogleich einen empfindlichen Dämpfer.

«So!», begann Kopp, der sich richtig befreit fühlte. «Wo wir gerade dabei sind, die Fronten zu klären, hören Sie mir jetzt genau zu! Alle!» Er warf einen warnenden Blick in die Runde, bevor er zu seiner Einschätzung der Lage ansetzte.

«Wir haben folgende Situation: Der SD, vertreten durch Obersturmführer König, hat Kenntnis von einem bevorstehenden Anschlag auf unser Objekt hier. Er kennt die Urheber, und er kennt sogar die Identität einzelner Saboteure. Aber er informiert uns nicht darüber, weil er der Wehrmacht im Allgemeinen und der Abwehr im Besonderen eins auswischen und gross auftrumpfen will. Unterbrechen Sie mich nicht, König! Sie haben jetzt Pause!», würgte der Hauptmann einen Einwand des SD-Offiziers bereits im Ansatz ab.

«Zwei Saboteuren gelingt es, sich in der Verkleidung eines für genau diesen Tag angemeldeten Standartenführers vom SS-Führungshauptamt und dessen Fahrer hier einzuschleichen. Einige Zeit später kreuzt König hier auf und erzählt mir, dass es sich bei meinen Besuchern um Saboteure handelt, enthält mir aber weitere Informationen vor. Als ich Alarm schlagen will, bittet er mich, damit zu warten, um die restlichen Angehörigen des Sabotagetrupps nicht vorzeitig zu warnen. Stattdessen informiert er seine Dienststelle, bevor er zusammen mit mir den ersten Saboteur festnimmt und dessen Auslieferung fordert. Können Sie mir folgen?», fragte er mit einem erneuten Blick in die Runde. Diesmal machte keiner den Versuch, ihn zu unterbrechen.

«Gut», fuhr er fort. «Der zweite Saboteur hat sich in der Zwischenzeit verselbständigt, um unsere Telefon- und Funkverbindungen zu zerstören, bevor er gefasst wird. Dann taucht ein Gestapobeamter hier auf, der sich für ebenfalls zuständig erklärt und sich benimmt wie ein Rüpel! Und zu guter Letzt erscheint auch noch ein Mann, der behauptet, der Fahrer des überfallenen Standartenführers zu sein.»

Es folgte eine kurze Pause, in der niemand wagte, etwas zu sagen.

«Ich fasse zusammen», dozierte Kopp. «Ich sitze jetzt seit Stunden in diesem Raum, zusammen mit: meinem unfähigen Abwehroffizier; einem SD-Offizier, der mich hintergangen hat und die Auslieferung zweier Gefangener fordert; einem Gestapo-Offizier, der hier überhaupt nichts zu suchen hat; zwei Saboteuren, wovon einer Captain der britischen Armee ist; einem Mann, der sich nicht ausweisen kann und dessen Identität ungeklärt ist!»

Entspannt lehnte sich Hauptmann Kopp auf seinem Stuhl zurück. «Und wissen Sie, was alle diese Personen gemeinsam haben? Nein? Dann werde ich es Ihnen sagen: Sie können mir alle miteinander den Buckel runterrutschen!»

24. Kapitel

«Ruhe!», rief Kopp, als Brenner und König gleichzeitig zu reden begannen. «Ich bin noch nicht fertig! Ich sage Ihnen jetzt, wie es weitergeht! Betrachten Sie dies als Anordnung des Kommandanten dieser Anlage, der strikte Folge zu leisten ist!»

Er wartete, bis er wieder die ungeteilte Aufmerksamkeit aller am Tisch Sitzenden hatte.

«Da wir momentan weder eine Verbindung zu meiner vorgesetzten Dienststelle noch zum SS-Führungshauptamt herstellen können, brechen wir die Übung hier ab! Laut Wetterbericht soll es diese Nacht viel Schnee geben, und der örtliche Schneepflug fährt nur tagsüber. Gleich morgen früh, sobald die Strasse geräumt ist, werde ich Leutnant Huber mit Krügers Wagen losschicken, um meine vorgesetzte Dienststelle über die seltsamen Vorgänge hier zu unterrichten! Des Weiteren werde ich darauf bestehen, dass eine Untersuchung eingeleitet wird, in der die teils höchst fragwürdigen Machenschaften einiger Anwesender sowie die genauen Umstände des Zustandekommens dieser Vorfälle lückenlos geklärt und aufgedeckt werden – und zwar ohne Rücksichtnahme auf irgendwelche Befindlichkeiten oder nichtmilitärische Organisationen!»

Anschliessend wandte sich der Hauptmann direkt an Quint. «Da wir nicht im SS-Führungshauptamt anrufen können, um uns eine Beschreibung des echten Sturmmann Förster geben zu lassen, gilt für Sie gewissermassen die Unschuldsvermutung, jedoch aufgrund der möglicherweise von Ihnen ausgehenden Gefahr lediglich in beschränktem Masse! Sie können sich im Sanitätsraum hinlegen und ausruhen, allerdings mit der Einschränkung, dass Sie den Raum nicht ohne Begleitung verlassen dürfen! Ich werde einen Soldaten vor der Tür postieren lassen!»

«Danke», sagte Quint und nickte zufrieden. «Ich bin froh, wenn ich mich endlich ausruhen kann!»

«Captain Burton, Sie werden die Nacht in der Arrestzelle verbringen! Da Sie Armeeoffizier sind, bleiben Sie mein Gefangener, bis ich anderslautende Weisungen von meinen Vorgesetzten erhalte! Was danach mit Ihnen geschieht, wird sich weisen!»

«Ich danke Ihnen für Ihre Fairness, Hauptmann Kopp», antwortete Burton höflich, und er meinte es durchaus ernst. Nach allem, was der Kommandant in den letzten Stunden durchgemacht hatte, zeugte sein Verhalten von Charakter.

«Da wir nicht für solche Ereignisse eingerichtet sind, verfügen wir nur über eine Arrestzelle. Ihren zerstörungswütigen Komplizen werden wir deshalb etwas weniger komfortabel unterbringen müssen; ich denke, wir werden für ihn einen Abstellraum finden.»

«Das geht schon in Ordnung, Herr Hauptmann!», meldete sich Parker respektlos zu Wort, da er unbedingt eine Warnung für Burton und vor allem für Quint anbringen wollte. «Allerdings habe ich einen Bärenhunger, und ich fürchte, dass mein Magen nicht bis zum Frühstück warten kann! Normalerweise pflege ich in einer halben Stunde einen kleinen Imbiss zu mir zu nehmen!»

Ohne den vorlauten Saboteur zu beachten, eröffnete

Kopp schliesslich noch den beiden SS-Offizieren, was er mit ihnen vorhatte. «Hauptsturmführer Brenner und Obersturmführer König, da Sie beide ja mehr oder weniger zum gleichen Verein gehören, können Sie sich auch ein Zimmer teilen! Wenn Ihnen das nicht passt, können Sie meinetwegen auch vor dem Eingang einen Iglu bauen! Bei Tagesanbruch will ich Sie beide hier nicht mehr sehen, oder ich lasse Sie wegen unbefugten Aufenthalts in einem sensiblen militärischen Objekt ebenfalls in Gewahrsam nehmen! Und das ist mein voller Ernst, darauf können Sie Gift nehmen!»

Die lautstarken Proteste der beiden SS-Offiziere ignorierend, erhob sich der Kommandant. «Das war alles! Hiermit erkläre ich diese illustre Runde für aufgehoben! Ich wünsche allerseits angenehme Träume!» Ohne sich noch einmal umzusehen, ging er zur Tür und erteilte beim Hinausgehen dem Gefreiten ein paar Aufträge.

Zornig stand Oberleutnant Pruck auf und rauschte beleidigt davon. König und Brenner schienen etwas ratlos, zogen es in Anbetracht der finster blickenden Wachen jedoch vor, sitzen zu bleiben und abzuwarten.

Kurz darauf erschien der Gefreite mit zwei weiteren Soldaten.

«Captain Burton?», fragte einer und musterte Parker und Burton abwechselnd, da er zunächst nicht wusste, welcher der beiden mit dem Rücken zu ihm sitzenden Männer der richtige war.

«Kommen Sie bitte!», sagte der Soldat höflich, aber bestimmt zu Burton, als dieser sich zu erkennen gegeben hatte und aufgestanden war. Zusammen mit einer der beiden Wachen führte er den Captain zur nicht weit entfernten Arrestzelle, wo er dem Gefangenen die Fesseln abnahm. Dann fiel die Zellentür mit einem endgültig klingenden Ton hinter Sam Burton ins Schloss.

Nur wenige Sekunden später zeigte der andere Soldat Quint sein Nachtquartier. «Falls etwas sein sollte, ich bin vor der Tür», informierte er den müde aussehenden Mann. «Gute Nacht.»

Ed Parker, den man bedeutend weniger höflich aufgefordert hatte, sich in Bewegung zu setzen als die beiden hinter ihm und seinen Bewachern folgenden SS-Offiziere, hoffte inständig, dass Burton und Quint seine Warnung verstanden hatten. Viel Zeit blieb nicht mehr! Besorgt fragte er sich, ob er die Zeitzünder nicht doch zu kurz eingestellt hatte.

Auf dem Weg in Richtung Unterkunft begegnete ihnen Professor Siegwart. Als er Parker erkannte, funkelten seine Augen böse hinter den Brillengläsern.

Vor der Tür, die zum Unterkunftsteil führte, trennten sich die Wege der beiden Gruppen.

«Nach links!», befahl einer der beiden Männer hinter Parker mit knarrender Stimme. «Zum Notausgang! Hier kennst du dich ja aus, Spitzbube!»

Nachdem sie die Druckschleuse passiert hatten, dirigierte ihn der Soldat zum kurzen Stollen, der nach rechts abging und zum Löschmittelmagazin führte, welches ihm bereits bekannt war.

«Da rein, du Strolch!» Der unfreundliche Begleiter verpasste Parker einen Stoss in den Rücken. «Los, streck deine dreckigen Pfoten her! Wenn es nach mir ginge, müsstest du die Nacht mit gefesselten Händen verbringen!» Er befreite den Corporal mit sichtlichem Widerwillen von den Fesseln, während der andere Soldat die Waffe auf Parker gerichtet hielt. «Und wag es ja nicht, Ärger zu machen! Sonst verpasse ich dir eine Abreibung, dass dir Hören und Sehen vergeht!», drohte er noch, bevor er die Tür zuknallte und abschloss. Den Schlüssel liess er stecken.

Nach einigem Herumtasten fand Parker den Lichtschalter. Doch was er zu sehen bekam, löste keine grosse Begeisterung bei ihm aus. Viel mehr als eine Handvoll Feuerlöscher mit Tetrachlorkohlenstoff sowie mehrere Eimerspritzen und ein Dutzend mit Wasser gefüllte Eimer gab es nicht zu sehen. Der kleine Raum war damit so ausgefüllt, dass kaum Platz blieb, sich hinzusetzen.

Sam Burton, der um einiges bequemer untergebracht war, lag ausgestreckt auf der Pritsche und überlegte gerade, ob Parker mit seinem Imbiss den Zeitpunkt der Sprengung gemeint hatte. Wenn dem so war, dann mussten sie sich allmählich etwas einfallen lassen, um hier noch rechtzeitig rauszukommen!

Eine Stimme vor seiner Zelle liess ihn aufhorchen. Das musste der Posten sein, der aufpasste, dass Quint den schräg gegenüberliegenden Sanitätsraum nicht verliess.

«Tut mir leid, Herr Professor, aber ich habe die strikte Anweisung, niemanden zum Gefangenen zu lassen!»

«Aber ich muss ihn nur ganz kurz sehen, um ihn etwas überaus Wichtiges zu fragen!», drängte Siegwart.

«Wie gesagt, meine Befehle sind eindeutig! Da kann ich auch bei Ihnen keine Ausnahme machen, tut mir leid!», wiederholte der Soldat bestimmt.

Mit einer raschen Bewegung glitt Siegwarts rechte Hand in die Tasche seines Kittels und kam mit einer Pistole wieder zum Vorschein. «Schliessen Sie auf, schnell!», befahl er dem völlig perplex dastehenden Posten. «Nun machen Sie schon!»

Nervös zog der junge Soldat den Schlüssel aus seiner Uniformtasche und steckte ihn mit zitternden Händen ins Schloss. Mit einem dumpfen Laut traf der Lauf von Siegwarts Pistole den Hinterkopf des ahnungslosen Mannes, der sofort in sich zusammensackte.

Rasch zerrte der Professor den Bewusstlosen zur Seite. Dann drehte er den Schlüssel im Schloss um, drückte die Klinke herunter und riss die Tür auf. Hasserfüllt starrte er Burton an, der neben seiner Pritsche stand und den überraschenden Besucher aufmerksam musterte. Siegwart war mit Sicherheit nicht gekommen, um ihn zu befreien!

«Jetzt sind Sie dran, Sie gemeines Aas!», stiess der Wissenschaftler mit vor Wut zitternder Stimme hervor. «Sie haben mich zum Gespött der ganzen Besatzung gemacht! Noch nie in meinem ganzen Leben bin ich von jemandem so gedemütigt worden, wie Sie es heute getan haben!»

«Nehmen Sie das nicht persönlich, Herr Professor!», versuchte Burton den sichtlich aufgewühlten Mann zu beschwichtigen. «Ich musste meine Rolle ganz einfach möglichst überzeugend spielen!»

Ein hässliches Lachen entrang sich der Kehle Siegwarts. «Der geniale Wissenschaftler Professor Dr. Klaus Siegwart lässt sich von einem primitiven englischen Spion Honig um den Mund schmieren und für dumm verkaufen!», sagte er, als ob er eine Schlagzeile zitierte und kicherte irr. «Glauben Sie etwa, das macht es besser?», schrie er unvermittelt, um gleich darauf wieder mit leiser Stimme zu konstatieren: «Diese Schande lässt sich nur mit Blut abwaschen.»

Betroffen musste Burton feststellen, dass der Mann allem Anschein nach übergeschnappt war.

«Ich werde Sie jetzt mit Ihrer eigenen Pistole hinrichten», verkündete Siegwart im Plauderton, als er den Arm mit der Waffe etwas hob. «Umdrehen und hinknien!»

Geschmeidig wie eine Raubkatze sprang Quint den Professor an und knallte seinen Kopf gegen den Türrahmen, so dass ein dumpfes Geräusch zu hören war.

Fast gleichzeitig trat aus dem Büro des Wachkommandanten ein Mann in Unterwäsche und rieb sich schlaftrunken die Augen. «Was ist denn los?», fragte er und kam langsam auf noch unsicheren Beinen näher.

«Professor Siegwart ist ohnmächtig geworden!», antwortete Quint geistesgegenwärtig. «Bitte helfen Sie mir, ihn aufrecht hinzusetzen!»

Noch bevor der Schlafwandler richtig begriff, was überhaupt los war, weilte auch er im Reich der Träume.

«Schnell jetzt!», zischte Quint.

«Ich muss mich wohl bei Ihnen bedanken», sagte Burton leise, während sie gemeinsam Siegwart und danach den Soldaten in die Zelle schafften, dem sie die Uniform auszogen.

«Revanchieren Sie sich einfach bei Gelegenheit!», antwortete der Agent grinsend und nahm dem Professor die Brille ab, deren Gläser glücklicherweise unversehrt geblieben waren. Lediglich das Gestell war durch den Aufprall etwas verbogen.

«Warum sind Sie überhaupt hier? Sie sollten doch draußen warten. Ist bei Barnes und den anderen etwas schief gegangen?» erkundigte sich Burton murmelnd, während er sich eilig der SS-Uniform entledigte, um sie gegen diejenige des Gebirgsjägers einzutauschen.

«Ich habe die Ankunft von diesem Gestapo-Brenner

mitbekommen und mir deshalb Sorgen um Sie und Parker gemacht», gab Quint ebenso leise zurück. «Barnes und Harrison sind mit dem Zug rein. Meinen lieben Arbeitskollegen Landers musste ich leider töten, als er mich ins Jenseits befördern wollte.»

«Also doch!», zischte Burton und nickte grimmig.

«Wenn ich Ihren Corporal richtig verstanden habe, wird es irgendwo hier drin in wenigen Minuten einen mächtigen Knall geben», meinte Quint, als er in den weissen Kittel schlüpfte, den er Siegwart unsanft ausgezogen hatte.

«Das sehe ich auch so», bestätigte Burton besorgt. «Wenn ich bloss wüsste, wo sie Parker hingebracht haben! Glücklicherweise hat mir der Professor einiges von diesem Labyrinth gezeigt, bevor er wahnsinnig geworden ist!»

Nachdem beide ihre erbeuteten Waffen überprüft hatten, traten sie auf den Gang hinaus und verschlossen die Zelle, deren Schlüssel Burton einsteckte. Vorsichtig schlichen sie durch den ruhig und verlassen vor ihnen liegenden Stollen bis zur Tür, die zur grossen Kaverne führte. Burton wollte sie gerade öffnen, als ihm etwas einfiel.

«Kommen Sie!», wisperte er Quint zu und ging die vier Schritte zurück zur Tür des Innenverteidigungsstandes. Dicht gefolgt von Quint betrat er den kleinen Raum und blickte durch die Scharte hinaus in den Bereich mit der Drehscheibe und dem Wachlokal. Wie er angenommen hatte, stand die Tür zum Wachlokal offen. Ein Soldat sass an einem Tisch und kritzelte auf einem Blatt Papier herum.

«Kleiner Taktikwechsel!», raunte Burton dem hinter ihm stehenden Quint zu. «Wir schleichen nicht raus. Wir gehen ganz offen, als ob nichts dabei wäre. Das ist unauffälliger, als wenn der Kerl im Wachlokal uns dabei erwischt, wie wir auf Zehenspitzen herumschleichen. Auf diese Entfernung kann er unsere Gesichter nicht genau erkennen und wird Sie für Siegwart halten.»

Kurze Zeit später öffnete Burton die Tür und betrat die Kaverne. Als der Soldat aufblickte, winkte ihm der Captain kurz zu, während Quint die Tür hinter sich zumachte.

Die Wache winkte zurück und wandte sich wieder ihrer kreativen Tätigkeit zu, ohne die beiden in Richtung des Produktionsteils verschwindenden Männer noch eines Blickes zu würdigen.

Aufatmend schloss Burton die Tür des Verbindungsstollens und eilte vor Quint den langen Gang entlang zur ersten Tür der Druckschleuse. «Ab hier wird es etwas schwieriger!», warnte er und betätigte den Hebel.

«Na, Gott sei Dank, ich dachte schon, es wird wieder so ein langweiliger Sonntagsspaziergang!»

25. Kapitel

Fast zur selben Zeit wie Burton erhielt auch Ed Parker unerwarteten Besuch.

«Grey», vernahm er eine leise Stimme vor der Tür seiner ungemütlichen Rumpelkammer, «sind Sie da drin?»

«Wer ist da?», fragte er ebenso leise zurück und machte das Licht aus.

«SD.»

«Kommen Sie ruhig herein, ich bin angezogen!», gab Parker fröhlich zurück, während er nach dem ihm am nächsten stehenden, bis zum Rand mit Wasser gefüllten Blecheimer griff.

Das Geräusch des sich im Schloss drehenden Schlüssels kündigte Parker seinen kurz bevorstehenden Auftritt an. Nur der sich vor dem helleren Hintergrund langsam vergrössernde Spalt verriet, dass sein Besucher die Tür öffnete.

Mit einem beherzten Schwung schleuderte der Corporal dem lediglich als dunkler Schatten auszumachenden Fremden den Eimerinhalt entgegen. Bevor sich der andere von seinem durch die kalte Dusche hervorgerufenen Schock erholen konnte, war Parker bei ihm und schlug ihm den leeren Eimer mit voller Wucht ins Gesicht.

Mit einem Schmerzensschrei taumelte Obersturmführer König zurück und griff sich an die Nase, aus der Blut hervorschoss.

Parker hatte keine Ahnung, was der SD-Offizier von ihm wollte, aber es interessierte ihn auch nicht. Egal wie, aber sie mussten endlich aus diesem verfluchten Berg raus! Es war keine Zeit mehr zu verlieren!

Er packte den benommen wirkenden König an den Schultern und schob ihn grob in den Abstellraum. Dann riss er ihm die erstaunlicherweise noch im Holster steckende Pistole heraus, knallte hinter ihm die Tür zu und schloss ihn ein. Aber im Gegensatz zum Gebirgsjäger, der ihn eingesperrt hatte, machte Parker nicht den Fehler, den Schlüssel im Schloss stecken zu lassen.

Im Licht einer Glühbirne warf er einen Blick auf seine Uhr. Die Stellung der Zeiger liess ihm beinahe den Atem stocken. Nur noch drei Minuten! Er musste wieder in den Wachtrakt, um Burton und Quint zu befreien! Für die beiden bestand zwar keine unmittelbare Gefahr, da sie sich wie er auf der zweiten Etage befanden und zudem der Verbindungsstollen durch eine Druckschleuse vom Produktionsteil getrennt war. Aber für den auf der untersten Ebene liegenden Bahnhof, wo sich jetzt eigentlich das Team von Lieutenant Barnes aufhalten sollte, sah es schon wesentlich ungünstiger aus und für den Weg dorthin erst recht!

Gerade als er sich entschieden hatte, es wieder auf seiner bewährten Route zu versuchen, hörte er, wie jemand die Druckschleuse zwischen ihm und dem zum Unterkunftsteil führenden Stollen betrat.

Parker zögerte. Wenn er jetzt in Richtung Schleuse rannte, konnte er es bis zum davor nach rechts abgehenden Querstollen schaffen, bevor der Mann die Schleuse verliess. Aber der schnurgerade Querstollen bot praktisch keinerlei Deckungsmöglichkeit, und er war lang! Besser war es wohl, wenn er im kurzen Gang vor der Rumpelkammer blieb und abwartete, bis er wusste, wohin der andere wollte.

Mit Königs Pistole schussbereit in der Hand, stand Parker da und hörte, wie der für ihn unsichtbare Gegner die Schleuse verliess und die Tür wieder verriegelte. Zögernd näherten sich die Schritte seinem Versteck. Hoffentlich wollte der Kerl nicht ebenfalls ihm einen Besuch abstatten!

Dann verstummten die Schritte. Parker schätzte, dass der Mann jetzt an der Abzweigung zum Querstollen stand. Offenbar überlegte er, welchen Weg er nehmen sollte.

Da war plötzlich wieder das unverkennbare Geräusch von vorhin zu hören! Ganz offensichtlich kam da noch jemand und betrat die Schleuse!

Zwei kurze, schnelle Schritte verrieten Parker, dass der andere es ebenfalls richtig interpretiert hatte und sich allem Anschein nach hinter der Stollenecke versteckte. Wer konnte das bloss sein?

Parkers Spannung stieg, als sich die zweite Schleusentür öffnete. Wer kam da noch? Weshalb schlichen die Kerle hier herum? Bisher war er davon ausgegangen, dass dies einzig und allein ihm vorbehalten war.

Ein leises, schabendes Geräusch verriet dem Neuankömmling die Anwesenheit des ersten Schleichers.

«König, sind Sie das? Kommen Sie hervor!»

Parker hätte sich vor Überraschung beinahe verschluckt. Das war Hauptmann Kopps Stimme!

Zwei Schritte waren zu hören. Entweder war Kopp nähergekommen, oder der andere war aus seinem Versteck hervorgetreten.

«Sieh an, der Kommandant persönlich!», hörte Parker diesen widerlichen Gestapo-Offizier spöttisch sagen.

«Wollten Sie sich nicht hinlegen?»

«Brenner! Was haben Sie hier zu suchen? Habe ich mich nicht deutlich genug ausgedrückt? Gehen Sie sofort zurück in Ihre Unterkunft! Und sagen Sie Ihrem Zimmergenossen König, dass dasselbe auch für ihn gilt!»

«Sie haben mir gar nichts zu befehlen, Sie unfähiger Versager!»

«Sind Sie verrückt geworden, Brenner? Nehmen Sie sofort die Waffe runter, oder ich lasse Sie einsperren!» Kopps Stimme verriet, wie wütend der Hauptmann war.

«Leben – oder besser – sterben Sie wohl, Hauptmann Kopp!»

Parker hörte zwei leise Schüsse aus einer Pistole mit Schalldämpfer, gefolgt vom Geräusch eines auf dem Boden aufschlagenden Körpers. Er konnte es kaum fassen! Hatte diese Ratte Brenner doch tatsächlich einen Offizier der Wehrmacht erschossen!

Angestrengt lauschte Parker. Was würde Brenner wohl als Nächstes tun? Ein leises Stöhnen hinter ihm liess ihn zusammenfahren. Den SD-Offizier in der Besenkammer hatte er in der Aufregung ganz vergessen!

«Ist da jemand?», fragte Brenner scharf. Er hatte es also auch gehört!

Parker umklammerte mit beiden Händen den Griff der Pistole. Wenn Brenner kam, musste er den Mörder von Kopp mit dem ersten Schuss richtig treffen. Für einen zweiten würde es wohl nicht mehr reichen.

«König?», fragte Brenner wieder. «Falls Sie das sind, kommen Sie aus Ihrem Versteck hervor! Sonst komme ich Sie holen! Heute ist die Nacht der Abrechnung!»

Es schien, als ob König die Botschaft verstanden hatte. Jedenfalls war von ihm nichts mehr zu hören.

Eine Kugel klatschte an die Wand hinter Parker und sirrte als Querschläger gefährlich nahe an ihm vorbei.

«Na, was ist? Hat es dem grossspurigen König die Sprache verschlagen?», höhnte Brenner.

Zentimeter um Zentimeter zog der auf der Seite liegende Hauptmann Kopp seine Pistole aus dem Holster. Er wusste, dass es mit ihm zu Ende ging. Aber diese eine Sache musste noch erledigt werden!

Die nächste Kugel aus Brenners schallgedämpfter Luger streifte die Ecke vor Parkers Nase und liess ein kleines Stück Fels abplatzen.

«Oder haben Sie etwa die Hosen voll?», liess sich der Schütze wieder vernehmen, während Kopps rechter Daumen den Sicherungshebel der Luger nach oben schob. «Keine Sorge, Sie Superspion! Gleich ist es vorbei!»

Unter Aufbietung seiner letzten Kräfte hob der tödlich verwundete Kommandant den bleischweren rechten Arm und brachte die Pistole in Anschlag. Er hätte nie geglaubt, dass er jemals dazu fähig sein würde, jemanden in den Rücken zu schiessen. Aber jetzt konnte er es.

Brenners gemeines Lachen wurde übertönt vom peitschenden Knall, mit dem das Projektil den Lauf verliess und sich von schräg unten haarscharf am linken Schulterblatt vorbei in sein Herz bohrte. Er war tot, bevor er mit dem zu einer hässlichen Fratze verzerrten Gesicht auf dem harten Boden aufschlug.

Während sich das Echo des ohrenbetäubenden Lärms in den langen Gängen fortpflanzte, sah Werner Kopp, dass er getroffen hatte. Ein zufriedener Ausdruck trat auf sein Gesicht, als sich sein Körper entspannte. Die beiden im Abstand von wenigen Sekunden aufeinanderfolgenden Detonationen auf der dritten Etage hörte er bereits nicht mehr.

Deren Urheber jedoch hatte sie gehört. Ein Blick auf die Uhr bestätigte Parker, was er eigentlich bereits wusste. Auf die Minute genau! Aber was war mit Explosion Nummer drei?

Als nach einer halben Minute immer noch nichts zu hören war, kam Bewegung in den Corporal. In einer Anwandlung von Nächstenliebe steckte er den Schlüssel ins Türschloss der Rumpelkammer und drehte ihn um. Ihm lag nichts daran, dass König seinetwegen womöglich in seinem Gefängnis ertrank.

Anschliessend rannte er an Brenners Leiche vorbei zur offenen Schleusentür, wo der tote Kopp lag, und betrat die Druckschleuse. Aufmerksam betrachtete er den Mechanismus. Es musste eine Möglichkeit geben, dass beide Türen gleichzeitig offen sein konnten. Anders hätte man keine langen Gegenstände hier hereinbringen können.

Als er die Lösung gefunden hatte, manipulierte er das Gestänge entsprechend. Zu seiner grossen Freude liess sich die andere Tür nun tatsächlich öffnen. Schliesslich sollte sich das Wasser in einem möglichst grossen Teil der Anlage ausbreiten können! Parker hoffte, dass niemand mehr die Türen schliessen würde, wenn erst einmal Panik ausgebrochen war.

Er steckte die Pistole in sein leeres Holster, welches man ihm freundlicherweise gelassen hatte, und rannte so schnell er konnte in den langen Querstollen, in dessen Mitte er mehrere ihm entgegenkommende Soldaten erkannte, die vermutlich nach der Ursache für den Lärm von vorhin suchten.

«Bringt euch in Sicherheit!», schrie er den ziemlich ratlos wirkenden Männern zu, während er ihnen, wild mit den Armen fuchtelnd, entgegenrannte. «Wasser! Die Druckleitung hat's zerrissen! Weg hier, schnell!»

Es funktionierte besser als erwartet. Zunächst noch zögernd, dann aber immer schneller, setzten sich die Soldaten in Bewegung und begannen ebenfalls zu rennen.

Verblüfft sahen Burton und Quint, die auf ihrer Suche nach Parker soeben den Querstollen betreten wollten, wie der Corporal laut schreiend die kopflos flüchtenden Soldaten wie eine Viehherde vor sich hertrieb. Mit ein paar schnellen Schritten brachten sich die beiden vor der herannahenden Stampede in Sicherheit, indem sie anstatt nach rechts geradeaus weitergingen.

Ohne den falschen Professor und seinen Begleiter in Gebirgsjägeruniform gross zu beachten, rannte die wild gewordene Gruppe an ihnen vorbei in Richtung Schleuse, um sich im Wachtrakt in Sicherheit zu bringen.

Als Parker schliesslich angehetzt kam und schnaufend bei Burton und Quint stehenblieb, war von den Soldaten bereits nichts mehr zu sehen.

«Schön, dass ihr mich abholen kommt», stiess der Corporal mühsam zwischen zwei tiefen Atemzügen hervor.

«Stimmt das mit der Druckleitung?», fragte Burton drängend.

«Ja! Wir müssen so schnell es geht zum Bahnhof hinab und Barnes warnen! Das Wasser läuft bestimmt schon die Treppe runter!»

«Dann los! Sie gehen vor mir und mimen weiterhin den Gefangenen! Quint macht den Schluss!»

Unbehelligt brachten sie den am Verbindungsstollen

vorbeiführenden Weg zur zwischen den beiden Munitionsmagazinen gelegenen Druckschleuse im Marschtempo hinter sich. Wie es schien, hatten sich alle in diesem Bereich arbeitenden Soldaten aus dem Staub gemacht.

«Wie sind Sie eigentlich entkommen?», erkundigte sich Burton, während Parker die erste Schleusentür öffnete.

«Ob Sie es glauben oder nicht, dieser SD-Führer wollte mir einen heimlichen Besuch abstatten. Da habe ich ihm eins an die Birne geknallt und ihn eingeschlossen. Was mir aber nicht aus dem Kopf geht, ist die Tatsache, dass er seine Pistole noch im Holster hatte», antwortete Parker und wartete, bis Quint die Tür zugemacht hatte. «Beinahe hätte mir dieser Mistkerl Brenner noch alles versaut und mich erledigt, nachdem er Kopp abgeknallt hat!»

«*Was* hat er?» Burton konnte kaum glauben, was der Corporal da sagte.

«Kaltblütig ermordet hat er ihn, mit zwei Schüssen aus einer Pistole mit Schalldämpfer, dieses Drecksschwein!»

«Und was hatte der ungedämpfte Schuss zu bedeuten?», wollte Quint wissen.

«Kopp hat sich selbst gerächt, bevor er ganz hinüber war», sagte Parker trocken und öffnete die zweite Tür.

Als sie aus der Schleuse traten, sahen sie sich vier Soldaten gegenüber, die sie überrascht anstarrten.

«Das sind ja die Gefangenen!» rief einer und riss die Pistole heraus.

Ohne zu zögern, eröffneten Burton und Quint das Feuer. Noch bevor Parker seine Pistole in der Hand hatte, waren die Soldaten tot.

«Schnell jetzt!» Burton eilte um die Ecke und warf einen Blick in den Schrägstollen. Keine Spur von Wasser, dafür aber drei Soldaten zuunterst an der Treppe, wo sich der beladene Schrägaufzug gerade in Bewegung setzte!

«Kommen Sie!», wandte sich Burton an Quint. «Wir versuchen es mit demselben Trick wie Parker vorhin! Wenn die Kerle uns beide sehen, werden sie Sie auf diese Entfernung bestimmt für Siegwart halten! Parker, Sie warten, bis die Luft rein ist!»

Zusammen mit Quint trat Burton in den Schrägstollen. «Schnell, verschwindet! Die Druckleitung ist gesprengt worden!», begann er den neugierig gaffenden Soldaten wild gestikulierend zuzurufen. «Gleich wird das Wasser hier wie bei einem Wasserfall herunterstürzen! Bringt euch in Sicherheit!»

Doch der erhoffte Erfolg blieb aus. Die drei standen nur da und starrten ihn und Quint an.

«Habt ihr nicht verstanden?», schrie nun auch Quint. «Rennt um euer Leben, bevor es zu spät ist!»

Diesmal verfehlten die Worte ihre Wirkung nicht. Die Männer schienen allmählich zu begreifen, in welcher Gefahr sie sich befanden. Endlich stoben sie davon und knallten die Tür hinter sich zu.

«Die Luft ist rein!», rief Burton Parker zu und begann, dicht gefolgt von Quint, die lange Treppe hinunterzugehen.

26. Kapitel

Weder Burton noch Quint bemerkten, dass Parker in entgegengesetzter Richtung die Treppe zur dritten Etage hinaufstürmte. Dass hier immer noch alles trocken war, liess ihm keine Ruhe.

Auf dem langen und beschwerlichen Weg nach oben versuchte er, die Ursache dafür zu ergründen. Hatte er in der Eile etwas übersehen? War die Sprengkraft zu gering oder die Menge zu klein gewesen, um die Rohrwandung vollständig zu durchtrennen? Hatte er sich in Bezug auf die Wandstärke verschätzt? Und warum war die dritte Ladung noch immer nicht detoniert?

Als er völlig ausser Atem das Ende der Treppe erreichte, hatte er immer noch keine plausible Erklärung für seinen Misserfolg gefunden. Aber er würde der Sache auf den Grund gehen, und wenn es das Letzte war, was er in seinem bewegten Leben tat! Schliesslich ging es hier um seine Ehre als Sprengmeister! Corporal Ed Parker hatte noch nie einen Auftrag vermasselt! Und er hatte nicht vor, ausgerechnet heute damit anzufangen!

Keuchend näherte er sich der nach wie vor unversehrten Tür, in der eigentlich ein riesiges Loch hätte klaffen müssen. Wieso war das Scheissding nicht hochgegangen? Hatte der verfluchte Zünder eine Macke? Stand er bereits unter Wasser und konnte deshalb gar nicht mehr funktionieren?

In diesem Augenblick explodierte die dritte Sprengladung mit einem ohrenbetäubenden Knall. Die Wucht der

Detonation war so gross, dass es den Türflügel förmlich in Stücke riss. Eines davon traf Parker am rechten Bein und zertrümmerte ihm die Kniescheibe.

Mit einem Schmerzensschrei knickte er ein und fiel hin. Ein Schwall Wasser aus dem Raum ergoss sich über den wasserscheuen Corporal, der schon glaubte, jämmerlich ertrinken zu müssen. Doch dann verteilte sich das Wasser nach beiden Seiten und Parkers Kopf befand sich wieder über der Wasserlinie. Dankbar schnappte er nach Luft und musste an König denken, dem er im Dunkeln einen Eimer voll Wasser ins Gesicht gegossen hatte. Es war schon richtig gewesen, dass er dem SD-Offizier die Tür aufgeschlossen hatte.

Der Corporal konnte nicht ahnen, dass sich der Obersturmführer mit dem gebrochenen Nasenbein genau in diesem Moment neben dem toten Kopp niederliess, ihm behutsam die Pistole aus der kraftlosen Hand nahm und sich damit eine Kugel durch den Kopf jagte. Er hatte hoch gepokert – und alles verloren.

Parker versuchte aufzustehen, aber die Schmerzen im Knie erschienen ihm beinahe unerträglich. Da er das Herumhüpfen auf einem Bein im knöcheltiefen Wasser des Turbinenraums auch nicht gerade als eine sichere Art der Fortbewegung betrachtete, entschied er sich wohl oder übel dafür, zu robben.

Als besonders mühsam erwies sich das Überwinden der halb zertrümmerten Tür. Es dauerte einige Zeit, aber dann hatte er es endlich geschafft. Das schmerzende Bein hinter sich her schleifend, kroch er im Halbdunkel auf die Turbine zu, die wesentlich langsamer lief als bei seinem letzten Abstecher hierher. Der Grund dafür war offensichtlich: Aus dem Rohrstollen lief schon ein ganz ordentlicher Bach in den Raum, was bedeutete, dass die Druckleitung zumindest stark beschädigt sein musste.

Erschöpft hielt Parker inne, um sich einen Moment auszuruhen. Das eiskalte Wasser forderte seinen Tribut. Schlotternd lag er auf seinen unter den Oberkörper gezogenen Armen da, darum bemüht, den Kopf über Wasser zu halten.

Da er spürte, wie ihm die Kälte in jede Pore seines Körpers drang, zwang er sich, weiterzumachen. Der schwierigste Teil lag noch vor ihm, und er musste ihn bewältigen, bevor ihn seine Kräfte verliessen.

Da ein Kriechen in den Fluten des schmalen, steil ansteigenden Rohrstollens undenkbar war, drehte sich Parker kurz davor auf den Rücken und setzte sich auf. Sich mit beiden Armen und dem unversehrten linken Bein abstossend, kämpfte er sich auf dem Hintern rückwärts Stück für Stück den engen, stockdunklen Kanal hinauf. Das sich hinter seinem Rücken stauende und über seine Schultern fliessende Wasser behinderte ihn dabei ganz erheblich.

Sein Nacken war schon ganz taub und steif, als er nach einer gefühlten Ewigkeit endlich die Stelle erreichte, an der er die untere Sprengladung angebracht hatte.

Rauschend und zischend schoss das unter hohem Druck stehende Wasser als scharfer Strahl aus der Röhre, die sich nach der Sprengung um etwa den halben Rohrdurchmesser abgesenkt und dann am unteren Teil der Leitung verkeilt hatte. Das von weiter oben kommende Wasser deutete darauf hin, dass es sich dort ähnlich verhielt.

Das also war der Grund, weshalb nicht schon längst der ganze Raum unter Wasser stand! Die Sprengung an sich war erfolgreich gewesen, aber das Ergebnis wurde durch das ungleichmässige Absacken und das daraus resultierende Verklemmen des Leitungsstücks stark beeinträchtigt. Aber vielleicht liess sich das ja ändern!

Durch seine mit Wasser vollgesogene Uniform noch zusätzlich in seiner ohnehin bereits stark eingeschränkten Bewegungsfreiheit behindert, hob Parker schwerfällig den linken Arm und versuchte, das Rohr beiseite zu drücken. Tatsächlich gab es etwas nach, liess sich jedoch nur um ein paar Zentimeter bewegen. Er versuchte es erneut, aber diesmal rührte sich nichts mehr. Die Kraft seines schwächeren Arms reichte nicht aus.

Parker drehte den Oberkörper etwas, um auch den rechten Arm ins Spiel zu bringen. Das lädierte Bein weit von sich gestreckt, zog er das linke an und schob den Unterschenkel unter das rechte Knie, um sich mit dem Fuss an der Wand des Stollens abzustützen. Dann drückte er mit beiden Armen gegen das Rohr, so fest seine ungünstige Haltung es zuliess. Wieder bewegte es sich ein kleines Stück weit. Aber aus dieser unbequemen Position konnte er einfach nicht genug Kraft auf das schwere Eisenrohr übertragen.

Vor Kälte schon ganz steif, zog er sein linkes Bein wieder unter dem rechten Knie hervor und zwängte es an der Betonstütze der Leitung vorbei. Anschliessend drehte er sich so weit es ging nach links. Ein stechender Schmerz durchfuhr ihn, als er das rechte Bein ebenfalls etwas anzog, um seine sitzende Haltung zu festigen.

Als er sich endlich mit dem Rücken an der Stollenwand abstützen und seinen Körper mit dem rechten Arm und dem kaputten Bein in der Schräge einigermassen stabilisieren konnte, hob Parker unter gewaltiger Anstrengung langsam das linke Bein und stemmte den Fuss gegen das Rohr.

Das Wasser, das ihm mit der Härte von Peitschenhieben ins Gesicht spritzte, spürte er kaum noch. Mit geschlossenen Augen sass er da, vollkommen auf sein einziges Ziel fokussiert: Die verdammte Blechröhre musste endlich weichen!

Mit aller ihm noch zur Verfügung stehenden Kraft erhöhte er den Druck seines Beins auf seinen ärgsten Feind, der ihn an der ordnungsgemässen Ausführung seines Auftrags zu hindern versuchte.

Als auch das nichts nützte, begann Parker, der nun seine allerletzten Kräfte mobilisierte, abwechselnd gegen das Rohr zu treten und den Druck mit ruckartigen Bewegungen zu erhöhen.

Plötzlich gab das Rohr nach. Parkers Fuss rutschte von der glatten Wandung ab und geriet unter das herunterfallende Stück. Der Schmerz raubte ihm beinahe die Sinne, als der Fuss und sein Unterschenkel zwischen Boden und Rohr eingeklemmt wurden.

Mit unbändiger Kraft schoss der volle Wasserstrahl aus der nun vollends gekappten Druckleitung. Das Rauschen schwoll zu einem ohrenbetäubenden Tosen an. Nur sein eingeklemmtes Bein verhinderte, dass Parker fortgespült wurde.

Panik stieg in ihm auf. Er würde hier ersaufen wie eine Ratte, eingeklemmt wie ein Reiter unter seinem gestürzten Pferd! Verzweifelt versuchte er, das Bein unter dem schweren Rohr hervorzuziehen. Aber er musste schnell einsehen, dass dies ein hoffnungsloses Unterfangen war. Selbst im Vollbesitz seiner physischen Kräfte hätte er keine Chance gehabt, ohne fremde Hilfe freizukommen.

Völlig entkräftet gab er auf. Eine seltsame Ruhe überkam ihn. Sein ganzes Leben lang hatte er mit der Angst gelebt, zu ertrinken. Jetzt, wo es offenbar soweit war, konnte er es akzeptieren. Der Tod hatte seinen Schrecken verloren.

Ed Parker spürte kaum noch etwas. Auch das Zittern liess nach. Er war kurz davor, das Bewusstsein zu verlieren. Die blauen Lippen verzogen sich zur Andeutung eines schwachen Lächelns. Seine dunkle Ahnung bei der Einsatzbesprechung hatte ihn nicht getrogen. Er jedenfalls würde von diesem Einsatz nicht zurückkehren. Aber er hatte seinen Auftrag erfüllt! Und was in diesem Moment fast noch wichtiger war: Er hatte seine Angst besiegt!

Dann wurde er bewusstlos. Seine Atmung wurde schwächer und schwächer, bis sie nicht mehr fühlbar war und schliesslich der Kältetod eintrat.

27. Kapitel

Mit einem Handzeichen signalisierte Lieutenant Barnes Sergeant Harrison, dass er es auch gehört hatte. Das eben war ein Schuss gewesen. Leise zwar, aber eindeutig erkennbar. Es schien endlich loszugehen!

Stundenlang lagen sie nun schon unter ihren beiden Wagen zwischen den Schienen, durch die beidseitig bis an den Zug heranreichenden Rampen gut abgeschirmt. Sie hatten den Wirbel um den arroganten Gestapo-Offizier mitbekommen, und sie hatten sich ihre Gedanken darüber gemacht. Düstere Gedanken!

Nach einiger Zeit hatte sich der Aufruhr gelegt, und die Soldaten waren wieder in ihre Routine verfallen. Dem Lärm nach zu urteilen, war eine Gruppe damit beschäftigt, den direkt an der Diesellok angehängten Wagen zu entladen.

Die zwei kurz hintereinander erfolgenden Explosionen brachten die Bestätigung, dass die Warterei ein Ende hatte. Da der Bahnhof durch den schnurgeraden Schrägstollen ohne Druckschleusen direkt mit der dritten Etage verbunden war, konnte man hier die beiden Detonationen wesentlich besser hören als auf der zweiten Etage.

«Was zum Henker war das?» Die Stimme gehörte unverkennbar dem Leutnant, den der Gestapo-Offizier heruntergeputzt hatte. «Da ist doch etwas explodiert!»

«Vielleicht ein Dieseltank?», meinte ein anderer zweifelnd.

Alle schienen in ihren Tätigkeiten innezuhalten und zu

horchen. Doch es war nichts mehr zu hören. Die Soldaten nahmen ihre Arbeit wieder auf, aber es wurde fast nichts mehr gesprochen. Es war, als erwarteten sie jeden Augenblick ein aussergewöhnliches Ereignis.

Nach ein paar Minuten war es soweit. Deutlich näher und dementsprechend lauter fielen mehrere Schüsse. Es schien, als ob Burton und Parker das Unmögliche geschafft hatten und sich den Weg zu ihnen freischossen!

«Da wird geschossen! Was geht da oben vor?» Der Leutnant schien nun ernsthaft beunruhigt.

Dann hörten Barnes und Harrison, wie Sam Burton aus beträchtlicher Entfernung etwas schrie, ohne zu verstehen, was. Gleich darauf schrie noch jemand, der sich bei Burton aufhalten musste. War das nicht Quints Stimme? Parker war es jedenfalls nicht. Aber Quint konnte es ja wohl kaum sein!

Der Widerhall einer zuschlagenden Metalltür wurde übertönt von aufgeregten Stimmen.

«Die Druckleitung wurde gesprengt!», rief ein Soldat entsetzt. «Gleich wird das Wasser den Schrägstollen herunterstürzen!»

«Was? Wer sagt das?», wollte der Leutnant wissen.

«Siegwart und einer von uns, den wir nicht genau erkennen konnten!» berichtete ein anderer. «Könnte Wallner gewesen sein! Die beiden sind oben auf dem Zwischenboden!»

«Und die Schüsse?»

«Keine Ahnung! Ausser den beiden war niemand zu sehen!»

Barnes nickte Harrison zu und bewegte sich lautlos in seine Richtung. Der Sergeant drehte sich um und übernahm die Spitze. Langsam näherten sie sich dem Gleisende, während der Leutnant nachhakte.

«Gesprengt?», fragte er zweifelnd. «Die haben wirklich gesagt, dass die Leitung gesprengt wurde?»

«Ja! Das habe ich ganz deutlich verstanden!»

«Ich auch!», pflichtete ein anderer bei. «Und dass hier gleich das Wasser wie bei einem Wasserfall herunterkommen würde!»

«Wie wollen die beiden wissen, was auf der dritten Etage geschieht, wenn sie sich auf der zweiten aufhalten?», schaltete sich der Mann ein, der zuvor die Explosion eines Brennstofftanks in Erwägung gezogen hatte. «Und wer soll die Leitung gesprengt haben? Ich denke, man hat die beiden Saboteure geschnappt?» Er schien nicht überzeugt zu sein. Da niemand etwas dazu sagte, fragte er: «Soll ich mal nachsehen, was da los ist? Oder ob die Flutwelle bereits anrollt?»

«Sparen Sie sich Ihre blöden Scherze, Feldwebel Strohm!», wies ihn der Leutnant zurecht.

Die dritte Detonation, die Parker seine rechte Kniescheibe kostete, war wegen der geschlossenen Tür zwischen Bahnhof und Schrägstollen nicht mehr ganz so laut wie die beiden vorangegangenen, aber immer noch sehr deutlich als solche zu erkennen.

Für Burton und Quint hingegen war sie mehr als laut genug. Nur noch wenige Treppenstufen trennten sie von der Tür, durch welche sich die drei Soldaten nach der Warnung in Sicherheit gebracht hatten.

Als Sam Burton einen kurzen Blick zurückwarf, um Parker nach der Ursache für die dritte Explosion zu fragen, wäre er vor Schreck beinahe gestolpert.

«Wo ist Parker?», fragte er Quint besorgt.

«Als ich mich zuletzt umgesehen habe, rannte er die

Treppe hinauf.»

«Dieser verdammte Narr!», fluchte der Captain bitter. «Warum haben Sie ihn nicht daran gehindert oder zumindest mich darauf aufmerksam gemacht?», fragte er vorwurfsvoll.

«Wollen Sie mir etwa weismachen, dass Sie an seiner Stelle nicht genauso gehandelt hätten?», erkundigte sich Quint ruhig.

Burton blieb ihm die Antwort schuldig.

Vor der massiv aussehenden Eisentür blieben sie stehen und blickten zurück. Endlos lang zog sich der Gang hin bis zur rund fünfzig Meter höher gelegenen obersten Etage, wo Parker seinen letzten Kampf focht. Im Licht der Glühbirnen war das Ende des Schrägstollens aus dieser Distanz nicht zu erkennen.

«Wir können nicht länger auf ihn warten!», sagte Quint leise.

Burton nickte stumm. Er wusste nur zu gut, dass der Agent recht hatte. Das kleine Bächlein, das zwischen den Schienen des Schrägaufzugs wie in einem Kanal herunterrann, unterstrich die Notwendigkeit, schnell von hier zu verschwinden. Falls Parker die Panne tatsächlich beheben konnte, würde aus dem Rinnsal ein reissender Strom werden.

«Hoffen wir, dass diese Tür nicht verschlossen ist. Und dass Barnes und Harrison sich unversehrt irgendwo dahinter befinden», murmelte Burton, als beide mit den Pistolen in den Händen dastanden. «Bereit?»

«Bereit!»

Entschlossen drückte Burton die Klinke herunter und riss die schwere Tür auf. Vor ihnen lag ein kurzer Gang, der sich nach wenigen Metern zu einer geräumigen Kaverne zu vergrössern schien. Allzu viel war von ihrem Standort aus allerdings noch nicht zu erkennen.

Rasch traten sie ein, damit Burton die Tür sofort wieder schliessen konnte. Weder er noch Quint verspürten grosse Lust, es auf ein erfrischendes Bad ankommen zu lassen. Und Ed Parker würde alle Register ziehen, um seinen Auftrag zu Ende zu bringen, dessen war sich Burton absolut sicher, auch wenn er vor einigen Stunden für einen kurzen Moment an der Integrität des Corporals gezweifelt hatte!

Offenbar diskutierte man hier gerade, was von der ganzen Sache zu halten war.

«Wenn die Leitung gesprengt wurde, wie kommt es dann, dass wir hier noch nicht im Dunkeln sitzen?», wollte jemand wissen. «Selbst wenn die dort oben die Diesel sofort nach den Explosionen angeworfen hätten, wäre zumindest ein kurzer Unterbruch der kompletten Stromversorgung eingetreten! Es sei denn, die Saboteure haben vor dem Anschlag freundlicherweise die Notstromversorgung in Betrieb genommen!», fügte er spöttisch hinzu. «Vielleicht fürchten sie sich ja im Dunkeln!»

«Irrtum!», korrigierte Burton den Feldwebel. «Streckt die Pfoten zum Himmel! Eine falsche Bewegung, und ihr seid dran!»

Verdutzt starrten die Gebirgsjäger Quint in seinem vom Professor ausgeliehenen weissen Kittel und Burton an.

«So, das sind also Siegwart und Wallner, ihr Traumtänzer!», bemerkte der Feldwebel hämisch, während er langsam die Hände hob.

«Tom?», rief Burton, ohne die Männer vor ihm aus den Augen zu lassen.

«Hier!», quittierte Barnes prompt.

Verwirrt wandten die Gebirgsjäger ihre Köpfe in die Richtung, aus der die Rückmeldung gekommen war. Hinter dem Zug waren zwei bis auf Brusthöhe von der Laderampe verdeckte Männer zu erkennen, deren Maschinenpistolen kaum Platz für Missverständnisse liessen.

«Macht den Zug startklar, damit wir hier endlich wegkommen!»

«Verstanden!» Das war Sergeant Harrison.

Burton registrierte einen Lagerraum, dessen Tür gähnend weit offen war.

«Dort hinüber!», wies er die deutschen Soldaten an. Wenn die Kerle spurten, würde er sie nur einschliessen. Er war Soldat, kein Massenmörder. Es ging nur darum, heil hier herauszukommen und sich einen genügend grossen Vorsprung zu verschaffen.

Obwohl gerade noch davon gesprochen worden war, wurden alle vom kurzen Flackern des Lichts und dem anschliessenden Stromausfall überrascht.

Blitzschnell liess sich Quint zu Boden fallen und eröffnete das Feuer, während sich Burton mit einem Satz zur Seite vor den Kugeln der zurückschiessenden Soldaten rettete und sich dann ebenfalls zu Boden warf.

Das tödliche Rattern einer Maschinenpistole setzte ein und übertönte die vereinzelten Pistolenschüsse. Mehrere Schmerzensschreie waren zu hören.

Dann verstummten die Schüsse plötzlich, und eine unnatürlich wirkende Stille trat ein. Die Finsternis im Berg war so vollkommen, dass es unmöglich war, irgendetwas zu erkennen. Man konnte sich ausschliesslich auf sein Gehör und seinen Tastsinn verlassen – und auf seinen Instinkt.

Schliesslich wurde die mehrere Sekunden dauernde Ruhe jäh durch das Zuschlagen einer Eisentür beendet. Zumindest ein deutscher Soldat war noch am Leben und hatte sich allem Anschein nach in Sicherheit gebracht oder irgendwo verschanzt.

«Harrison?», fragte Burton auf gut Glück in die Dunkelheit und rollte sich sofort zur Seite für den Fall, dass jemand mit einer Kugel antworten sollte.

«Ich bin soweit!», liess sich der Sergeant umgehend vernehmen.

«Tom?»

«Alles in Ordnung!»

«Quint?»

«Bereit!»

«Wir verschwinden!», kommandierte Burton. «Aber passt gut auf, falls da noch jemand herumschleicht! Starten Sie die Maschine, Harrison!»

Gleich darauf erwachte der kräftige Sechszylinder zum Leben. Harrison schaltete die Scheinwerfer ein, deren Licht ein grosses, zweiflügeliges Eisentor anstrahlte.

«Tom, du sicherst nach hinten ab! Quint, gehen Sie schon mal zu Harrison in den Führerstand! Ich öffne das Tor!», rief Burton, um den Motor zu übertönen.

Als seine Befehle ausgeführt worden waren, eilte Burton im Scheinwerferlicht zum Tor. Dabei fiel sein Blick auf eine Tür in der linken Wand. Das war bestimmt der Eingang einer Innenverteidigungsstellung, durch deren Scharte der vor dem Tor liegende Bereich beschossen werden konnte. Vielleicht hatte er genau diese Tür zuschlagen gehört.

Er änderte die Richtung und ging, die Pistole in der

Hand, zum Eingang, wo er die Klinke nach unten drückte und die Tür zu öffnen versuchte. Sie war verschlossen!

Burton machte in Richtung Lokomotive ein warnendes Zeichen und deutete auf die Tür. Quint würde jetzt ein Auge darauf haben. Dann strebte er seinem ursprünglichen Ziel zu und öffnete die beiden schweren Torflügel. Vor ihm lag im Licht der Lok der Zufahrtsstollen zu diesem verfluchten Berg! Aber für sie bedeutete er jetzt gewissermassen den Weg in die Freiheit, auch wenn sie noch längst nicht in Sicherheit waren!

In einer sanften Rechtskurve verschwanden die Schienen in der Dunkelheit. Irgendwo dort vorn musste sich die Scharte der Innenverteidigungsstellung befinden, wo möglicherweise jemand darauf lauerte, ihnen zum Abschied seine letzten Grüsse aus einem Maschinengewehr zu entbieten.

Burton rannte zum Zug zurück, um seine Leute entsprechend zu instruieren. Dann gab er das Kommando zur Abfahrt und hielt sich, auf dem untersten Tritt stehend, an den beiden Haltegriffen auf der rechten Seite der Lokomotive fest.

Langsam setzte sich der Zug in Bewegung und rollte über die erste Weiche dem Tor entgegen. Als sie es passiert hatten und im Schritttempo in die Kurve fuhren, rechneten sie damit, dass jeden Moment ein Maschinengewehr loshämmern würde.

Zehn Meter weiter wurde die Befürchtung zur Tatsache. Unter ohrenbetäubendem Geknatter trafen die Kugeln von schräg hinten die linke Seite der Lok. Aufgrund des ungünstigen Winkels prallten die meisten Geschosse wirkungslos vom wuchtigen Aufbau vor dem Führerstand ab und verwandelten sich in Querschläger.

In der nächsten Sekunde hörte der Beschuss so plötzlich wie er begonnen hatte wieder auf. Burton schickte ein Stossgebet zum Himmel, dass die offensichtlich gerade im richtigen Augenblick eingetretene Ladehemmung sich nicht beheben liess, bevor sie aus dem Schussbereich des Maschinengewehrstandes heraus waren.

Allerdings tauchte zu seinem Leidwesen wenig später ein zweites Tor vor ihnen auf. Harrison, der die Geschwindigkeit erhöht hatte, um möglichst schnell aus der Reichweite des mörderischen Kugelhagels zu entkommen, sah sich gezwungen, das Tempo wieder zu verringern.

Noch bevor der Zug zum Stillstand gekommen war, rannte Burton auf der rechten Seite im Schutz der Lok zum Tor und wuchtete so schnell er konnte die beiden Flügel auf. Im selben Moment setzte der Beschuss erneut ein. Die Projektile vom Kaliber 7,92 mm durchsiebten die Holzwände der Güterwagen und rissen grosse Splitter heraus.

Sofort liess Harrison den Diesel wieder aufdröhnen und nahm Fahrt auf, während Burton vor ihm herrannte und sich dem letzten Hindernis auf dem Weg nach draussen näherte: Dem Tor, das als Tarnung des Eingangs der geheimen Militäranlage im Arlbergbahntunnel diente.

Als der Zug aus dem Schussbereich verschwand, riss Feldwebel Strohm das Maschinengewehr aus der Lafette und griff nach dem Gurtkasten.

«Mach auf!», rief er dem Lokomotivführer zu. «Und nimm den zweiten Gurtkasten! Wir folgen ihnen mit der anderen Lok! Spätestens in Feldkirch ist für die Hunde

Endstation!»

Egger öffnete die Tür und rannte mit seiner Lampe und dem Gurtkasten zur Lok, die auf dem zweiten Abstellgleis stand und den Blicken der Saboteure durch den Zug entzogen gewesen war. Sie war zwar etwas kleiner und leichter. Aber in punkto Geschwindigkeit konnte sie es durchaus mit dem anderen Modell aufnehmen. Besonders dann, wenn die andere Lok drei Wagen ziehen musste, von denen zwei noch voll beladen waren.

28. Kapitel

Im Scheinwerferlicht der Lokomotive schob Burton das Tarnungstor zur Seite, bis es fast vollständig in der dafür vorgesehenen Nische verschwunden war und die Durchfahrt freigab.

Die Schienen, auf denen sich ihr Zug befand, führten in einem Rechtsbogen in den Bahntunnel und zu einer Weiche, wo sie sich mit dem näheren der beiden Gleise vereinigten.

Burton stellte die Weiche um und gab Harrison ein Zeichen, dass er freie Fahrt hatte. Dann wartete er, bis der komplette Zug die Stelle passiert hatte, und stellte die Weiche erneut um. Es war nicht nötig, dass ein Zug entgleiste und unschuldige Zivilisten zu Schaden kamen; egal, welcher Nation sie angehörten.

Zusammen mit Barnes rannte er nach vorn zur Lok, wo beide die Tritte hochkletterten und sich zu Harrison und Quint in den Führerstand quetschten.

«Machen Sie Dampf, Harrison, damit wir endlich aus diesem verfluchten Loch rauskommen! Eure Rucksäcke lassen wir zurück! Ich will hier weg sein, bevor sich die Deutschen von ihrer Überraschung erholt und sich neu organisiert haben! Ausserdem müssen wir unterwegs Harry Grey aufgabeln, was uns unter Umständen einige Zeit kosten kann! Wenn es irgendwie geht, will ich vor Tagesanbruch aus diesem Land raus sein!»

Harrison beschleunigte und der Zug gewann auf der abschüssigen Strecke rasch an Fahrt. In kurzer Zeit legte er den Weg zum Westportal des Tunnels zurück.

Dichtes Schneetreiben empfing sie, als sie mit beinahe sechzig Stundenkilometern aus dem Arlbergtunnel und am Schuppen vorbei brausten, in dem Barnes und Harrison zusammen mit Quint auf ihre Mitfahrgelegenheit in die geheime Anlage gewartet hatten.

Auf den beiden Gleisen lagen bestimmt zwanzig Zentimeter Neuschnee. Aber Sergeant Harrison liess sich davon ebenso wenig beeindrucken wie von der schlechten Sicht. In unvermindertem Tempo brauste der kurze Zug über die Alfenzbrücke und am Gebäude der Station Langen vorbei.

«Dort vorn irgendwo müsste Grey sein», teilte Sam Burton seinem Lokführer frühzeitig genug mit, so dass Harrison die Maschine drosseln und im Schritttempo durch die tief verschneite Landschaft fahren konnte.

Burton, der ganz links stand, öffnete die Tür und streckte den Kopf hinaus. «Grey!» rief er und lauschte kurz, um gleich darauf erneut den Namen des noch fehlenden Passagiers in die Nacht zu rufen. Dies wiederholte er mehrmals.

Nach dem elften Durchgang hatte er Erfolg. Harry Grey, der sich einen zwischen der Strasse und der Bahnlinie gelegenen Platz als Versteck ausgesucht hatte, quittierte den Ruf seines Vorgesetzten.

«Halten Sie an!», wandte sich Burton an Harrison. «Er ist da!»

Nach einer knappen Minute erschien Grey schnaufend neben der Lok. «Na endlich!», stiess er gepresst hervor. «Dachte schon, ihr kommt gar nicht mehr! War schon fast eingeschneit!» Er erklomm die Stufen zum mittlerweile angenehm warmen Führerstand. Seine Hosen waren bis über die Knie mit Schnee bedeckt.

Nun, da sie zu fünft waren, mussten die Männer noch etwas enger zusammenrücken. Harrison fuhr wieder an. Obwohl sich der Scheitelpunkt der Arlbergbahn im Tunnel hinter ihnen befand und es grundsätzlich bergab ging, waren einige kurze Steigungen zu bewältigen. Da eine davon unmittelbar vor ihnen lag, brauchte der Zug diesmal wesentlich länger, um zu beschleunigen.

Völlig überraschend ertönte hinter ihnen wieder das MG-Geknatter, von dem sie geglaubt hatten, es mit dem Verlassen der Anlage ein für alle Mal hinter sich gelassen zu haben. Alle zogen unwillkürlich den Kopf ein.

«Was zum Henker ist das denn?» Barnes zwängte sich neben Harrison, um die Tür zu öffnen. Vorsichtig lehnte er sich ein Stück weit hinaus und blickte zurück. Gerade in diesem Augenblick fuhr der Zug in eine leichte Rechtskurve, so dass die ganze rechte Seite vom Licht einer nachfolgenden Lok beleuchtet wurde. Der nächste Feuerstoss der Verfolger durchsiebte die halb offene Tür und liess die Scheibe darin klirrend zu Bruch gehen.

Mit einem Schmerzensschrei zog sich Barnes in die Kabine zurück und hielt sich die linke Schulter. «Hinter uns ist ein anderer Zug!», schrie er mit sich vor Zorn überschlagender Stimme. «Die Schweinehunde haben mich getroffen!» Zwischen seinen Fingern lief Blut hervor.

«Gib mir deine MP!» Burton streckte die Hand aus und griff nach der Waffe, die ihm der Lieutenant reichte.

«Halten Sie mich fest!», rief Burton Quint zu und öffnete die Tür auf seiner Seite. Während ihn der Agent am Gurt festhielt, wartete Burton auf die nächste Linkskurve. Als es soweit war, gab er mehrere gezielte Feuerstösse dorthin ab, wo sich das Führerhaus der Lokomotive befinden musste.

Fast augenblicklich wurde die Distanz zu dem bedrohlich wirkenden linken Scheinwerfer grösser. Die Verfolger wurden etwas vorsichtiger.

«Handgranaten!», schrie Burton über die Schulter. «Ich brauche Handgranaten!»

Barnes kramte in seiner Tasche, die er noch immer umhängen hatte, und brachte mehrere Mills-Granaten zum Vorschein, die er an Quint weiterreichte.

«Hier!» Quint hielt Burton die erste eiförmige Granate hin, die der Captain sogleich entsicherte und in Richtung Zugende warf, wo sie mit einem grellen Blitz detonierte.

«Noch eine!», verlangte Burton.

Der Abstand wurde grösser. Die Granaten schienen ihre Wirkung nicht zu verfehlen.

«Sie lassen sich etwas zurückfallen!», rief Burton und zog sich wieder zurück in den Führerstand. «Aber los werden wir sie dadurch wohl kaum!»

«Wir müssen die Wagen abhängen!», schlug Quint vor. «Damit halten wir uns die Kerle vom Leib und werden erst noch schneller, weil wir gleichzeitig gewissermassen den Ballast abwerfen!»

«Das ist doch viel zu riskant!», erwiderte Burton. «Wie sollen wir das bewerkstelligen, wenn wir wieder mit Maschinengewehrfeuer eingedeckt werden?»

«Ich mache das nicht zum ersten Mal!», antwortete Quint. Im schwachen Schimmer der Führerstandbeleuchtung wirkte sein Grinsen eher wie ein schmerzhaftes Verziehen des Gesichts. «Sie müssen nur ab und zu eins von den Dingern nach hinten schmeissen, während ich da draussen herumturne! Aber jemand muss mir dabei helfen, von der Tür auf den Puffer zu gelangen!»

«Na gut», willigte Burton nach kurzem Zögern ein, «versuchen Sie es, wenn Sie sich das zutrauen! Auf welcher Seite wollen Sie raus?»

«Auf Ihrer! Der MG-Schütze scheint auf der anderen Seite zu sein! Das bedeutet allerdings, dass Sie mit dem linken Arm werfen müssen!»

«Das dürfte noch das kleinste Problem sein bei diesem halsbrecherischen Kunststück!»

«Also, verlieren wir keine Zeit mehr! Grey soll mir helfen!»

Nach der neuerlichen Rochade im engen Führerstand stieg Quint von der Plattform auf den obersten Tritt hinab.

«Kommen Sie her und tun Sie genau das, was ich Ihnen sage!», rief er Grey zu, während ihm der Fahrtwind die Tränen in die Augen trieb. Sich mit der linken Hand am rechten Griff festhaltend, beugte er sich vor und streckte den rechten Arm nach der Rückleuchte an der hinteren Führerhauswand der Lokomotive aus. Als er sie hatte, setzte er vorsichtig den rechten Fuss auf den Puffer.

«Halten Sie sich mit der linken Hand gut fest und stützen Sie mich mit der rechten, damit ich auf den Puffer steigen kann!», wies er seinen Gehilfen an. Langsam verlagerte Quint sein Gewicht nach vorn, während Grey ihm dabei half, die Balance zu halten, bis er mit beiden Füssen auf dem Puffer stand. Ganz vorsichtig drehte er sich anschliessend mit dem Rücken zum Führerhaus und liess sich rittlings auf dem Puffer nieder.

Als er sich nach dem Schwengel streckte, um die Spindel zu drehen, spürte Quint, wie ihm der Schweiss aus allen Poren trat. Er zwang sich, nicht daran zu denken, was passieren würde, wenn er das Gleichgewicht verlor. Zentimeter um Zentimeter verlängerte sich die Kuppelkette. Als sie Quint lange genug erschien, liess er den Schwengel los und entspannte sich, so gut es ging.

Nach der kurzen Pause griff er nach dem Bügel der gelockerten Kette und hob ihn über den Zughaken der Lok. Dann liess er ihn fallen. Sobald es nicht mehr abwärts ging, würden die Wagen langsamer werden, die Hauptluftleitung der Bremse abreissen und sich von der Lokomotive verabschieden.

«Geht's?», rief Grey, als der Zug in eine Linkskurve fuhr, und versetzte Quint einen Fusstritt ins Gesicht, der den Agenten aus dem Gleichgewicht brachte.

In einer Reflexbewegung griff Quint nach dem Puffer zu seiner Linken, um sich abzustützen und zu verhindern, dass er zwischen Lok und Wagen auf das Gleis hinunterfiel und überrollt wurde. Im selben Moment erreichte der Zug das Ende der Kurve, und der Spalt zwischen dem Puffer der Lok und jenem des Wagens schloss sich.

Quint stiess einen gellenden Schrei aus, als ausser dem Daumen alle Finger seiner linken Hand zwischen den Puffern eingeklemmt und zermalmt wurden. Unbändiger Zorn wallte in ihm auf und liess die Schmerzen in den Hintergrund treten. Ausserstande, sich aus seiner prekären Lage zu befreien, war er den Tritten seines hinterhältigen Angreifers wehrlos ausgeliefert. Immer wieder traf ihn der schwere Schuh des Verräters am Kopf und ins Gesicht, das schon ganz blutüberströmt war.

Dann kriegte Quint den Saum des Hosenbeins seines Feindes zu fassen. Blitzschnell wickelte er den Stoff um seine Finger und riss mit aller Kraft daran. Aber Grey konnte sich mit beiden Händen festhalten und stand sicher auf seinem linken Bein. Alles Zerren nützte nichts.

Als gerade wieder eine von Burton geworfene Handgranate explodierte, spürte Quint, wie der Zug erneut nach links schwenkte und die Puffer den blutigen Klumpen, der einmal seine Hand gewesen war, endlich freigaben.

Mit einem Wutschrei, der nicht mehr viel Menschliches an sich hatte, riss er den linken Arm herum und klemmte Greys Fussgelenk zwischen beiden Armen und seinem Oberkörper ein, während er seine Oberschenkel mit aller Kraft an den Puffer presste und die Unterschenkel zusammenklemmte. Ergrimmt beugte sich Quint vor und drückte mit dem Gewicht des Oberkörpers die Wade seines verzweifelt zerrenden Gegners auf die Kanten der gegeneinandergepressten Pufferflächen. So wartete er, Greys Bein eisern fixierend, bis sich in einer Rechtskurve ein Spalt zwischen den beiden Puffern auftat.

Als sich der kleine Zwischenraum am Ende der Kurve wieder schloss, wurde Greys Hose zusammen mit einem Stück der Wade eingeklemmt. Ein schmerzerfülltes Brüllen zeigte Quint den richtigen Zeitpunkt für seinen Angriff an.

Sofort setzte er sich auf und liess Greys rechtes Bein los. Den Rücken an die Wand der Lok gelehnt, klemmte Quint die Leuchte in der linken Armbeuge ein und streckte den unverletzten rechten Arm entlang der Kabinenseitenwand nach hinten aus. Mit einer schnellen Bewegung legte er den Unterarm an Greys Bein und riss es dem hilflosen Mann mit einem gewaltigen Ruck unter dem Körper weg.

Die überraschende Bewegung hatte zur Folge, dass Greys Hände an den Haltestangen nach unten rutschten und er hart mit dem Kinn auf der Plattform aufschlug. In waagrechter Haltung, beide Beine bewegungsunfähig, klammerte er sich verzweifelt mit bereits klamm werdenden Fingern an den kalten Metallstangen fest.

Unerbittlich hielt Quint den Fuss wie in einem Schraubstock in seiner Armbeuge fest. Der Schweinehund würde schon irgendwann loslassen! Dafür würde er sorgen, und wenn er selbst dabei mit draufging! Er beugte sich wieder vor und positionierte Greys zweites Bein so, dass sich der Fuss auf dem Puffer des Wagens befand. Dort hielt er ihn fest, bis der Zug endlich die nächste Steigung in Angriff nahm.

Die abgekoppelten Wagen machten den Anstieg nicht mehr mit und wurden langsamer als die Lok. Die Puffer des ersten Wagens und jene der Zugmaschine trennten sich und gaben Greys Bein frei, das kraftlos herunterhing. Aber Quint hielt den anderen Fuss erbarmungslos immer noch auf dem sich langsam entfernenden Wagenpuffer fest. Schreiend liess Grey schliesslich die Haltegriffe der Lok los und schlug mit dem Kopf auf die Bahntrasse. Im selben Moment liess auch Quint endlich los.

Völlig ermattet lehnte er sich wieder an die kalte Wand der Lokomotive, den Arm mit der kaputten Hand im Muskelkrampf um die Leuchte geschlungen. Dass Barnes, der seine Schusswunde notdürftig versorgt hatte und von Harrison auf Greys plötzliches Verschwinden aufmerksam gemacht worden war, nun an dessen Platz stand, bekam er nicht mit. Und auch Burtons Erscheinen auf der anderen Seite bemerkte er nicht. Mit geschlossenen Augen sass er völlig ausgepumpt auf dem Puffer; ein Kämpfer, dessen Selbsterhaltungstrieb ihm im entscheidenden Moment fast übermenschliche Kräfte verliehen hatte und dessen geschundener Körper nun nach Erholung verlangte.

«Halten Sie an, sobald wir die Steigung geschafft haben!», schrie Burton Harrison zu. «Wir müssen Quint reinholen!»

«Sie werden langsamer!», rief Strohm triumphierend. «Gleich haben wir sie!» Über den MG-Lauf, den er durch die kleine Scheibe in der Kabinenfront gerammt hatte, war deutlich zu erkennen, wie die Rückwand des letzten Wagens immer grösser wurde.

«Da stimmt doch was nicht!» Mit zusammengekniffenen Augen starrte Egger auf der anderen Seite des Führerstands nach vorn. «Die fahren rückwärts!», schrie er gleich darauf entsetzt und leitete eine Vollbremsung ein.

Bevor der Lokführer die Maschine komplett stoppen konnte, prallten bereits die Puffer aufeinander und liessen die Lok erzittern. Da die Wagen eben erst begonnen hatten, die wenigen Meter der Steigung, für die der Schwung noch ausgereicht hatte, rückwärts hinabzurollen, fiel der Aufprall glücklicherweise nicht allzu heftig aus. Trotzdem wurden die beiden Männer ordentlich durchgeschüttelt. Feldwebel Strohm, der nicht auf das brüske Bremsmanöver vorbereitet gewesen war, griff sich fluchend an die Platzwunde auf seiner Stirn.

«Die haben die Wagen abgehängt!», stammelte Egger fassungslos. «Wie haben die das während der Fahrt bloss geschafft?»

«Fahr los!»

Egger starrte seinen Vorgesetzten mit grossen Augen an. «Du bist ja verrückt!», entgegnete er entsetzt. «Ich kann doch nicht einfach drei Wagen vor mir herschieben, die noch nicht mal angekuppelt sind!»

«Fahr los!», brüllte der Feldwebel Egger an. «Meinetwegen kannst du die verfluchten Wagen bis nach Feldkirch vor uns herschieben, aber fahr endlich los!»

29. Kapitel

Noch bevor die Lokomotive ganz zum Stillstand gekommen war, stand Burton bereits neben dem benommen auf dem Puffer sitzenden Quint. Wegen der Dunkelheit konnte er allerdings nicht erkennen, wie übel zugerichtet der Agent war.

«Was ist passiert?», fragte er, besorgt darüber, dass Quint keine Anstalten machte, seinen unbequemen Sitzplatz zu verlassen. «Wo ist Grey?»

«War einer von den Bösen», antwortete Quint mit tonloser Stimme.

Burton, der Mühe hatte, ihn im Motorlärm der Lok zu verstehen, fluchte leise. Grey also auch!

«Sind Sie verletzt?»

«Hand», kam es knapp und kaum hörbar zurück.

Sam Burton war jetzt ernsthaft beunruhigt. Wenn Quint kaum noch sprach, war das kein gutes Zeichen! Der Mann schien völlig fertig zu sein!

«Kommen Sie, ich helfe Ihnen herunter! Stützen Sie sich bei mir auf!»

Es bedeutete für Quint in seinem Zustand eine ungeheure Anstrengung, sich mit der rechten Hand auf Burtons Schulter abzustützen und das Bein so weit anzuheben, dass er es über den Puffer ziehen konnte.

«Sie können jetzt loslassen, ich habe Sie!»

«Verkrampft.»

Burton musste sich strecken, um den Arm von der Leuchte zu lösen, um die Quint ihn geschlungen hatte.

Sogleich gaben Quints Beine unter seinem Gewicht nach. So würde es nicht gehen.

Der Captain ging in die Knie und nahm Quint kurzerhand auf seine rechte Schulter. Vorsichtig einen Fuss vor den anderen setzend, trug er den kräftig gebauten Geheimagenten durch den Schnee zur linken Tür der Lok, wo Barnes stand.

«Harrison, helfen Sie mit, Quint hochzuhieven!», rief Burton.

Zu dritt hoben sie Quint in den Führerstand. Barnes und der Sergeant packten den Verletzten an den Schultern, während Burton von unten nachhalf. Der Captain zuckte zusammen, als ihm Quints warmes Blut auf den Kopf tropfte und den Hals hinunterrann. Quint musste bluten wie ein gestochenes Schwein!

Schwitzend setzten Barnes und Harrison den Verletzten in die hintere linke Ecke der Kabine.

«Scheisse», murmelte der Lieutenant, als er im Schein der schwachen Beleuchtung das blutverschmierte Gesicht und die unkenntliche Masse neben dem linken Daumen sah, aus der das Blut nur so herausströmte.

«Fahren Sie los, Harrison!», rief Burton, während er den Fuss auf den letzten Tritt setzte. «Ich höre die andere Lok kommen! Unsere Verfolger haben noch nicht aufgegeben!»

«Grey?», fragte Barnes, als der Sergeant die Lok bereits wieder auf Touren brachte.

Burton schüttelte nur wortlos den Kopf. Als sein Blick auf Quint fiel, erschrak er. Mit geschlossenen Augen sass der Agent teilnahmslos da, die rechte Hand tief in der Tasche von Siegwarts mittlerweile mehr rotem als weissem Kittel vergraben, den er immer noch über der geliehenen Kleidung trug. Auf seiner linken Seite breitete sich am Boden eine Blutlache aus. Kein Wunder, dass Quint geschwächt war! Der Mann musste viel Blut verloren haben!

«Ich kümmere mich um ihn!», rief Barnes durch den anschwellenden Motorlärm und kniete neben Quint nieder.

Von der schweren Last der drei Wagen befreit, erreichte die 360 PS starke Lokomotive ihre Spitzengeschwindigkeit im Handumdrehen. Unbeirrt jagte Sergeant Harrison sein Spielzeug durch die weisse Wand aus grossen Schneeflocken. Von der Strasse abkommen konnten sie schliesslich nicht, und solange ihnen kein Zug entgegenkam, war alles in Ordnung. Und selbst dann spielte es keine Rolle, ob sie mit Volldampf oder im Schritttempo unterwegs waren; das Endergebnis würde dasselbe sein.

Burton warf von Zeit zu Zeit durch die rechte Heckscheibe einen Blick zurück. Von den Verfolgern war nichts zu sehen, aber das war auch nicht weiter verwunderlich. Wenn diese Irren ihre drei Wagen vor sich herschoben, waren die Scheinwerfer der Lok verdeckt. Die Kerle waren noch verrückter als Harrison!

«Hör mal, Sam, ich habe mir was überlegt!», rief Barnes, dem es endlich gelungen war, Quints Blutung zu stoppen.

Überrascht drehte sich Burton zu ihm um. Das war das erste Mal seit Jennys Tod, dass Tom ihn mit seinem Vornamen ansprach! Kam er etwa endlich wieder zur Vernunft?

«Wenn wir mit einer aus allen Rohren feuernden Eskorte am Arsch in Feldkirch einfahren, können wir uns ebenso gut gleich hier abknallen lassen!»

Da war was dran. Burton hatte sich deswegen auch schon Gedanken gemacht. «Was schlägst du vor?», fragte er gespannt.

«So, wie wir momentan unterwegs sind, müssten wir doch eigentlich einen genügend grossen Vorsprung herausholen können, um die Schienen hinter uns zu sprengen! Wenn die andere Lok entgleist, sind wir die Mistkerle endgültig los! Und Sprengstoff haben wir noch mehr als genug!»

«Klingt nicht schlecht! Aber dafür muss sich unser Vorsprung noch erheblich vergrössern! Wenn diese Wahnsinnigen angerast kommen, solange wir uns noch bei der Sprengstelle aufhalten, dann haben wir nichts gewonnen! Unsere Rückendeckung haben wir nicht mehr! Wenn die nur einmal in die richtige Schussposition kommen, macht das MG Hackfleisch aus uns!»

Schweigend fuhren sie weiter. Quint war nach wie vor nicht ansprechbar. Burton hoffte, dass er sich zumindest etwas erholen konnte. Immerhin verlor er nicht noch mehr Blut.

Als Burton und Barnes der Ansicht waren, dass der Vorsprung nun eigentlich ausreichend sein müsste, hängte sich der Lieutenant Harrisons noch volle Tasche um.

«Halten Sie an!» befahl Burton dem Sergeanten und wandte sich sogleich wieder Barnes zu, der bereits die Tür geöffnet hatte und auf dem obersten Tritt stand.

«Geh kein Risiko ein, hörst du? Falls sie doch kommen sollten, bevor du fertig bist, lass alles liegen und steig sofort ein!»

Ein mulmiges Gefühl beschlich Burton, als Barnes ihm die Hand reichte und sagte: «Was die Sache von damals angeht: Ich weiss, dass dich keine Schuld an Jennys Tod trifft! Der Wagen war einfach viel zu schnell!»

Dann sprang Barnes von der langsam zum Stillstand kommenden Lok und rannte im Schein der Rückleuchten ein paar Meter zurück. Es war nie ganz auszuschliessen, dass etwas passierte, wenn man mit Sprengstoff arbeitete.

Zum zweiten Mal in dieser Nacht legte Egger eine Vollbremsung hin.

Fluchend rieb sich Strohm das schmerzende Knie, als die Lok mit quietschenden Rädern zum Stehen kam, während die Wagen vor ihnen noch etliche Meter allein weiterrollten.

«Was soll das, du Armleuchter? Wieso stoppst du?»

«Hier ist die Strecke zweigleisig! Eine Art Ausstellplatz für Züge, um kreuzen zu können! Die Trasse ist mehr als doppelt so breit!», erklärte der Lokführer seinem Chef aufgeregt. «Wir setzen zurück bis zur Weiche und nehmen das andere Gleis! Dann haben wir endlich wieder freie Sicht und können schneller fahren!»

Die Lok rollte bereits wieder in die entgegengesetzte Richtung. Egger schien es eilig zu haben, die drei Wagen endlich wieder loszuwerden. Praktisch blind hinter einer anderen Lok herzurasen, war nicht so sein Ding.

«Stopp!», schrie Strohm, als er den Hebel der Weiche an sich vorüberziehen sah. «Da ist sie!» Eilig kletterte er aus dem Führerstand und rannte zur Weiche zurück, um sie umzustellen.

Egger fuhr langsam an, als ihm der Feldwebel zuwinkte. Als er über die Weiche rollte, hing Strohm bereits wieder an der Seite der Lokomotive.

«Du musst nachher nochmals raus, um die zweite Weiche umzustellen!», rief ihm Egger zu, während er aufmerksam Ausschau hielt nach dem nächsten aus dem Schnee ragenden Umstellhebel.

«Schon klar! Bin ich dämlich?», schnauzte ihn Strohm an. «Sieh lieber zu, dass du rechtzeitig stoppst, wenn es soweit ist!»

Wenig später erreichten sie die Stelle. Der Feldwebel stieg ab, legte den Hebel um und erschien wieder auf der Lok. «So, und nun hol alles aus der Kiste raus, was drin ist! Ich will die Kerle unbedingt kriegen! Koste es, was es wolle!»

30. Kapitel

Lieutenant Barnes arbeitete schnell und konzentriert. Er brachte gerade die Sprengladung unter der zweiten Schiene eines Schienenstosses an, den er zuvor vom Schnee freigemacht und unter dem er den Kies entfernt hatte.

Ein Geräusch, das sich von jenem der gut zehn Meter von ihm entfernt wartenden Lok unterschied, liess ihn aufhorchen. Waren etwa ihre Verfolger bereits im Anmarsch? Tatsächlich! Das war eindeutig ein Zug, der schnell näherkam!

Rasch vollendete er sein Werk. Jetzt musste er nur noch dafür sorgen, dass die Sprengladungen explodierten, bevor der Zug da war!

«Sie kommen!», schrie Burton, der es nun ebenfalls bemerkt hatte.

Im nächsten Moment tauchten die Scheinwerfer der Lok zwischen den verschneiten Bäumen auf. Die Verfolger hatten sich ganz offensichtlich irgendwie der drei Wagen entledigt und schienen beinahe heranzufliegen!

«Komm endlich, Tom! Du schaffst es sonst nicht mehr rechtzeitig! Vergiss die Sprengung! Wir müssen weg, sonst rammt er uns!»

Barnes blickte in die Richtung, aus der die Lok angebraust kam, und erschrak. Das reichte nicht mehr, um einen Zeitzünder so einzustellen, dass er sich selbst in Sicherheit bringen konnte und die Explosion trotzdem noch rechtzeitig erfolgte! Vielleicht hatte ihn die Verletzung an der Schulter doch etwas zu sehr behindert!

«Hau ab, Sam!», schrie Barnes zur Lok zurück. «Bring dich in Sicherheit! Ich schaffe es nicht mehr! Tu es im Gedenken an Jenny! Sie hätte es auch so gewollt!»

Das einsetzende MG-Feuer verunmöglichte jede weitere Kommunikation. Die ersten Kugeln durchschlugen bereits das Blech der Führerkabine. Harrison fuhr los und beschleunigte, so schnell es nur ging.

Voller Entsetzen musste Burton mitansehen, wie Tom Barnes vom Scheinwerferlicht der anderen Lok erfasst wurde. Im selben Augenblick erhellte ein gewaltiger Feuerball die winterlich daliegende Landschaft. Die ohrenbetäubende Explosion übertönte sogar das Maschinengewehrfeuer.

Kreischend entgleiste die Lok und schob wie ein Pflug Schnee und Kies vor sich her. Um Haaresbreite verfehlte sie die andere Lokomotive und neigte sich bedrohlich nach links, bis sie schliesslich kippte. Sich mehrmals überschlagend, stürzte sie, einige junge Bäume umknickend, den Hang hinunter, um dann auf der Seite liegend zum Stillstand zu kommen.

Burton wähnte sich wieder in seinem Albtraum. Wie betäubt stand er in der offenen Tür, den Blick noch immer starr auf die Stelle gerichtet, wo er Tom zuletzt gesehen hatte. Sein ehemals bester Freund, der ihm vor wenigen Minuten zum ersten Mal seit fast zwanzig Jahren signalisiert hatte, dass er ihn nicht mehr für das Unglück von damals verantwortlich machte, war nicht mehr!

Kalte Wut stieg in ihm auf. Er würde die Verantwortlichen zur Rechenschaft ziehen, und wenn er das Urteil eigenhändig vollstrecken musste!

«Das dort vorn muss Bludenz sein!», riss ihn Harrisons

Stimme nach einer Weile aus seinen finsteren Gedanken.

Langsam drehte sich Burton um. Der Schneefall hatte etwas nachgelassen, so dass die Häuser einer grösseren Ortschaft als schwarze Schatten erkennbar waren.

«Wir fahren voll durch!» Etwas in der Stimme des Captains veranlasste Harrison, sich kurz nach ihm umzudrehen.

Aber Burton kniete bereits neben Quint, um sich ein Bild über dessen Zustand zu machen. Der Verband, den ihm Tom angelegt hatte, war an einigen Stellen rot, aber immerhin tropfte es nicht mehr. Es sah aus, als ob der Agent schliefe.

Burton richtete sich wieder auf und stellte sich ans Fenster auf der linken Seite. «Drosseln Sie das Tempo, wenn wir uns Feldkirch nähern!», trug er dem Sergeanten auf. Dann versank er in dumpfes Brüten.

Burton hätte nicht sagen können, wie viel Zeit vergangen war, als die Lok langsamer wurde.

«Wir sind gleich da!», liess sich Harrison vernehmen.

«Gut! Gehen Sie auf Schleichfahrt!»

Im Tempo eines Eilmarsches fuhren sie durch einen Vorort der kleinen Stadt und überquerten einen Fluss, an dessen rechtem Ufer entlang die Strecke führte, bevor sie in einem Tunnel verschwand.

«Gleich hinter dem Tunnel befindet sich der Bahnhof!», informierte Burton den Sergeanten. «Danach verzweigt sich die Strecke! Da wir im Tunnel eine Richtungsänderung von rund neunzig Grad nach rechts vollziehen, fahren wir zunächst in die unserem Ziel entgegengesetzte Richtung! Bei der Verzweigung müssen wir das linke Gleis nehmen, das uns dann in einer Kurve von hundertachtzig Grad um einen kleinen Berg herum wieder auf den richtigen Kurs bringt! Alles klar?»

«Verstanden!», bestätigte Harrison.

Als die Lok den Tunnel verliess, stand Burton mit schussbereiter Maschinenpistole am linken Seitenfenster und beobachtete wachsam die Umgebung. Ruhig und verlassen lag der Bahnhof da. Niemand erwartete zu dieser Zeit einen Zug. Ohne Komplikationen passierten sie das Bahnhofsgebäude und näherten sich der Verzweigung.

«So, mein Freund! Diesmal läuft es anders herum!», stellte Burton mit harter Stimme klar. «Du steigst aus und stellst die Weiche um, und ich warte hier! Wenn du irgendwelche Dummheiten machst oder zu fliehen versuchst, erschiesse ich dich ohne weitere Warnung! Sobald die Weiche umgestellt ist, steigst du wieder auf dieser Seite ein! Solltest du dich dabei zu irgendwelchen tollkühnen Handlungen hinreissen lassen, erschiesse ich dich! Eine unbedachte Bewegung, und ich erschiesse dich! War das deutlich genug?»

«Misstrauen Sie mir etwa?» Ein verwunderter Ausdruck lag auf Harrisons Gesicht.

«Nach all den Vorkommnissen in den letzten vierundzwanzig Stunden traue ich gar niemandem mehr! Und jetzt mach dich bereit, wir sind gleich da!»

Harrison stoppte kurz vor der Verzweigung und stieg wortlos von der Lok. Bevor er den Hebel der Weiche umlegte, blickte er zu Burton hinauf, der die MP auf ihn gerichtet hielt. Ohne Hast kletterte er danach wieder zur Kabine hoch und streckte Burton demonstrativ die Handflächen hin.

«Im gleichen Tempo wie vorher weiterfahren!», befahl ihm der Captain.

Harrison fuhr an und stürzte sich seitlich ohne erkennbaren Ansatz auf Burton, der zwar mit einem Angriff gerechnet hatte, jedoch trotzdem nicht mehr rechtzeitig ausweichen konnte. Hart prallten die beiden Männer zusammen.

Mit seinen grossen, kräftigen Händen griff der Sergeant nach Burtons MP, um sie ihm zu entreissen, was zur Folge hatte, dass dieser die Waffe umso fester umklammerte. Stumm rangen die beiden miteinander, während die Lok in mässigem Tempo die langgezogene Linkskurve durchfuhr und sich der kleine Berg zwischen sie und den Bahnhof schob.

Ein Schuss brachte die Entscheidung in dem ausgeglichenen Kampf der zwei Soldaten. Mit einem Schrei, der eher nach Verwunderung als nach Schmerz klang, liess Harrison von Burton ab und griff sich an die Brust. Er machte zwei taumelnde Schritte rückwärts und blickte auf seine rechte Hand, die vom Blut warm wurde. Dann sank er auf die Knie.

Sofort war Burton bei ihm und hielt ihn an den Schultern fest. Langsam liess er den schwer verletzten Sergeanten zu Boden sinken und kniete neben ihm nieder.

«Für wen arbeiten Sie, Harrison!», rief er. «Wer war Ihr Auftraggeber?»

«Abwehr», brachte Harrison mühsam hervor. «Landers auch. Er sollte nur etwas Stimmung gegen Quint machen und Unruhe in die Gruppe bringen. Stattdessen nimmt sich dieser Idiot selbst aus dem Spiel.»

«Was ist mit Grey?»

Harrison schüttelte kaum merklich den Kopf. «Weiss nicht. Williams hat uns nichts über Grey gesagt.»

«Major Williams?» fragte Burton, obwohl er es schon

vorher vermutet hatte.

«Ja.» Harrisons Stimme wurde leiser, die Worte kamen jetzt abgehackt. «Wir sollten … die Operation … sabotieren. Niemand … ausser Landers und mir … sollte lebend … zurückkehren.» Das bereits vom Tod gezeichnete Gesicht verzerrte sich zur Andeutung eines Lächelns. «Hat wohl … nicht geklappt. Wollte Sie … und Quint … erst nach der … Grenze erledigen …» Sein Körper entspannte sich, der Kopf rollte zur Seite.

Burton erhob sich und drehte sich zu Quint um, der seine unverletzte Hand mit der Pistole auf den Oberschenkel gelegt hatte.

«Muss wohl etwas eingenickt sein!», bemerkte der Agent mit einem schiefen Grinsen. «Aber das Ende des Kampfes habe ich ja glücklicherweise noch mitbekommen!»

«Was sind Sie doch für ein Schlitzohr!» rief Burton erleichtert. «Und ein zäher Hund dazu!» Dann widmete er sich der Bedienung der Lok. Es war noch nicht vorbei!

Als sie zum zweiten Mal den Fluss Ill überquerten, schaltete Burton die Scheinwerfer aus. Nur noch wenige Kilometer trennten sie von der Grenze zu Liechtenstein.

Um illegale Übertritte von Flüchtlingen in das kleine Fürstentum zu verhindern, das seinerseits einen Zollvertrag mit der Schweiz abgeschlossen hatte, war ein zweieinhalb Meter hoher Stacheldrahtzaun errichtet worden.

Sam Burton wusste, dass die Bewachung dieser Linie auf deutscher Seite durch Grenzschutzeinheiten des deutschen Zolls und österreichische Hilfskräfte erfolgte, während die Aufgabe auf liechtensteinischer Seite durch das Schweizer Grenzwachtkorps mit Unterstützung der Liechtensteinischen Landespolizei und einer Hilfspolizei wahrgenommen wurde. Er hoffte, dass die Grenzer nicht auf einen gewaltsamen Grenzübertritt mit einem Zug vorbereitet waren.

«Wir sind gleich an der Grenzsperre!», rief Burton Quint über die linke Schulter zu. «Ich gebe unseren Pferdchen jetzt die Sporen!»

Mit einem satten Brummen beschleunigte die Lok. Als die Höchstgeschwindigkeit erreicht war, schaltete Burton die Scheinwerfer wieder ein, um die Grenzposten zu blenden.

«Kopf runter!», schrie er und warf sich zu Boden.

Kurz darauf waren vereinzelte Gewehrschüsse zu vernehmen, in die sich das Rattern von Maschinenpistolen mischte, als sich die Lok dem Hindernis näherte. Mit einer Geschwindigkeit von knapp sechzig Stundenkilometern durchbrach die Lok die Sperre aus quer über das Gleis gestellten Spanischen Reitern. Mehrere Kugeln durchschlugen das Führerhaus, das Glas einer Heckscheibe zerplatzte und liess einen Splitterregen auf die beiden Männer niedergehen. Aber weder Quint noch Burton wurden getroffen. Schliesslich hörte der Beschuss auf. Sie hatten es geschafft!

Burton erhob sich wieder. «Wir fahren weiter bis kurz vor die Brücke, die über den Rhein in die Schweiz führt!», teilte er Quint mit. «Dort halten wir an und gehen den Rest zu Fuss! Es macht keinen allzu guten Eindruck, wenn wir mit der Tür ins Haus fallen! Ausserdem bezweifle ich, dass wir dort ebenso leichtes Spiel hätten wie eben! Mit den Schweizern ist nicht zu spassen, wenn es um die Verteidigung ihrer Heimat geht!»

Als sie den kleinen Bahnhof Schaan erreichten, reduzierte Burton die Geschwindigkeit schrittweise. Gleich darauf beschrieb das Gleis einen Bogen nach rechts. Langsam fuhr die Lok um die Kurve. Eine lange Gerade lag nun vor ihnen.

Nach rund fünfzig Metern brachte Burton die Lok zum Stehen, liess jedoch den Motor weiterlaufen und die Scheinwerfer eingeschaltet. Die Schweizer sollten sehen, dass sie kamen.

«Endstation!», rief er Quint zu und half ihm auf die Beine. «Werden Sie es schaffen?»

«Wenn Sie mir helfen, wird es schon gehen!»

Sie kletterten aus dem Führerstand und gingen langsam den Schienen entlang. Quint stützte sich mit dem rechten Arm bei Burton ab.

«Könnten Sie mir einen Gefallen tun, Sam?», fragte Quint nach einer Weile.

«Welchen?»

«Würde es Ihnen etwas ausmachen, wenn Sie allein nach London zurückkehren müssten? Ich möchte meinen Job an den Nagel hängen und hierbleiben. Meine körperliche Verfassung entspricht wohl nicht mehr ganz dem Anforderungsprofil eines Agenten des MI6!»

Burton dachte kurz nach. Obwohl Quint es in der Dunkelheit nicht sehen konnte, nickte er langsam und sagte lächelnd: «Ich denke, das lässt sich machen. Immerhin haben Sie mir nun schon zum zweiten Mal das Leben gerettet!»

«Danke!»

Als sie das Rauschen des Flusses vor sich hörten, warfen sie ihre Waffen weg. Schritt für Schritt näherten sich die beiden Männer der Stahlbrücke, um sie schliesslich zu betreten. Burton hob dabei die rechte Hand auf Schulterhöhe.

Kurz bevor sie sich der Brückenmitte und damit der Grenze näherten, wurden Burton und Quint plötzlich von einem starken Scheinwerfer geblendet.

«Halt!», rief ihnen eine Stimme vom anderen Rheinufer entgegen.

Sofort blieben sie stehen.

«Wir sind Briten!», rief Burton zuerst in seiner Muttersprache und anschliessend auf Deutsch. «Mein Freund ist schwer verletzt und benötigt dringend medizinische Versorgung! Bitte helfen Sie uns!»

Nach einer kurzen Pause ertönte die Stimme wieder. «Kommen Sie langsam näher!»

Als sie das andere Ufer erreicht hatten, sahen sich Burton und Quint von einer Handvoll bewaffneter Soldaten der Schweizer Armee umgeben.

«Folgen Sie mir bitte», sagte einer von ihnen ruhig zu Quint. «Man wird sich gleich um Sie kümmern. Mein Kamerad wird Sie stützen.»

«Danke.» Quint liess Burtons Schulter los und wandte sich ihm ganz zu. «Bringen Sie es zu Ende, Sam! Aber seien Sie vorsichtig!»

«Leben Sie wohl, Quint!»

Die beiden Männer schüttelten sich zum Abschied die Hände.

Fünfzig Kilometer weiter östlich, hinter der Bergkette, erreichte der Wasserstand in der unterirdischen Militäranlage die Stollendecke des Produktionstrakts. Bis auf den verlassenen Unterkunftsteil und den Wachtrakt war damit die gesamte zweite Etage überflutet. Und das Wasser stieg unaufhaltsam weiter.

Epilog

Es war ein trüber, grauer Tag, und er entsprach damit ziemlich genau Sam Burtons Gemütsverfassung. Mit tief in den Taschen vergrabenen Händen ging er auf den Eingang des SOE-Hauptquartiers zu.

Während er die Treppe zum zweiten Stock hochstieg, fielen ihm Quints Abschiedsworte ein. Ein grimmiges Lächeln huschte über sein Gesicht. Er war gekommen, um es zu Ende zu bringen! Ohne Rücksicht auf Verluste!

Burton klopfte an die erste Tür auf der linken Seite und trat ein.

Lieutenant Frank Collins erhob sich strahlend und kam hinter seinem Schreibtisch hervor. «Willkommen zurück, Captain Burton!», begrüsste er seinen Besucher herzlich und schüttelte ihm die Hand. «Bitte, setzen Sie sich doch!» Dann wurde die Miene des jungen Offiziers ernst. «Major Williams wird auch gleich hier sein!»

Wie auf Kommando ertönten schwere Schritte auf dem Gang. Collins erhob sich erneut, als die ehrfurchtgebietende Gestalt seines Vorgesetzten den Türrahmen ausfüllte.

«Ah, da sind Sie ja, Burton! Wie ich höre, haben Sie den Auftrag erfolgreich ausgeführt – wenngleich Sie dafür Ihr ganzes Team verheizt haben!»

Burton, der sitzengeblieben war, ignorierte die unverschämte Provokation des SOE-Einsatzleiters. Mit unbewegtem Gesicht starrte er dem Major in die Augen.

«Haben Sie die schlechten Manieren bei den Deutschen gelernt?», fuhr ihn Williams an. «Stehen Sie gefälligst auf, wenn ein Vorgesetzter den Raum betritt!»

«Sie sind nicht mein Vorgesetzter, Williams!», entgegnete Burton abweisend. «Im Gegensatz zu Ihnen arbeite ich nicht für den deutschen Geheimdienst!»

Der Major wechselte die Farbe. «Was fällt Ihnen ein!», brüllte er und ballte die Fäuste. «Ich werde Sie …!»

«Sparen Sie sich das Theater!», unterbrach ihn Burton mit schneidender Stimme und stand auf. «Sie sind ein ganz mieser Verräter! An Ihren Händen klebt das Blut tapferer Männer, die ihr Leben bei einem Einsatz gelassen haben, den Sie von Anfang an als Reise ohne Wiederkehr geplant haben! Als Sie den Auftrag erhielten, ein Kommando zu dieser geheimen Anlage zu entsenden, witterten Sie die Chance Ihres Lebens! Ihnen ging es in erster Linie darum, Quint und mich aus dem Weg zu räumen! Deshalb haben Sie uns Ihre Komplizen auf den Hals gehetzt! Dass Lieutenant Barnes und Corporal Parker dabei ebenfalls umkamen, konnte Ihnen nur recht sein! Leugnen ist zwecklos! Sie sind ein Spion der deutschen Abwehr! Das hat mir Sergeant Harrison bestätigt, als er im Sterben lag! Dafür werden Sie jetzt zur Verantwortung gezogen!»

«Haben Sie auch Beweise für Ihre abenteuerlichen Anschuldigungen?», fragte Williams lauernd.

«Weshalb sonst hätten Sie bei der Einsatzbesprechung Quints Namen genannt? Sie wollten Harrison, Grey und Landers damit mitteilen, mit wem sie es vor Ort zu tun bekommen würden, damit sie sich darauf einstellen konnten!»

«Grey?» Williams schien für einen kurzen Moment irritiert. Dann machte er einen Schritt auf Burton zu.

«Bleiben Sie, wo Sie sind, oder ich verpasse Ihnen eine Kugel!», warnte Burton, der plötzlich eine Pistole in der Hand hielt. «Aber machen Sie sich keine falschen Hoffnungen; ich werde dem Henker nicht die Arbeit abnehmen!»

Mit einem höhnischen Lachen wandte sich Major Williams von Burton ab und hechtete praktisch aus dem Stand mit den Armen voran durch das geschlossene Fenster. Erschrockene Rufe von Passanten waren zu hören. Eine Frau schrie gellend.

Collins rannte zum Fenster. «Mein Gott!», entfuhr es ihm, als er auf den seltsam verkrümmt daliegenden Körper hinunterblickte.

«Was ist, Collins, wollen Sie nicht auch gleich hinterherspringen?»

Burtons unversöhnliche Stimme liess den Lieutenant herumfahren.

«Was wollen Sie damit sagen?», fragte er nervös, während sich auf seiner Glatze Schweissperlen bildeten.

«Tom Barnes hat gleich nach unserer Landung auf der Passhöhe einen Beobachter ausgemacht! Später stellte sich heraus, dass es sich dabei um einen SS-Obersturmführer König vom Ausland-SD handelte! Aber warum tauchte dieser SD-Führer gerade zum richtigen Zeitpunkt am Ort des Geschehens auf? Wusste er, dass wir in dieser Nacht dort landen würden? Vielleicht von Ihnen, Collins?»

«Reden Sie keinen Unsinn, Captain! Das ist nicht komisch!»

«Nein, nicht wahr?» Burton ging einen Schritt auf den Lieutenant zu, dem der Schweiss mittlerweile schon in die Augen rann. «Corporal Parker erzählte mir kurz vor unserer Flucht, dass ihn dieser SD-Offizier, der ihn für Harry Grey hielt, in seinem Gefängnis aufgesucht hat! Er wunderte sich noch darüber, weshalb der Mann seine Pistole nicht gezogen hatte! Kann es sein, dass der Obersturmführer den vermeintlichen Grey für einen seiner eigenen Spione hielt?»

«Woher soll ich das wissen? Ich war ja nicht dabei! Und ich habe damit nicht das Geringste zu tun!»

«So?» Burtons Stimme hatte einen gefährlichen Unterton angenommen. «Hatten Sie nicht die gleiche Idee wie Williams? Nämlich, uns ein Kuckucksei ins Nest zu legen? Als Unterstützung für den ehrgeizigen König, der es sich in den Kopf gesetzt hatte, die Abwehr blosszustellen?»

«Sie sind ja verrückt!»

«Dass König meinen Namen kannte, hat mir klargemacht, dass der SD hier einen Maulwurf sitzen haben muss! Aber nur der Umstand, dass Harrison nicht über Grey Bescheid wusste sowie Williams Reaktion, als ich den Namen vorhin in einem Zug mit Harrison und Landers nannte, hat mir die Augen geöffnet! Williams arbeitete für die Abwehr, aber nicht für den SD! Somit bleiben nur noch Sie übrig! Beinahe wäre es Ihnen gelungen, mich zu täuschen! Geben Sie auf, Collins, es hat keinen Zweck mehr!»

Verzweifelt riss der Lieutenant seine Pistole aus dem Holster. Aber er war chancenlos.

Ruhig drückte Burton zweimal ab. Eine Kugel für Tom, eine für Parker und den verletzten Quint. Tödlich getroffen fiel Collins rückwärts über das Fenstersims.

Burton machte sich nicht die Mühe, aus dem Fenster zu sehen. Mit einer mechanischen Bewegung liess er die

Pistole in der Tasche verschwinden. Dann ging er langsam die Treppe hinunter und zum Ausgang.

Ohne sich um den Menschenauflauf zu kümmern, wandte sich Sam Burton nach rechts und verschwand im Nebel.